돌의
연대기

CHRONIQUE DE PIERRE
by Ismaïl Kadaré

Copyright © Librairie Arthème Fayard, 1998
Korean Translation Copyright © Munhakdongne Publishing Corp., 2015

This Korean edition was published by arrangement with
Librairie Arthème Fayard through Wylie Agency, UK.
All rights reserved.

이 책의 한국어판 저작권은 와일리 에이전시를 통해
프랑스 파야르 출판사와 독점 계약한 (주)문학동네에 있습니다.
저작권법에 의해 한국 내에서 보호를 받는 저작물이므로
무단 전재와 무단 복제를 금합니다.

이 도서의 국립중앙도서관 출판예정도서목록(CIP)은
서지정보유통지원시스템 홈페이지(http://seoji.nl.go.kr)와
국가자료공동목록시스템(http://www.nl.go.kr/kolisnet)에서 이용하실 수 있습니다.
(CIP제어번호: CIP2015022994)

돌의
연대기

CHRONIQUE
de PIERRE

이스마일 카다레
장편소설

이창실 옮김

문학동네

차례

이상한 도시였다. 무슨 선사시대의 존재처럼 겨울밤 불쑥 계곡에서 솟아나 힘겹게 산허리를 오르고 있는 듯한 도시. 도시의 모든 것이 돌이고 노후해 있었다. 길과 샘을 비롯해 몇백 년 된 커다란 집들의 지붕에 이르기까지 그랬다. 회색 돌기와로 덮인 지붕들은 거대한 비늘을 연상시켰다. 이처럼 굳고 단단한 외피 속에서 삶의 부드러운 과육이 생장하고 있으리라고는 믿기 어려웠다.

처음 발을 들인 나그네는 이 도시를 무언가에 비교하고픈 욕구를 느끼지만 그것이 덧이라는 사실을 곧 깨닫게 된다. 어떤 비교도 불가능한, 실은 그 무엇과도 닮지 않은 곳이었으니까. 지붕들 위로 왔다가는 사라지는 비와 우박, 무지개, 혹은 다양한 색깔의 외국 국기들을 비교할 수 없듯이 말이다. 그것들이 일시적이고 비현실적인만큼이나 도시는 항구

적으로 실재하는 무엇이었다.

경사가 진 도시였다. 일체의 건축 원리와 도시공학을 무시해버린. 어쩌면 세상에서 가장 경사진 도시였는지 모른다. 한 집의 용마루가 다른 집 들보에 닿아 있는가 하면 길 한쪽으로 미끄러지면 어느 집 지붕 위로 떨어질 수도 있는(특히 술꾼들이 그런 일을 경험하곤 했다), 분명 세상에 둘도 없는 도시였다.

아무리 생각해도 이상한 도시였다. 길을 걷다가 팔을 조금 뻗으면 사원 첨탑에 모자를 걸어둘 수도 있었다. 기이한 점이 한둘이 아니었고, 꿈의 왕국이라 할 만한 것들이 부지기수였다.

그 사지와 돌 갑옷 속에 사람의 생명을 간신히 품고 있었지만 그 생명을 찢고 할퀴며 온갖 고통으로 짓누르는 것도 사실이었다. 돌로 이루어진 도시여서 당연히 그 촉감은 거칠고 차가울 수밖에 없었다.

이런 도시에서 어린아이로 산다는 건 쉬운 일이 아니었다.

1

밖에서는 겨울밤이 바람과 물과 안개로 도시를 휘감고 있었다. 나는 이불에 몸을 파묻은 채 우리집의 커다란 지붕 위로 떨어지는 희미하고 단조로운 빗소리에 귀를 기울였다.

경사진 표면 위를 굴러 땅바닥으로 곧장 떨어지는 무수한 빗방울들은 내일이면 수증기가 되어 저 위 하얀 하늘로 다시 올라갈 테지. 빗방울들은 처마밑에 홈통이라는 심술궂은 덫이 기다리고 있는 줄은 꿈에도 모른다. 그러다 지붕에서 바닥으로 뛰어내리려는 순간 문득 자신이 무수한 동료들과 함께 좁다란 관에 갇혀버린 걸 알고 겁에 질려 묻는다. 우리는 어디로 가는 걸까? 우릴 어디로 데려가는 거지? 그렇게 빗방울들은 광란의 질주를 하다 미처 정신을 가다듬기도 전에 난데없이 깊디깊은 감옥, 큼직한 우리집 저수통 안에 처박혀버린다.

자유롭고 유쾌했던 빗방울들의 삶은 그곳에서 종말을 맞는다. 빗방울들은 어둡고 먹먹한 저수통 안에서 두 번 다시 보지 못할 천상의 공간과 저 아래 보이던 놀라운 도시들, 번개가 갈라놓은 지평선을 우울하고 처량한 심정으로 떠올릴 게 틀림없다. 간혹 내가 작은 손거울을 흔들어 빗방울들에게, 기껏해야 내 손바닥만한 하늘 한 자락을 전해준다. 그 한 자락이 잠깐 사이 명멸한다. 무한한 하늘에 대한 덧없는 추억.

한참이 지나 엄마가 양동이를 들고 올 때까지 빗방울들은 저 밑에서 어둠에 길을 잃고 멍해진 채 서글픈 며칠 몇 달을 보낼 것이다. 엄마는 그렇게 빗물을 길어올려 우리 속옷을 빨고 집 마룻바닥과 계단을 닦겠지.

하지만 지금 이 순간 빗방울들은 편편한 돌 위를 아무런 의심 없이 유쾌하고 떠들썩하게 달리고 있었다. 그 소리를 듣자니 내 안에서 연민 같은 것이 싹텄다.

비가 사나흘 계속 내리면 아빠는 홈통의 방향을 틀어 저수통이 넘치지 않게 했다. 우리집 전체 면적과 맞먹는 기다란 모양의 수조였다. 이 수조의 물이 넘치는 날에는 지하실이 침수되고 집의 토대가 붕괴될 수도 있었다. 비스듬히 기울어진 도시인지라 무슨 일이 일어날지 몰랐다.

나는 사람과 물, 이 둘 중 누가 더 갇혀 있는 것을 괴로워할지 혼자 생각해보고 있었다. 그때 발소리가 나는가 싶더니 옆방에서 할머니의 목소리가 들렸다.

"어서들 일어나라, 홈통 돌려놓는 걸 잊었더구나."

아빠와 엄마는 허겁지겁 침대에서 뛰쳐나왔다. 흰 속바지를 입은 아빠가 캄캄한 복도 끝까지 달려가 작은 창문을 연 다음 긴 막대로 홈통의 관을 돌려놓았다. 그러자 곧 마당으로 콸콸 물 흐르는 소리가 들렸다.

엄마가 석유램프에 불을 붙인 뒤 앞장을 서고 아빠와 할머니가 그 뒤를 따랐다. 나는 창가로 다가가 밖을 내다보았다. 사납게 휘몰아치는 바람에 빗줄기가 유리창에 와 부딪고 낡은 처마가 삐걱대는 소리가 들렸다.

나는 호기심이 일어 도저히 침대에 남아 있을 수 없었다. 계단을 내려오자 근심 가득한 얼굴을 한 세 사람이 보였다. 그들은 내가 내려온 것도 모르는 채 수조 뚜껑을 열어 상황이 어떤지 살피고 있었다. 엄마는 램프를 들었고 아빠는 목을 빼고 수조 안을 들여다보고 있었다.

전율이 몸을 훑고 지나갔다. 나는 할머니 치마폭에 찰싹 달라붙었다. 할머니가 내 머리에 다정하게 손을 올려놓았다. 마당의 대문과 현관문이 바람에 덜컹댔다.

"억수로 퍼붓는구먼!" 할머니가 말했다.

허리를 구부린 채 한참 수조 안을 들여다보던 아빠가 엄마에게 말했다.

"신문을 가져와요!"

아빠는 엄마가 가져온 신문을 뭉쳐 불을 붙인 뒤 수조 안에 떨어뜨렸다. 엄마가 가느다란 한숨을 내뱉었다.

"물이 끝까지 차올랐어." 아빠가 말했다.

할머니의 입에서 기도 소리가 새어나왔다.

"램프를 이리 줘요! 어서!" 아빠가 말했다.

엄마는 떨리는 손으로 램프에 불을 밝혔다. 엄마의 얼굴이 창백했다. 아빠는 커다란 검정 비옷을 머리에 둘러쓰고 엄마에게 램프를 받아든 다음 문 쪽으로 향했다. 엄마도 낡은 겉옷을 걸치고 아빠를 따라갔다.

"어디들 가신 거예요, 할머니?" 내가 놀라서 물었다.

"이웃 사람들을 부르러 간 게지."

"왜요?"

"사람들 도움을 받아 물을 내려가게 하려고."

희미하고 단조로운 빗소리 사이로 문 두드리는 소리가 어렴풋이 들렸다. 다른 문, 또다른 문을 차례로 두드리는 소리.

"어떻게 하면 물이 내려가는데요, 할머니?"

"양동이로 물을 퍼내야지."

나는 수조 입구로 다가가 그 안쪽을 내려다보았다. 깜깜했다. 온통 어둠뿐이어서 더럭 겁이 났다.

"우우우!" 나는 나지막이 소리를 질러보았다. 그러나 아무 반응이 없었다. 내가 부르는 소리를 듣고도 수조가 묵묵부답인 건 처음 있는 일이었다. 나는 수조를 몹시 좋아해서 걸핏하면 그 커다란 아가리 위로 몸을 기울이고 한참 동안 이야기를 나누었고, 수조는 동굴에서 울리는 듯한 소리로 지체 없이 내게 화답하곤 했다.

"우우우!" 나는 또 한번 소리를 질렀지만 수조는 여전히 침묵을 지켰다. 결국 수조가 몹시 화가 난 거라고 단정지을 수밖에 없었다.

어떻게 그 무수한 빗방울들이 저 안에서 자신들의 분노를 끌어모은 것일까. 오랫동안 수조 안에서 침체되어갔던 빗방울들은 무슨 고약한 일을 벌이려는 속셈인지 그날 밤 뇌우가 쏟아놓은 새 빗방울들과 몸을 섞고 있었다. 아빠가 깜박하고 홈통의 관을 돌려놓지 않은 건 정말이지 안타까운 일이었다! 얌전한 우리 수조에 폭풍우가 침입해 반란을 부추겨놓는 건 어떻게든 막았어야 했는데.

문소리가 나더니 제조와 마네 보초가 들어왔고 다음으로 나조가 며느리를 데리고 따라 들어왔다. 뒤이어 아빠가 왔고, 엄마가 몸을 떨며 들어왔다. 그래도 문이 삐걱대는가 싶었는데, 이번에는 야베르와 나조의 아들 막수트가 손에 양동이를 들고 현관 안으로 힘차게 발을 들여놓았다.

이들이 모두 들이닥치는 모습을 보자 나는 안심이 되었다. 쇠줄과 양동이가 달그락거렸다. 그것들이 쩔렁대는 소리에 내 마음속 불안도 사라지는 기분이었다.

나는 조금 떨어진 곳에서 시끄럽고 분주하게 오가는 그들을 찬찬히 살펴보았다. 후리후리한 체격에 머리가 회색인 마네 보초, 나조의 아들과 졸음이 깃든 눈매가 부드러운 나조의 며느리, 가쁜 숨을 몰아쉬는 제조. 마네와 제조와 나조가 차례로 양동이로 물을 퍼올리면 다른 이들은 마당 문간에다 그 물을 쏟아냈다. 밖에서는 여전히 폭우가 퍼부었고 이따금 제조가 콧소리를 냈다.

"맙소사, 아주 홍수가 났구먼!"

양동이가 하나씩 비워질 때마다 나는 조용히 물을 타일렀다. 가버려, 꺼져버리라고. 넌 우리 수조에 있으려 하지 않았잖아. 갇혀 있던 빗방울들이 양동이마다 가득했다. 나는 그중 가장 심술궂은 싸움꾼들부터 내보내 위험을 줄였으면 좋겠다는 생각을 했다.

제조가 잠시 쉬려고 양동이를 내려놓은 뒤 담배에 불을 붙이고 할머니 곁으로 다가가 말했다.

"자네, 체초 카일의 딸한테 무슨 일이 일어났는지 아는가? 턱에 수염이 났다지 뭔가."

"별 망측한 말을 다 하네!" 할머니가 기겁을 했다.

"내 두 눈을 걸고 맹세해. 남정네처럼 꺼먼 수염이래. 그래서 아비가 딸을 밖으로 내보내질 않는다는구먼."

나는 귀를 바짝 세웠다. 나도 아는 누나였다. 그러고 보니 동네에서 그 누나를 본 지도 꽤 된 것 같았다.

"아! 셸피제." 제조가 한숨을 내쉬었다. "액운이야! 신께서 우리에게 흉조를 내보이시는 거야. 오늘밤 이 물난리는 또 뭐고!"

제조는 결혼한 지 석 주도 채 안 된 나조의 아름다운 며느리를 눈으로 좇다가 할머니의 귀에 대고 뭐라 소곤댔다. 할머니가 입술을 깨물었다. 궁금해서 다가갔더니 제조는 담배꽁초를 내던지고 벌써 수조 입구에 가 있었다.

"몇시나 됐을까?" 마네가 물었다.

"자정이 넘었어요." 아빠가 말했다.

"커피를 가져옴세." 할머니는 이렇게 말하고 나더러 따라오라는 몸짓을 해 보였다.

우리가 계단을 올라가는데 또다시 문이 삐걱대는 소리가 들렸다.

"사람들이 또 오는구나." 할머니가 말했다.

나는 누가 오는지 보려고 난간 너머로 목을 뺐지만 소용이 없었다. 복도가 너무 어두웠다. 악몽에서처럼 음산한 그림자들이 벽면에서 일렁였다.

우리는 삼층에 있는 '겨울 방'으로 갔다. 할머니가 벽난로에 불을 지폈다. 나는 다시 잠자리에 들었다.

밖에서는 폭풍우가 울부짖었고 지붕 위의 굴뚝들은 살아 있는 생명체처럼 끙끙 신음 소리를 냈다. 우리집 들보는 단단한 땅에 뿌리박지 않고 그 일부가 수조의 엉큼한 물속에 잠겨 있는 게 아닐까 싶었다.

세월이 흉흉하네그려. 불안하고 믿지 못할 시절이지. 커피포트의 물이 끓는 기분좋은 소리에 졸음이 엄습해왔다. 어른들이 주고받는 대화의 동강들이 의식에 가물가물 와 닿곤 했다. 물처럼 손에 잡히지 않는, 의미가 모호한 말들이었다.

잠에서 깨어났을 때는 집안이 쥐죽은듯 고요했다. 아빠와 엄마는 자고 있었다. 나는 조용히 일어나 추시계를 쳐다보았다. 아홉시였다. 할머니가 자는 다른 방으로 가보았다. 할머니도 자고 있었다. 이 시각에 모두 잠들어 있기는 처음이었다.

폭풍우는 그쳐 있었다. 나는 거실 창가로 다가가 밖을 내다보았다. 높다란 하늘은 움직임 없는 잿빛 구름에 뒤덮여 있었다. 차가운 날씨인 것 같았다. 밤사이 수조에서 길어올린 물은 이제 저 위로 증발해 구름과 한몸이 되었는지도 몰랐다. 거기서 축축한 지붕들과 어두운 땅을 매몰찬 시선으로 내려다보고 있는지도.

아랫동네로 시선이 향한 순간 내가 맨 처음 목격한 건 멀리 보이는 범람한 강이었다. 당연한 일이었다. 그런 날씨에 달리 어쩌겠는가. 강은 늘 그렇듯 다리의 아치를 넘어가려고 밤새도록 분투했을 테지. 상처를 주는 길마에서 벗어나려고 날뛰는 미친 말처럼 아치를 흔들어댔겠지. 밤새 강이 쏟은 노력은 무엇보다 그 피투성이 등짝에 각인되어 있었다. 그래도 강은 결국 다리를 넘지 못하고 쏟아져내려 도로를 집어삼켰다. 엄청나게 불어난 강은 이제 도로를 자기 안에 녹여버릴 태세였다. 그러나 그런 사나운 공격에 길들여진 도로는 꿋꿋이 버텨냈다. 지금 이 순간도 붉고 탁한 물 아래서 강이 물러갈 순간을 기다리며 차분히 견뎌내고 있는 게 틀림없었다.

참 한심한 강이라는 생각이 들었다. 해마다 겨울이면 도시의 발치를 물어뜯으려 하니까. 그래도 보이는 것만큼 위험하지는 않다. 산 아래로 질주하는 급류가 더 위험했다. 이 급류도 강처럼 도시를 물어뜯으려 했다. 강은 도시를 공략하기 전에 그 발치에서 꼴사납게 으스댔지만, 급류는 비열하게 도시의 등을 덮쳤다. 평소에는 죽어 비틀어진 뱀처럼 메말라 있던 급류가 폭풍우가 몰아치는 밤이면 되살아나 부풀어올랐고 휘파람 소리를 내며 울부짖었다. 견공들(출로, 피초, 츠파크)처럼 이름이 짤막한 급류는 분노로 파랗게 질려 윗동네에서 탈취한 흙덩이나 바윗덩이를 실어 날랐다.

밤사이 변해버린 풍경을 바라보면서 나는 생각했다. 강이 다리를 미워하는 것처럼 도로는 강을 미워하고, 급류는 담벼락을 미워하며, 바람은 광기 어린 제 분노를 저지하는 산을 미워한다고. 그리고 그것들 모두가 이런 파괴적인 증오 한복판에 거만한 자태로 누워 있는 축축한 잿빛 도시를 미워한다고. 그래도 나만은 이 도시를 사랑했다. 이 전쟁의 와중에 도시는 그 모두에 홀로 맞서고 있었으니까.

지붕들에서 시선을 떼지 못하고 있는데 문득 머릿속에 체초 카일의 딸에게 난 불길한 턱수염이 떠올랐다. 전날의 폭풍우와 그 턱수염 사이에 무슨 연관이 있는지 곰곰이 생각해보다가 문득 우리집 수조를 생각했다. 나는 자리에서 일어나 계단을 내려갔다. 복도에 물이 흥건했다. 바닥에는 양동이들과 밧줄들이 어지럽게 흩어져 있었다. 그것들로 인해 정적이 한층 뼈저리게 와닿는 이유가 뭘까. 나는 수조 입구로 다가가 뚜껑을 열고 몸을 굽혀 밑을 내려다보았다.

"우우우!" 나는 어떤 괴물의 잠을 깨울까 두렵기라도 한 듯 나지막이 소리를 질렀다.

 "우우우!" 수조가 내키지 않는 목소리로 답해왔다. 왠지 낯설게 느껴지는 쉰 소리이긴 해도 분노가 가라앉았다는 의미로 들렸다. 그래도 평소보다 소리가 희미한 걸 보면 분노가 완전히 누그러진 건 아니었다.

 나는 삼층 거실로 다시 올라갔다가 반가운 광경을 목격했다. 거리를 가늠할 수 없는 먼 곳에 무지개가 떠올라 있었다. 산과 강, 다리와 급류와 돌과 바람이 이 도시와 이제 막 평화조약을 맺은 것 같았다. 물론 그건 잠시 동안의 휴전에 불과하다는 걸 모르지 않았지만.

"자, 프랑스랑 캐나다는 너 가져, 룩셈부르크는 내가 가질게."

"농담하지 마. 룩셈부르크를 갖겠다고?"

"너만 괜찮다면."

"폴란드 두 개를 줄 테니 네 아비시니아를 내놔. 그럼 생각해볼게."

"안 돼, 아비시니아는. 그러지 말고 프랑스랑 캐나다를 가져가."

"싫어!"

"그럼 어제 네 베네수엘라와 바꾼 인도를 다시 내놔."

"인도? 가져가. 그까짓 거 가져서 뭐하게? 솔직히 어제저녁 그거 받고
후회했거든."

"터키를 받고도 후회하지는 않았어?"

"터키? 그건 벌써 팔아치웠지. 아니면 너한테 당장 돌려줄 텐데."

"그러면 어제 약속한 독일은 못 줘. 차라리 박박 찢어버리고 말지."

"뭐, 내가 독일을 갖고 싶어할까봐서!"

이렇게 우리는 한 시간이나 거리 한복판에서 우표를 가지고 옥신각신했다. 우리의 흥정이 채 끝나기도 전에 야베르가 지나가다 끼어들었다.

"너희, 세상 나눠 먹기 하는 거야?"

2

제조와 피노 어멈이 우리집을 찾아왔다. 두 사람은 거실의 긴 의자에 앉아 커피를 홀짝이며 할머니와 이야기를 나누었다. 제조는 걱정스러운 기색이었다. 할머니도 마찬가지였지만 그래도 제조보다는 차분해 보였다. 검은 옷으로 차려입은 호리호리한 피노 어멈은 바싹 여윈 작은 얼굴을 연신 끄덕이며 제조가 하는 말끝마다 마치 꿈꾸는 사람처럼 '말세야!' 하고 덧붙였다. 나는 그들이 나누는 대화에 흥미가 동했다. 마네 보초의 장남인 이사가 상상을 초월하는 일을 벌였다는, 그러니까 안경을 썼다는 이야기였다.

"그 말을 들었을 때 처음엔 내 귀를 의심했지." 제조가 말을 이었다. "그래서 일어나 머리에 숄을 두르고 마네의 집으로 달려갔어. 그이는 마음을 다잡고 있더라고. 하지만 그 집 여자들은 얼굴에 수심이 가득한 게 마치 넋 나간 사람들 같았어. 대체 무슨 일인지 물으려는데 차마 입이 떨어지질 않는 거야. 어찌 다짜고짜 그런 말을 꺼낼 수 있겠어! 한데 문이 열리더니 이사가 들어오는 거야. 안경알을 번쩍이면서 말이야. 나한테 '어떻게 지내세요?' 하는데, 차라리 딱 죽고 싶더라고. 목구멍이 꽉 막힌 느낌인 것이. 어떻게 마음을 추스르고 울음을 터뜨리지 않을 수 있었는지 나도 모르겠어. 그애가 책장으로 다가가 책을 몇 권 꺼내잠시 뒤적이더니 창가로 가 멈춰 서선 안경을 벗더라고. 그런 다음 두 눈을 비비는 거야. 어미와 누이들은 입술을 떨며 빤히 쳐다보기만 하데. 난 손을 뻗어 그 안경을 집어서는 눈에 써보았지. 맙소사! 머릿속이 빙빙 도는 거야. 저주받은 유리알이 틀림없더라고. 동글동글 동그라미가 그려지는데 지옥도가 달리 없지 뭔가. 눈앞에 보이는 게 전부 흔들리고 뒤집히고 빙글빙글 도는 게 꼭 마귀가 들린 것 같다고나 할까. 얼른 안경을 내려놓고 일어나선 미친 여자처럼 그 집을 나왔지 뭐야."

제조는 한숨을 푹 내쉬었다. 할머니는 마시던 커피를 엎질렀다.

"이사가 왜 그런 일을 저질렀담?" 할머니가 서글프게 말했다.

"그렇게 반듯하고 영리한 애가! 라메 같은 건달이라면 또 모를까, 왜 이사가……"

"말세야." 피노 어멈이 받았다.

"내 말이 그 말이야, 셀피제." 제조가 다시 말했다. "우리는 화가 닥치면 불평만 하지. 우리가 죄인인 것도 모르고. 어젠 누군가 종이 집을 짓더니만 오늘은 젊은 애들이 안경을 끼고 다니네그려. 내일은 또 무슨 일이 생길지 누가 알겠나. 저 위에 계신 분(제조는 손가락을 세워 천장을 가리키며 위협적인 목소리를 냈다)이 빠짐없이 보고 기억해두시는데 말이야."

"말세야." 피노 어멈이 되뇌었다.

종이 집이라는 말이 나오자 나는 본능적으로 조베크 지구 쪽으로 고개를 돌렸다. 몇 주 전에 이탈리아인들이 자기 나라 수녀들을 머물게 하려고 지은 그 요상한 시멘트 건물이 이제 근엄한 석조 집들 사이에서 어울리지 않는 모습으로 서 있었다. 많은 이들의 머릿속을 한참 동안 혼란에 빠뜨린 해괴한 건물이었다. 그런 건물은 평생 본 적이 없다고, 노파들은(세상을 알고 터키에까지 가본 노파들이었는데) 입을 모아 말했다. 이 나이 먹도록 종이 집이 있다는 말은 들어본 적이 없어. 마귀의 소행이 틀림없다니까.

그런데 이제 마네 보초의 아들이 도마 위에 올랐고, 얼마 전까지 시멘트 집을 두고 오간 것과 비슷한 쑥덕공론이 그들 사이에 오갔다. 넌 왜 그리 망측한 짓을 하는 거냐? 왜 세상을 있는 그대로 보지 못한단 말이냐? 뭐가 그리 못마땅해?

　나는 그들이 늘어놓는 긴 이야기를 조심스레 경청했다. 마네의 아들이 한 짓은 내 비밀과도 무관하지 않았으니까. 나 역시 그 저주받은 유리알을 눈에 대본 게 한두 번이 아니었다. 할머니의 낡은 궤 속에서 발견한 그 유리알을 가지고 놀다가 우연히 눈에 갖다댄 순간 나는 기겁하고 말았다. 난데없이 주변 만물이 흔들리는 것 같았다.

　사물들의 윤곽이 수축되면서 견딜 수 없을 만큼 또렷해졌다. 나는 한쪽 눈에 유리알을 대고 다른 눈은 감은 채 집안에 펼쳐진 거대한 파노라마를 관찰했다. 이상하고 낯선 광경이었다. 보이지 않는 손이 그때껏 김 서린 창유리처럼 뿌옇게 흐려놓은 세상이 이제 새롭고 투명해 보이는 것 같았다. 그다지 기분좋은 경험은 아니었다. 사물들의 윤곽이 특정한 법칙을 따르지 않은 채 거침없이 결합하거나 분리되는 안개 장막 너머로 세상을 보는 것에 이제까지 익숙해져 있었기 때문이다. 그 누구도 지붕이나 도로, 전신주더러 살짝 기울어졌다고 탓하지 않았고 원위치를 상기시키지도 않는 것 같았다. 그런데 이제 그 동그란 유리알 너머로 보이는 세상은 엄중한 법칙들에 예속되어 인색하고 경직된 모습이었고, 존재하는 사물들은 더도 덜도 아닌 있는 그대로의 자신을 드러내 보이고 있었다. 기름이든 밀가루든, 심지어 물까지 눈곱만큼도 낭비하지 않고 1그램까지 계산하고 마지막 한 방울까지 남김없이 사용하는 그런 집 같다고나 할까.

어쨌거나 그 유리알은 영화를 볼 때 꽤 요긴했다. 영화관에 갈 때면 나는 미리 그걸 씻어 호주머니에 넣어두었다가 영화관의 불빛이 꺼지기 무섭게 잽싸게 꺼내 왼쪽 눈은 감은 상태로 오른쪽 눈에 갖다댔다. 집에 돌아왔을 때 내 한쪽 눈이 좀 붉어져 있는 이유를 아는 사람은 아무도 없었다. 한번은 저녁에 집시 남자애 둘을 영화관에 데려갔는데 내가 호주머니에서 이 유리알을 꺼내는 걸 보고 영화가 상영되는 동안 몇 번이나 자기들끼리 소곤거렸다. "첩자 아냐?"

"말세야." 피노 어멈이 되뇌었다.

그러나 그들은 곧 비싼 물가에 대한 지루한 일상의 대화로 넘어갔다. 나로 말하면 어떻게 사람은 눈으로만 보고 손가락이나 뺨이나 다른 신체 부위로는 볼 수 없는지 생각하고 있었다. 결국 눈도 우리 몸의 일부에 지나지 않잖아. 그런데 어떻게 세상이 그 안으로 들어오는 걸까? 그토록 엄청난 빛과 공간과 색깔이 쉴새 없이 우리 눈으로 밀려들어오는데 어떻게 우리 몸이 터져버리지 않을 수 있지? 이미 오래전부터 나는 눈의 수수께끼로 골머리를 앓고 있었다. 무엇보다 내가 두려워하는 실명의 불가사의가 머릿속에서 떠나지 않았다. 내가 주워들은 대부분의 저주는 눈을 향한다는 사실 역시 이런 공포에 한몫했는지도 모른다. 언젠가 세면대가 막혔을 때 시커먼 배수구를 보며 나는 실명한 눈을 떠올렸다. 맞아, 눈도 저렇게 막혀버리는 거야, 하고 생각했다. 넘치는 빛줄기가 더이상 그 안에 녹아든 모든 광경을 거느리고 눈구멍을 통과할 수 없게 된 상태, 그게 바로 실명이야. 이 도시의 장님 시인 베히프의 눈 속 깊숙이 자리한 것도 그런 축축한 흑점임이 틀림없었다.

본다는 건 얼마나 불가해한 기능인가! 이 도시 아랫동네로 얼굴을 돌리면 내 눈은 두 대의 강력한 펌프처럼 빛과 함께 무수한 형상들을 빨아들이기 시작한다. 집들의 지붕과 굴뚝, 홀로 선 무화과나무, 거리와 보행자. 내가 빨아들이고 있다는 걸 그들도 느낄까? 나는 눈을 감는다. 멈춤. 물결이 멈춘다. 눈을 뜬다. 물결이 다시 밀려든다.

불안에 술렁이던 밤을 보내고 나니 지붕들이 이상하리만큼 다닥다닥 붙어 보였다. 젖어 번들거리는 지붕의 돌기와들이 짜증날 만큼 획일적으로 하나씩 이어져 있다. 그 위로 희부연 빛줄기가 떨어진다. 저 아래로는 도로들과 좁은 길들이 구불구불 나 있고 행인들이 드문드문 지나간다. 말을 탄 농부 몇 명과 사제 한 명, 누군가의 집을 방문하러 나온 검은 옷차림의 노파들이 보인다.

바로슈 거리가 급류의 물길을 따라 힘겹게 흐르는 사이, 오른편으로 조베크 거리가 급경사를 이루며 내려와 수녀들의 시멘트 집을 흑사병이 덮친 집처럼 비켜나서는 바로슈 거리와 부딪친다. 그 충격으로 두 도로는 뒤틀린 모습이다. 멀찌감치 광인로狂人路가 맹목적이고 고집스러운 인상을 풍기며 김나지움 거리로 돌진하지만 마지막 순간 김나지움 거리가 살짝 비켜서서 아슬아슬하게 충돌을 피한다. 결국 광인로는 다른 도로에서 시빗거리를 찾는 듯 갑작스레 방향을 홱 바꾸어 동네 아래로 굴러내려간다.

이제 나는 길모퉁이에 일리르가 나타나기를 기다리고 있었다. 내 단짝 친구인 일리르는 마네 보초의 작은아들이다. 녀석의 모습이 눈에 띄기 무섭게 나는 계단을 달려내려가 녀석과 합류했다.

"푸줏간에 갈까?" 일리르가 말했다. "거기 한 번도 안 가봤잖아."

"푸줏간에? 거긴 뭐하러?"

"뭐하긴? 보는 거지. 소나 양의 목을 어떻게 비트는지 보려고."

"푸줏간에 뭐 볼 게 있다고? 이미 다 아는 건데. 가축들을 잘게 토막내 발이 밑이나 허공으로 향하게 갈고리에다 걸어두잖아."

"그래." 일리르가 받았다. "하지만 그 푸줏간은 달라. 황소의 목을 따는 것도 볼 수 있거든. 거기선 짐승들의 목을 따는 일만 해."

최근 들어 사람들은 '푸줏간'이란 말을 점점 더 많이 사용했는데 그 의미가 그리 명확하지 않았다.

"지난주엔 말이야," 일리르가 말을 이었다. "황소 한 마리가 푸주한들 손에서 빠져나가 미친듯이 도망치는 바람에 사람들이 아무거나 손에 잡히는 대로 들고 뒤쫓아갔대. 황소는 현관 계단에서 넘어져 등뼈가 부러졌고. 거기 그냥 구경만 하러 가는 어른들도 많아."

솔직히 말해 이 도시에 흥미로운 볼거리가 있는 장소는 손가락으로 꼽을 정도였다. 아이들과 그리 점잖지 못한 사람들이 드나드는 영화관을 빼면 관심을 끌 만한 곳이라곤 딱 두 군데뿐이었다. 집시들이 사는 동네와 짐꾼들이 밥벌이를 나누는 이슬람교 사원 앞 광장. 거기서 싸움판이 벌어지곤 했는데, 특히 일요일에 그랬다. 다른 싸움판은 예고도 없이 벌어졌고 보통 예측할 수 없는 장소에서 일어났다. 게다가 요즘 들어서는 당사자들이 사전에 한 약속을 어기는 경우가 허다했다. "아! 진짜 싸움다운 싸움은 과거지사가 되어버렸다니까!" 구경꾼들이 이렇게 한숨짓는 소리를 들은 게 한두 번이 아니었다. 그들은 실망해서 가버렸다. 집시들, 특히 짐꾼들만 정직하게 싸웠고, 욕설을 내뱉으며 한 맹세를 어김없이 지켰다.

푸줏간은 또다른 심심풀이 장소가 틀림없었으므로 나는 아무 이의도 제기하지 않았다.

포장도로를 걸어올라가는데 길을 내려오는 야베르와 막수트가 눈에 띄었다. 둘이 서로 말을 하지 않는 품새를 보니 화가 난 것 같았다. 우리도 아무 말 하지 않았다. 막수트는 원래 눈알이 좀 튀어나와 있어서 보고 있으면 왠지 속이 울렁거렸다. 한번은 한 아줌마가 이웃집 아줌마와 싸우다가 '눈깔이나 쑥 빠져버려라!'라고 욕하는 소리를 들었는데, 그 순간 막수트의 두 눈이 떠올랐다. 그후로는 막수트를 만날 때마다 눈구멍에서 빠져나와 땅에 떨어진 막수트의 두 눈을 내가 본의 아니게 밟아 터뜨릴 것만 같은 기분이 들었다.

"왜 그래?" 일리르가 물었다. "얼굴이 왜 그래?"

"막수트 때문에. 저 형을 보면 토할 것 같아."

"이사 형도 그런 것 같던데. 요즘 누가 저 형 얘기만 하면 이사 형도 얼굴을 찌푸려, 너처럼."

"정말? 이사 형도 막수트 형의 눈알이 툭 떨어질 것 같은 느낌을 받는단 말이야?"

"너 어디 아프니?"

나는 입을 다물었다.

어깨에 담요를 두른 한 남자가 손수건에 싼 빵덩어리를 손에 들고 우리 쪽으로 걸어왔다. '어둠의 친구'라는 별명을 가진 루칸이었다.

"어이, 루칸, 감방에서 나오는 건가?" 행인 하나가 물었다.

"그래."

"그럼 언제 또 거기로 돌아가는가?"

"낸들 아나? 어쨌든 감방은 들어가라고 만든 데니까."

터키인들이 지배하던 시절부터 이제까지 루칸은 좀도둑질로 수십 차례나 감방을 들락거렸다. 갈색 담요를 등에 두른 채 손수건에 변변찮은 먹을거리를 싸들고 성채 거리를 내려오는 루칸. 그는 이 도시 사람들의 뇌리에 그런 모습으로 각인되어 있었다.

"아, 루칸, 자네가 다시 나왔군!" 또다른 행인이 그에게 말을 걸었다.

"그렇게 됐어."

"담요는 저 위에 두고 오지그랬나……"

멀어져가는 행인을 향해 루칸은 핏대를 세우며 욕설을 퍼부었다.

우리는 도심 쪽으로 걸어갔다. 낯선 소음이 도시의 거리들을 가득 메웠다. 장이 서는 날이었다. 사방에서 농부들이 광장을 향해 몰려들었다. 포장도로 위를 미끄러지듯 달리는 말발굽들이 딸깍거리는 소리를 내며 불똥을 튀겼다. 말의 고삐를 부여잡고 비탈길을 오르는 시골 사람들은 짐승과 한몸이 되어 땀을 뻘뻘 흘리면서 숨을 몰아쉬었다.

도로 양편으로 늘어선 저택들은 덧문이 꼭꼭 닫혀 있었다. 창 안쪽에서는 터키 장교 부인들이 폭신한 방석에 앉아 구역질이

나는 듯 창백한 얼굴을 하고는 코를 틀어막고 있었다. 호사를 누리는 희고 포동포동한 얼굴의 마님들은 좀체 문밖으로 나오는 일이 없었다. 그들은 그리스 국경이 폐쇄되면서 신경통에 더없이 좋다는 그 유명한 이오안나 호수의 뱀장어를 들여올 수 없게 된 걸 한탄했다. 그리고 이 시골 사람들을 혐오하는지라 이들 중 누군가의 이름을 입에 올릴 때마다 변기를 지칭할 때처럼 '실례지만' 하고 덧붙였고, 대개는 이 새로운 시대에 짓눌려 초췌해진 모습으로 긴 의자에 늘어앉아 커피를 끝없이 홀짝이며 왕정의 복원을 고대했다.

영화 포스터들 앞에 이탈리아 군인 몇 명이 서서 지나가는 사람들을 살폈다. 일리르와 나는 길을 걸어올라갔다. 상점의 간판들이 길게 펼쳐졌다. 놋그릇 가게, 이발소, 마구상이 이어지더니 아디스아바바 카페가 나오고 '식초'라고 적힌 간판 다음에는 큼직한 글씨로 '포고문'이라고 쓴 벽보가 보였다.

우리는 가던 길을 계속 갔다. 이제 푸줏간이 코앞이었다. 가축의 울음소리는 들리지 않았다. 피냄새도 나지 않았고 무슨 표지판 같은 것도 없었다. 그래도 목적지에 거의 다 왔다는 걸 짐작할 수 있었다. 포장도로 주변에 정적이 감돌았고, 사람들의 발길이 뚝 끊긴 길모퉁이들은 우리가 그곳에 이르렀음을 말해주었다. 우리는 우리가 사는 동네의 어떤 돌계단과도 닮지 않은, 반들반들하게 물에 젖은 계단을 오르기 시작했다. 아주 높다란 계단이었다. 이 계단에는 우리 동네 계단들에서 흔히 보는 어떤 문양도, 아주 단순한 문양조차 새겨져 있지 않았다. 우리는 힘겹게 계단을 올라갔다. 저 위는 무덤 같은 정적에 싸여 있었다. 사람 소리든 짐승 소리든, 그 어떤 소리도 들리지 않았다. 대체 무슨 일이 벌어지고 있는 걸까? 이윽고 우리는 그곳에 이르렀다. 모든 게 준비된 상태였다. 차갑고 무심한 얼굴을 한 사람들이 기다리고 있었다. 칼라에 풀을 먹인 흰 셔츠에 넥타이를 맨, 말쑥한 차림의 남자들이었다. 몇몇은 펠트 모자를 썼고, 한 명은 구식 실크해트를 썼다. 실크해트를 쓴 남자가 손목시계를 들여다보았다.

꾸르륵꾸르륵 물 내려가는 소리가 들렸다. 누군가 검정 고무호스로 바닥에 물을 뿌렸고 비를 든 또다른 남자가 측면 배수구 쪽으로 물을 쓸어냈다. 우리 발 가까이에서 물이 마구 튀었다. 우리는 눈을 내리깐 채 뒤로 물러섰지만 이미 일이 끝난 뒤였다. 바닥에 피가 흥건했다. 우리가 오기 전에 일이 모두 마무리된 것 같았다. 그래도 작은 무리의 사람들은 꼼짝하지 않았다. 또다른 살육이 준비되고 있다는 의미였다. 물이 큼직큼직한 피 웅덩이들에서 거품을 일으키며 그것들이 시멘트 바닥에 엉기기 전에 거둬 쓸어갔다.

다음 순간 우리 시야에 모든 게 훤히 드러났다. 장방형의 작은 광장을 단층짜리 시멘트 건물이 빙 둘러싸고 있었다. 광장 쪽으로 개방된 건물 안에는 쇠갈고리 수백 개가 천장에 걸려 있었다. 바닥에는 양들이 있고, 그 사이로 두꺼운 털옷에다 긴 검정 외투를 입은 촌부들이 보였다. 그들은 저마다 양털을 꽉 움켜쥔 채 양에 올라앉아 있었다. 그들 역시 기다리고 있었다.

거기 서 있는 사람들한테서는 초조한 기색이 전혀 느껴지지 않았다. 그중 두 명이 묵주를 꺼내 천천히 기도문을 외웠다. 처음 보는 사람들이었다. 실크해트를 쓴 남자가 손목시계를 들여다보았다. 올 것이 온 것 같았다.

우리 눈앞에 도살자들이 불쑥 모습을 드러냈다. 흰 가운 차림에 손이 신경질적으로 붉은 남자들이었다. 그들은 광장 한복판의 급수장 근처에 서 있었다. 촌부들이 각자의 칸에서 자기네 양들을 그들 앞으로 몰기 시작했는데도 그들은 꼼짝하지 않았다. 우르르 울리는 둔탁한 소리가 들려왔다. 아스라이 바닥을 쓸고 달리는 짐승들의 무수한 발굽 소리였다. 첫번째 무리가 도살자들이 기다리는 급수장에 도달한 순간 그들의 손에서 느닷없이 커다란 식칼이 번득였다. 그러고는 일이 시작되었다.

오른손에 통증이 느껴졌다. 일리르의 손톱이 내 살을 파고들었다. 토할 것 같았다.

가자.

아무도 그렇게 말하지 않았는데도 이미 우리는 손으로 두 눈을 가린 채 아래로 내려가는 계단을 더듬더듬 찾고 있었다.

마침내 우리는 계단을 찾아 내려왔다. 그렇게 거기서 빠져나왔다. 그곳을 점점 벗어남에 따라 거리도 활기를 띠었다. 배추를 옆구리에 낀 사람들이 시장에서 돌아오고 있었다. 그리로 가는 사람들도 있었다. 저 위 푸줏간에서 무슨 일이 벌어지고 있는지 이들은 짐작이나 할까?

"어디 갔었니?" 질책하는 목소리가 난데없이 귀에 와 꽂혔다. 고개를 드니 일리르의 아빠가 우리 앞에 서 있었다. 그의 손에는 옥수수빵 한 덩이와 싱싱한 양파 한 묶음이 들려 있었다.

"어디 갔었어?" 그가 다시 물었다. "왜 그렇게 얼굴들이 창백해?"

"푸줏간에…… 갔어요."

"푸줏간에?"

그의 손에 들린 양파들이 뱀처럼 꿈틀댔다.

"푸줏간엔 왜?"

"그냥, 보려고요, 아빠."

"뭘 보려고?"

양파들은 잠잠해졌고 그 꼬리들도 힘없이 늘어졌다.

"다시는 거기 가지 마라." 일리르의 아빠가 누그러진 목소리로 다짐을 주었다.

그는 조끼에 달린 작은 호주머니에 손가락을 넣어 무언가를 찾더니 반 레크짜리 동전 한 닢을 꺼냈다.

"자, 영화나 보러 가거라."

이렇게 말하고 일리르의 아빠는 가버렸다. 우리는 차츰 현기증 나는 멍한 상태에서 벗어났다. 스쳐지나가는 장터의 풍경이 마음을 어루만져주었다. 진열대와 광주리, 바랑, 펼친 수건 위에 우리 도시에는 없는 초록의 세계가 펼쳐지고 있었다. 배추, 양파, 샐러드, 파슬리, 풀밭의 미소들, 유제품, 신선한 달걀과 치즈. 그 한복판에서 쩔렁대는 돈 소리, 흥정하는 소리, 묻는 소리. 얼마예요? 얼마요? 웅얼대는 소리. 저거 처먹기도 전에 뒈져라, 돈은 됐다 의사한테나 쥐라 등속의 악담과 욕설. 샐러드와 배추 위로 얼마나 많은 독극물이 흘러드는 걸까! 또 얼마나 많은 벌레가 기어들고 죽음이 스며드는 걸까. 얼마나 많이?

우리는 그들에게서 멀어져갔다. 장터가 끝나는 곳에서 이탈리아 군인 한 명이 지나가는 아가씨들을 바라보며 하모니카를 불고 있었다. 우리는 영화 포스터들이 나붙은 게시판 앞에 이르렀다. 그날 저녁에는 상영되는 영화가 없었다.

우리는 각자 집으로 돌아갔다. 계단을 올라가는데 막내고모의 웃음소리가 들렸다. 막내고모는 의자에 앉아 한쪽 다리를 흔들며 시끄럽게 웃어댔다. 제조가 할머니를 두세 번 흘깃 쳐다봤지만 할머니는 그저 입술을 조금 비죽거렸을 뿐이다. 어쩌겠나, 제조, 요즘 젊은 처녀애들은 다 저런걸, 하고 말하려는 듯.

아빠가 들어왔다.

"들었어요?" 막내고모가 다짜고짜 아빠에게 말했다. "티라나에서 누가 이탈리아 왕에게 총을 쐈대요."

"카페에서 들었어." 아빠가 대답했다.

"암살을 기도한 사람이 장미 다발에다 권총을 숨겼대요."

"그래! 그랬다더라!"

"그 사람, 내일 교수형에 처한다던데. 겨우 열일곱 살이래요."

"아! 가엾은 애들!" 할머니가 한숨지었다.

"말세야!"

"명중시키지 못한 게 억울해!" 막내고모가 말했다. "장미 다발이 거치적거렸던 거야."

"아가씬 어디서 그런 걸 다 들었데요?" 엄마가 나무라는 투로 물었다.

"여기저기서요." 막내고모가 받아쳤다.

제조가 머리에 삼각 숄을 쓰고 작별을 고한 뒤 나갔고, 얼마 후 피노 어멈도 자리를 떴다. 막내고모는 잠시 그대로 남아 있었다.

나는 삼층으로 올라갔다. 거리는 여전히 북적댔다. 마지막으로 장을 본 사람들이 돌아오고 있었다. 막수트는 잘린 머리통처럼 보이는 배추를 옆구리에 끼고 있었다. 왠지 저 혼자 웃고 있는 것 같았다.

시골 사람들이 다시 떠나가고 있었다. 얼마 지나지 않아 바로슈 거리와 팔로르토 거리를 비롯해 하즈무라트 거리, 체테멜 거리, 잘리 거리 그리고 대로와 강 위에 걸린 다리가 그들이 입은 긴 외투들로 검게 물들겠지. 우리 눈에는 절대 보이지 않는 마을들을 향해 그들은 걷고 또 걸을 것이다. 줄에 매인 말처럼, 도시는 그들이 가져온 푸성귀를 집어삼킬 테지. 그러나 그들이 두고 간 부드럽고 여린 이 초록빛 세계도, 풀밭의 이슬과 땡그랑대는 방울 소리도, 이 도시의 근엄한 외관을 다소나마 누그러뜨리기에는 역부족이었다. 그들은 그렇게 떠나가고 있었다. 이제 어스름한 빛 속에서 검은 외투들이 춤을 추었다. 말들의 편자에 짓밟힌 포석에서 성난 마지막 불똥이 튀었다. 늦은 시각이었다. 마을로 돌아가는 농부들은 발길을 재촉해야 했다. 고개를 돌려 돌들과 홀로 남게 된 이 도시에 눈길을 주는 이는 없었다. 그 순간, 저 위 성채 감옥에서 희미하게 철컹철컹대는 소리가 울려퍼졌다. 매일 저녁 그렇듯 쇠막대를 든 간수들이 규칙적인 리듬으로 두드려가며 창살을 점검하고 있었다.

나는 이제 다리를 건너가는 시골 사람들의 마지막 무리를 눈으로 좇고 있었다. 도회지 사람과 시골 사람. 사람을 이렇게 나누는 게 묘하다는 생각이 들었다. 시골은 어떤 곳일까? 어디에 있는 걸까? 왜 눈에 보이지 않는 거지? 솔직히 나는 그곳이 존재한다고 정말로 믿지는 않았다. 저기 가는 농부들은 각자 자기네 마을로 돌아가는 척하는 것일 뿐, 실제로 어떤 마을이 있는 건 아니라는 느낌이 들었다. 저들은 저렇게 흩어져 이 도시 주변 관목들로 뒤덮인 완만한 언덕 뒤에 숨어 다음 장이 설 때까지 한 주 내내 기다렸다가 우리 도시 거리거리에 푸른 야채와 달걀, 쨍그랑대는 소리가 다시 넘쳐나게 하는 게 아닐까.

어떻게 사람들은 그토록 많은 돌과 목재를 모아다가 이런 담벼락과 지붕을 만들 생각을 했을까. 그리고 어떻게 이 모든 도로와 집, 하천과 지붕과 굴뚝을 뭉뚱그려 도시라는 이름으로 부르게 되었을까. 더더욱 이해할 수 없는 건, 어른들의 대화에 점점 더 빈번히 등장하는 '점령 도시'라는 말이었다. 우리 도시는 점령당한 상태였다. 그건 이 도시에 외국 군인들이 와 있다는 말이기도 했다. 그건 나도 아는 사실이었지만, 정작 내가 골머리를 앓고 있었던 건 다른 문제였다. 점령당하지 않은 도시란 어떤 곳인지 상상이 되지 않았다. 설령 우리 도시가 점령당한 도시가 아니라 해도 이 모든 거리와 분수, 지붕과 사람 들은 그대로가 아니었을까? 내 아빠와 엄마도 그대로가 아니었을까? 제조와 피노 어멈, 제모 왕고모를 비롯해 늘 같은 사람들이 우리집을 찾아오지 않았을까?

어느 날 이 문제에 관해 야베르에게 물은 적이 있다.

"너희는 노예로 자라서 자유로운 도시가 뭔지 몰라." 야베르가 말했다. "너한테 그걸 설명하기는 쉽지 않은데, 자유로운 도시가 되면 모든 게 너무 다르고 너무 근사해서 처음엔 머리가 어질어질할 거야."

"먹을 것도 많을까?"

"그럼, 먹을 것도 있지. 물론이야. 그것 말고도 많아. 아! 너무 많아서 나도 뭐라 분명히 말할 수가 없어."

해가 구름 사이에서 드문드문 빛났다. 몰래 미소짓는 듯 빗방울이 성긴 비가 내리고 있었다. 나무 대문이 열리더니 피노 어멈이 거리로 나왔다. 검은 옷을 차려입은 왜소한 몸집의 피노 어멈은 화장 도구가 가득 든 가방을 옆구리에 끼고 종종걸음으로 걷기 시작했다. 가볍고 경쾌하게 비가 내렸다. 어디선가 결혼식이 있었다. 피노 어멈은 그리로 가는 길이었다. 메마른 손으로 가방에서 온갖 머리핀과 끈과 화장통 들을 꺼내 젊은 신부의 얼굴에 점점이 별을 박아넣고 실편백나무 가지를 그려넣을 것이다. 신비로운 백색 분가루 속에서 헤엄치는 천상의 표징들도 함께.

내 입김이 유리창에 살짝 서려 피노 어멈의 형상을 흐려놓았다. 거리 끝에서 흔들리는 검은 형태만 식별되었다. 먼 훗날 피노 어멈은 그렇게 집에서 나와 내 신부에게도 화장을 해주러 오겠지. 내 신부의 얼굴에 무지개를 그려줄 수 있나요, 피노 어멈? 오래전부터 나는 마음속에 이 물음을 담고 있었다.

이제 피노 어멈은 다른 길로 접어든 참이었다. 아뜩히 높은 집들 사이에서 그녀는 더 작아 보였다. 무겁고 단단한 철문 너머에는 젊고 아름다운 신부들이 있었다.

연대기의 일부

……이번에 우리는 뉘른베르크에서 다시 만났다. 유쾌한 소식이 전해진 참이다. 조만간 우리나라는 알바니아의 절친한 벗이자 파시스트 당 서기인 무티*를 영접하게 될 것이다. 우리 도시도 그를 맞을 준비를 하고 있다. 재판. 집행 조치. 사유재산. 우리시의 시민 L. 주아노의 사체를 강에서 건져올렸다. 그는 카를라슈 집안과 안고니 집안이 맞붙은 재판에서 증인으로 서려던 차에 살해당했다. 육십 년도 넘게 끌어온 해묵은 이 재판은 이 지역에 막대한 손실을 야기했다. 알바니아 술탄 아흐메트 조구가 이백만 레크에 구입한 빈의 호텔을 정부情婦인 미치에게 선사했

---

* Muti. 알바니아어로 '사람의 똥'을 뜻한다.

다는 사실이 밝혀졌다. 현재 이 도시에서 가장 무거운 사람은 체중이 150킬로그램인 아키프 카샤흐다. 말썽을 일으킨 고교생들이 퇴학당했다. 정부의 허가 없이 무기를 소지한 시민들은 사령부에 당월 17일까지 출두해야 한다. 이 지역 사령관은 브루노 아르치보찰례. 이 도시 시민인 비도 셰리프가 티라나에서 열흘을 보낸 뒤 어제 돌아왔다. 출생. 결혼. 사망. A. 드흐라미와 Z. 파샤리 득남. M. 지쿠는 득녀. N. 피코가 E. 카라필리와 혼인 가약을 맺음. F. 도비 Dh. 자르베. Z. 바바메토의 부고.

3

이 도시는 언뜻 보기에 상관이 없는 모종의 사건들의 무대가
되어 있었다. 성채로 이어지는 거리의 마지막 교차로에서 차르
샤프를 두른 여자 하나가 쭈그리고 앉아 흙을 헤집고 있는 것이
목격되었다. 여자는 그 자리에 물을 뿌린 뒤 곧 자리를 떴고 뒤
를 밟으려던 이들의 시야에서 사라졌다. 낯선 노파 하나가 나조
의 젊은 며느리가 손톱을 깎는 동안 창문 밑에 있는 게 눈에 띄
었다. 노파는 떨어진 손톱을 하나하나 주워 모으더니 히죽히죽
웃으며 자리를 떴다. 비도 셰리프가 밤에 자다 말고 벌떡 일어나
닭 울음소리 같은 비명을 두세 차례 지르더니 다시 잠이 들었다.
다음날 아침 그는 전혀 기억하는 바가 없노라고 했다. 이틀 뒤에
는 피노 어멈이 자기네 마당에 축축한 재가 뿌려져 있는 걸 발

견했다. 그러나 마네 보초의 아내에게 일이 닥치고 나서야 만사가 분명해졌고, 그 누구도 이 사건들은 서로 무관하다는 애초의 믿음을 고수할 수 없게 되었다. 그러니까 어느 날 정오경에 피부가 거무스름한 여자가 마네 보초의 집 대문을 두드린 것이다. 여자는 물을 한 잔 달라고 했다. 안주인이 물을 갖다주자 낯선 여자는 절반만 마셨다. 안주인이 잔을 받아들려 하자 여자는 더러운 잔에 물을 줬다고 호되게 질책하더니 남은 물을 안주인의 얼굴에 냅다 뿌렸다. 질겁한 안주인은 사색이 되었는데, 낯선 여자는 순식간에 사라지고 보이지 않았다. 마네 보초의 아내는 황급히 솥에 물을 가득 끓여 몸을 꼼꼼히 씻고, 입고 있던 옷은 불태웠다.

이제 상황은 명백해졌다. 주술 행위가 이 도시에 널리 퍼져 있었던 것이다. 보이지 않는 손들이 사방에 불길한 물건을 놓아두었다. 문지방이나 담벼락 뒤, 혹은 처마 위에 종이 쪼가리나 더러운 천조각으로 싸서 놓아둔 것들을 본 사람들은 소름이 돋았다. 소문에 따르면 추테의 집이 주문에 걸려 형제들이 반목하고 불화가 한시도 그치지 않는다고 했다…… 우리 도시의 유일한 발명가인 디노 치초의 집도 마찬가지여서 그가 한 계산들이 주술로 온통 뒤죽박죽이 되고 말았다. 최근 들어 몇몇 젊은 처자들이 하는 짓거리도 이런 주술 행위의 효과라고밖에는 설명이 되지 않았다.

우리 가족은 제조의 방문을 기다리고 있었다. 늘 그렇듯 제조는 힘겹게 숨을 몰아쉬며 들어왔다. 문이 채 열리기도 전에 그녀의 코맹맹이 소리가 들려왔다.

"글쎄 말이야," 계단을 올라오며 제조는 탄식부터 터뜨렸다. "바바라모의 며느리가 아이한테 줄 젖이 안 나온다지 뭔가."

"무슨 그런 끔찍한 소릴 하세요?" 엄마가 얼굴이 해쓱해져 말했다.

"그 집 사람들, 난리도 아닌 걸 애엄마가 봤어야 하는데. 그 불길한 뭉치를 찾으려고 천장 위와 마루 밑까지 뒤졌다니까. 침대 매트리스들을 몇 번이나 뒤집어보고 가방마다 속을 다 비워보았다는구먼. 헛수고는 아니었지."

"찾아냈군요!"

"그래그래. 그게 아기 요람 속에 있었다는 거야. 죽은 사람의 손톱과 머리카락 뭉치였다나. 무슨 일이 벌어졌는지 직접 봤어야 하는데! 사람들이 놀라 비명을 지르고 정신이 홀랑 나갔다는구먼! 귀가한 장남이 경찰에 신고하러 급히 나간 뒤에야 좀 진정이 되었다지."

"마녀들 짓이에요." 엄마가 말을 받았다. "왜 그들을 찾아내지 못하는 걸까요?"

"자네 집엔 아무 일 없었나?" 제조가 할머니에게 물었다.

"없었어, 지금까지는."

"다행이네."

"아! 마녀들 짓이에요!" 엄마가 계속 되뇌었다.

"그런데 나조의 아들은 저주가 풀렸나?"

"아니, 아직." 할머니가 받았다. "두 차례나 호자*에게 도움을 청했지만 아직 아무 해결도 보지 못했다더군. 그 저주받은 물건을 찾아내려고 별별 수단을 다 동원했는데도 소용이 없었다지."

"안됐어." 제조가 말했다. "괜찮은 젊은인데!"

나조의 아들 막수트를 두고 사람들이 하는 말을 나도 들은 적이 있었다. 그는 결혼한 지 얼마 안 되었는데 주문에 걸렸다는 소문이 나돌았다. 일리르가 자기 집에서 듣고 우리한테 털어놓은 이야기도 그랬다. 집이 주문에 걸린 이후로 그 안에서 무슨 일이 벌어졌는지 알고 싶어 우리는 감질이 났다. 그러다 훨씬 뒤에야 진상을 알았는데, 막수트가 부부간의 의무를 이행하는 데 문제가 생겼다는 이야기였다. 종종 우리는 그의 집 주위를 몇 시간이고 서성댔지만 무슨 특별한 일이 벌어지고 있는 것 같지는 않았다. 창문 안쪽은 모든 게 전처럼 조용했다. 나조는 마당에 쳐둔 철삿줄에 며느리와 함께 빨래를 널었고, 지붕 위에서는 늘 그렇듯 회색 고양이가 햇볕을 쬐고 있었다.

---

* 이슬람교 교사.

"이상한 저주도 다 있네!" 우리는 서로에게 말했다. "소리를 지르지도 주먹을 날리지도 않잖아."

어느 날 나는 할머니에게 물었다.

"나조의 아들이 무슨 저주에 걸린 거예요?"

"어디서 그런 말을 들었지?"

"친구들이 그러던데요."

"그건 말이다." 할머니가 내게 말했다. "네 나이 땐 입에 담아선 안 되는 부끄러운 일들이야. 알겠니?"

나는 친구들에게 이 말을 그대로 옮겼지만 녀석들의 호기심만 부채질한 꼴이 되었다.

저녁이 되어 이슬람교 사원에서 호자가 노래하듯 읊조리는 기도 소리가 들리고 굴뚝과 첨탑 꼭대기에 올라앉은 황새들의 둥지가 검은 터번처럼 보일 무렵이면 우리는 나조네 젊은 신부를 보려고 그 집 문 앞을 오가곤 했다. 문밖으로 나온 그녀는 문가에 놓인 돌 벤치에 시어머니와 함께 앉았다. 그녀는 자신의 긴 머리타래를 손가락으로 만지작거렸는데 때때로 그녀의 시선에서 기이하고도 매혹적인 빛이 발하곤 했다. 우리 동네에서 그렇게 아름다운 신부는 본 적이 없었다. 우리 사이에서 그녀는 '예쁜 신부'로 통했다. 해질 무렵이면 우리는 나조의 집 대문 앞에서 개똥벌레를 쫓아다니며 그녀가 우리를 봐주었으면 했다. 그녀는 생각에 잠긴 얼굴로 그곳에 남아 커다란 잿빛 눈으로 우리를 바라다보았지만 마음은 다른 데 가 있는 것 같았다. 그러고 있노라면 막수트가 옆구리에 빵을 끼고 시장이나 카페에서 돌아왔다. 며느리와 시어머니는 조용히 자리에서 일어나 집안으로 들어갔고, 막수트가 따라들어갔다. 묵직한 문이 삐걱대며 닫히는 소리가 애처롭게 울렸다.

저 돌 문지방 안쪽에서 주문이 효력을 발휘하기 시작할 터였다. 저 예쁜 신부가 매일 밤 저 처량한 문 안에 갇혀 있어야 한다고 생각하니 안쓰러웠다. 거리가 텅 빈 것 같았고 놀고 싶은 마음도 싹 가셨다. 창문 너머로 나조가 석유램프에 불을 붙이는 모습이 보였다. 희미하게 빛나는 저 노르스름한 불빛을 보면 누구라도 마음이 울적해질 것 같았다.

"그래, 셀피제." 제조가 말했다. "모든 게 우리 잘못이야. 도가 지나쳐도 유분수지. 며칠 뒤엔 이 도시 거리에서 남녀 할 것 없이 깃발과 팡파르를 앞세우고 행진을 할 거라는구먼. '무티 만세!'를 외치면서 말이야. 그런 고약한 일이 또 어디 있겠나?"

엄마가 끔찍하다는 듯 양볼을 꼬집으며 말했다.

"말세예요!"

"부끄러운 일이지!" 할머니가 한숨지었다.

"또 무슨 꼴을 당할지 누가 알겠나!" 신을 끌어들일 때면 늘 그렇듯 제조는 허공에 손을 쳐들며 말했다. "저 위에 계신 분이 좀 미적거리시는진 몰라도 잊지 않고 갚아주실 거야. 어젠 체초 카일의 딸 얼굴에 수염이 나게 하셨으니, 내일은 우리 모두의 몸에 가시가 돋게 하실지도 모르지."

"아! 어떻게 그런 일이!" 엄마가 말했다.

제조는 자리를 뜨기 전에 우리에게 몇 가지 당부의 말을 잊지 않았는데, 그럴 때면 목소리에서 한층 더 콧소리가 났다.

"깎고 난 손톱은 아무데나 버리지 마."

"왜요?"

"누가 가져갈 수도 있으니까. 손톱과 머리카락을 가져다가 그 망측한 뭉치를 만든다니까. 그리고 애엄마도, 머리를 빗을 때 절대 머리카락을 바닥에 떨어뜨리지 말게나. 마귀가 원하는 게 그거니까."

"어떻게 그런 일이!" 엄마가 되뇌었다.

"재를 땅속에 묻는 것도 잊지 말고."

제조는 우리집에 왔을 때처럼 특유의 가쁜 숨소리를 내며 그렇게 가버렸다. 검은 삼각 숄을 둘러쓴 모습으로, 늘 그렇듯 불안과 경계심을 뒤에 남겨둔 채. 그것이 내가 기억하는 제조의 한결같은 모습이다. 근심 걱정이 가득해 시종일관 안절부절못하는 모습으로 암울한 이야기만 들먹이며 점점 더 열띤 어조로 화제를 이끌어가는 제조. 일리르는 제조 자신도 저 마법에 넘어가 주문을 거는 게 아닐까 의심했다.

집집마다 온통 그 이야기뿐이었다. 사건이 터지고 처음에는 동요와 혼란이 이는가 싶었다. 그러더니 이런 경우 흔히 그렇듯 애초의 불안이 가라앉자 사람들은 악의 근원을 찾으려 했다. 그래서 이 문제를 두고 '왕할머니들'의 의견을 구했다. 그 무엇에도 놀라거나 겁을 먹지 않게 된, 나이가 아주 많은 노파들이었다. 그들은 이미 오래전부터 바깥출입을 않고 있었다. 그들에게는 세상만사가 지겹기만 했다. 모든 사건이, 전염병이나 홍수나 전쟁 같은 몹시 중대한 사건들조차 그들에게는 지루한 반복에 불과했기 때문이다. 왕정 시대에도 그들은 할머니였고, 그보다 앞선 공화정 시대나 제1차세계대전이 벌어지던 시대, 심지어 금세기 초에도 그들은 이미 할머니였다. 하지에 할머니는 이십이 년째 집밖에 코빼기도 내보이지 않았고, 제카 왕할머니도 이십삼 년째 집안에 틀어박혀 지냈다. 네슬리한 할머니는 십삼 년 전 손자의 장례를 치른 뒤 칩거에 들어갔다. 삼십일 년을 자진해 갇혀 지내던 샤노 할머니가 어느 날 집에서 몇 미터 밖으로 나온 건 증손녀 주위를 맴도는 이탈리아인 장교를 후려치기 위해서였다. 밥은 눈곱만큼 먹고 온종일 담배와 커피를 입에 달고 사는 이 왕할머니들은 뼈와 힘줄뿐인 건장한 체격이었다. 샤노 할머니가 장교의 귀를 잡아당기자 장교는 비명을 지르며 빠져나갈 요량으로 잽싸게 권총을 꺼내 개머리로 노파의 손을 내리쳤다. 하지만 노파가 그를 놓아준 건 그 앙상한 손으로 주먹을 날리기 위해서였다. 이 왕할머니들의 몸은 살집이나 민감한 부위가 거의 없었다. 방부 처리될 준비가 되어 있는 몸, 쉽사리 부패하는 장기를 모두 걷어낸 몸이라고나 할까. 그들에게는 불필요한 살이나 지방질은 물론 헛된 욕구도 호기심도 두려움도 없었고, 이런저런 감정이나 험담하는 취미도 사라진 뒤였다. 야베르는 샤노 할머니라면 이탈리아 장교한테 한 것처럼 무솔리니의 귀도 태연히 잡았을 거라고 했다.

주술 행위에 대해 왕할머니들은 아주 분별 있는 의견을 내놓았다. 그런 일들은 보통 중대한 사건이 터지기 직전에 맹위를 떨친다는 걸 기존의 사례들을 들어 증명해 보였다. 폭풍우가 닥치기 전의 나뭇잎처럼 영혼들이 떨고 있는 것이라고.

하지만 아직 풀리지 않은 의문이 너무 많았고, 특히 가장 중요한 의문이 그랬다. 누가 그런 주문을 거는 걸까? 사람들은 질문을 하는 데 그치지 않고 답을 찾기 위해 보다 구체적인 행동에 나섰다. 아키프 카샤흐의 아들들은 밤낮없이 교대하며 지붕에 뚫린 천창으로 망을 보았다. 이 도시 신부들의 화장을 도맡아 해주는 피노 어멈은 이런 주술 행위의 으뜸가는 표적 중 하나였으므로 늑대만한 개 한 마리를 사서 집 마당에 풀어놓고 키우기 시작했다. 마네 보초는 터키인들이 지배하던 시절의 유물인 낡은 장총을 지하실에서 꺼내 탄환을 장전한 뒤 문에다 걸어두었다. 시청에서는 묘지기 한 명을 새로 두어 공동묘지를 지키게 했다.

그 밖에도 사람들은 스스로를 지키기 위해 몇 가지 예방책을 마련했다. 여자들은 재를 밀가루인 양 벽장에 넣은 뒤 자물쇠를 채웠고, 이발소에서 나오는 남자들은 이발사 조수가 손수건이나 신문지에 조심스레 싸준 자신의 머리칼을 손에 들고 있었다.

이런 조처들을 실천에 옮기자 불길한 사건들이 뜸해지는 듯싶었다. 한동안 사람들의 대화에서 밀려났던 일상의 사소한 골칫거리들이 다시 얘깃거리로 등장했다. 상대적인 안정감과 얼마간의 평화가 다시 자리잡았다. 그러나 그것도 오래가지 못했다. 사라지는가 싶었던 불길한 사건들이 전보다 더 활기를 띠기 시작했다. 소싯적에 포수였던 아브도 바바라모의 집에서 어느 날 봉인된 치즈 통이 굉음을 내며 폭발한 사건이 발단이었던 것 같다. 도시 여기저기서 이런 해코지가 다시 머리를 쳐들자 범인을 잡는 데 협조해달라고 시민들에게 간청하는 공고문이 나붙었다. 그러나 그런 시도도 전혀 소용이 없었다. 괴괴한 사건들이 다시 이어졌다. 아키프 카샤흐의 집에서는 누군가가 천창에서 안주인에게 미소를 보내며 이리 오라는 손짓을 해 보였다. 아브도 바바라모의 집에서는 치즈 통이 폭발한 사건 이후로 장남 부부가 불화를 겪게 된 것 같았다. 그러나 가장 떠들썩했던 건 피노 어멈을 겨냥한 세번째 사건이었다. 불길한 물건 자체는 전혀 특이할 게 없었다. 이번에도 재였으니까. 그런데 초를 친 재였다! 당황해 어쩔 줄 모르는 피노 어멈을 보며 우리 꼬맹이들이 피워댄 소란이 근방을 지나던 이탈리아 순찰대의 눈길을 끌었다. 순찰대가 이 기이한 소동을 주둔부대에 알린 게 틀림없었다. 십오 분쯤 지나 사인조 이탈리아 공병들이 광산 탐지 기구와 연장을 갖고 피노 어멈의 집 마당 안으로 냅다 들이닥쳤으니 말이다. 그들은 우리의 겁먹은 눈과 공포에 질려 양 뺨을 쓸어대는 피노 어멈을 보고는 사정을 묻지도 않고 다짜고짜 우리의 시선이 가 있는 장소를 탐지하기 시작했다.

"제기랄!" 그들 중 하나가 간간 내뱉었다. "탐지기가 아무 반응이 없어."

몇 분 뒤, 그들은 노기등등해 자리를 떴다. 한 명이 가다 말고 큰 소리로 피노 어멈을 향해 외쳤다.

"케 푸타나!"*

이제 날마다 해질녘이면 우리 마음은 온통 주술에 대한 생각에

---

* '갈보!'라는 뜻의 이탈리아어.

사로잡혔다. 납득할 만한 일이었다. 성채와 감옥의 탑들에서부터 돌투성이 강바닥에 이르기까지 어둠의 장막이 드리우면 인적이 끊어진 좁은 길 어디선가 낯선 손들이 잘린 손톱과 머리카락, 굴뚝의 검댕을 비롯해 불길한 마력을 지닌 부스러기들을 거두어 천조각에 싸며 수수께끼 같은 오싹한 주문을 외우고 있었으니까.

비와 우박, 천둥, 무지개에도 용감히 맞선 크고 우울한 도시가 번민에 싸여 있었다. 팽팽히 긴장된 처마들과 뒤틀린 거리들, 굴뚝들의 모양새, 이 모두가 도시가 겪고 있는 고통을 증명해주었다.

"도시가 열병을 앓고 있어." 이 말을 들은 게 벌써 두번째였다. 어떻게 도시가 병에 걸릴 수 있는지 도무지 이해가 되진 않았지만. 마네 보초의 집 마당에서 일리르와 나는 야베르와 이사가 주술 행위를 두고 나누는 이야기를 듣고 있었다. 늘 그렇듯 우리에겐 낯선 말들이었는데 그들은 신비로운 마법과는 도무지 어울리지 않는 울림의 어려운 단어들을 써가며 이야기했다. '신비주의'나 '집단히스테리' 같은 말들이 심심찮게 등장했다. 이사가 야베르에게 물었다.

"융 읽어봤어?"

"아니." 야베르가 대답했다. "읽을 생각 없어."

"우연히 한 권 읽게 됐는데, 바로 그 문제를 다루었더라고."

"융은 읽어서 뭐하게. 모든 게 불 보듯 뻔한데. 반동주의자들이 이용해먹는 정신장애야. 그런 히스테리는 사람들이 시대의 문제를 외면하게 만들거든. 이것 봐, 신문에 뭐라고 쓰여 있는지. '주술 행위는 한 민족이 물려받은 일종의 민속 유산이다.'"

"파시스트 이론이군!" 이사가 내뱉었다.

야베르가 신문을 바닥에 내동댕이치며 말했다.

"이 야만인들이 머리에 깃털을 꽂고 중세 관습을 부활시키려는 거야. 무솔리니에게 뭐라도 득이 될까 싶어서."

야베르는 이탈리아 교사에게 폭력을 행사하는 데 가담했다는 이유로 두 주 전 고등학교에서 퇴학당했고 지금은 마크 카를라슈의 무두질 공장에 취직한 상태였다.

그가 호주머니에서 메모지 한 장을 꺼내 예의 비스듬한 글씨로 이렇게 썼다. '어리석은 마법에 신경쓰지 마시라. 우리에겐 풀어야 할 당면 과제가 있다.'

"분명한 발언이야." 이사가 안경알을 닦으며 말했다. "그래도 좀더 과학적으로 설명해주는 게 좋을 것 같은데."

야베르는 발끈하는 것 같더니 곧 진정되었고, 그러다 결국 두 사람은 우리가 자기들 말을 엿듣고 있다는 걸 알아차렸다.

"야! 이 주문 사냥꾼들아! 우리가 하는 말을 듣고 있는 거냐?" 야베르가 말했다.

사실 이 동네 아이들 대부분이 그렇듯 우리도 그 불길한 물건들을 찾고 있었다. 문지방 밑이나 낡은 벽장, 지붕 위나 아궁이 속 등 사방을 뒤지는 데 하루를 다 보냈다. 그 결과는 비 오는 날 여기저기 어긋난 기와 때문에 물이 샐 때 특히 실감할 수 있었다. 우리가 가장 집중적으로 뒤진 곳은 나조의 집 주변이었는데, 그건 물론 그 예쁜 신부에게 빠져 있었기 때문이다.

하지만 애쓴 보람도 없이 그런 뭉치를 하나도 찾지 못해 실망을 금할 수 없었는데, 그러다 마침내 운명이 우리에게 미소를 보내왔다.

그 일은 어느 화창한 날 광인로에서 일어났다. 아무리 휘어지고 못생겼어도 세상 어떤 대로와도 바꾸지 않을 길이었다. 어떤 큰길도 대낮에 아이들이 제 포석을 떼어내 저희 하고 싶은 대로 하도록 내버려둘 만큼 너그럽지는 않을 테니까. 광인로는 그걸 눈감아주었다.

그날 우리는 돌을 던지며 놀고 있었는데 갑자기 우리 가운데 한 명이 겁에 질려 소리쳤다.

"뭉치다!"

우리는 모두 그쪽으로 달려가 녀석 곁에 굳은 듯이 멈춰 섰다. 녀석은 하얗게 질려서는 땅 위의 거무스레한 물체를 손가락으로 가리켰다. 돌들 사이에 주먹만한 크기의 불길한 뭉치 하나가 놓여 있었다. 우리는 겁먹은 눈길을 주고받았다. 목이 메어 말이

나오지 않았다. (그건 마력이 작용해 우리가 말을 잃게 된 거라고 나중에 제조가 설명해주었다.) 그러다 불쑥 우리 안에서 용기가 솟구쳤다. 가끔 꿈속에서 겪는 일이다. 인적이 끊어진 어두컴컴한 거리에 혼자 남게 되어 위험이 임박해 있다는 두려움에 심장이 두방망이질하는가 싶은데 몇 발짝 떨어진 거리에서 갑자기 무언가 움직이는 게 느껴진다. 그림자가, 어둠에 가려진 얼굴이 다가오면, 돌연 미친 듯한 분노에 사로잡혀 사지의 긴장이 풀리고 목소리가 돌아오면서 내 쪽에서 먼저 그 불길한 그림자를 향해 달려드는데…… 그 순간 잠에서 깨어난다.

"마법의 뭉치다!" 일리르가 목청을 다해 부르짖더니 다짜고짜 뭉치를 손에 쥐고 허공에 쳐들었다.

"주술이다, 주술!" 나도 다른 아이들과 함께 소리를 질렀다. 우리는 이유도 모르면서 길을 달려내려가기 시작했다. 일리르가 선두에서 달렸고, 우리는 기쁨과 공포가 뒤엉킨 감정으로 헉헉대고 고함을 지르면서 따라 달렸다.

덧문들이 요란하게 열리면서 여자들의 놀란 얼굴이 나타났다.

"무슨 일이래?"

"마법, 마법이에요!" 우리는 이렇게 대답하고는 성난 폭도처럼 동네를 가로질러 달렸다.

피노 어멈이 창에 나타나 성호를 그었고, 나조의 아름다운 며느리의 커다란 두 눈에는 미소가 떠올랐다. 마네 보초는 소총의 총신을 뉘어 다락방 천창 밖을 겨누었고, 이사의 얼굴이 두 개의 태양처럼 번쩍이는 큼직한 안경알 뒤에서 환히 빛났다.

"일리르, 맙소사!" 일리르의 엄마가 자신의 양볼을 쥐어뜯으며 우리를 쫓아왔다. "일리르, 제발 그 물건 버려, 어서!"

하지만 일리르는 들은 체 만 체했다. 우리 모두와 마찬가지로 녀석은 휘둥그런 눈으로 작은 무리 맨 앞에서 계속 달렸다.

"마법, 마법이다!"

엄마들이 창문과 대문과 담벼락에서 우리를 불렀다. 혐오감의 표시로 양볼을 쓸어대면서 우리를 협박하며 울부짖었지만 그래도 우리는 그 가증스러운 물체를 손에서 놓지 않고 계속 달렸다. 그 더러운 헝겊 뭉치 속에 도시의 고뇌를 싸들고 있는 느낌이었다.

이윽고 기력이 다한 우리는 자만 광장에서 멈춰 섰다. 땀과 먼지로 범벅이 되어 숨을 헐떡였지만 기분은 날아갈 것 같았다.

"이제 어쩌지?" 우리 중 하나가 물었다.

"태워야지. 성냥 가진 사람 없어?"

성냥을 가진 사람이 있었다.

일리르가 불길한 물체에 불을 붙여 땅에 던졌다. 뭉치가 활활 타오르자 우리는 다시 소리를 질러대다가 바지 앞단추를 끌러 그 위에다 오줌을 갈겼다. 터질 것 같은 기쁨에 만세를 외치면서.

수조의 물에 더이상 거품이 일지 않았다. "누가 주문을 건 거야." 제조가 말했다. "어서 물을 갈게나. 안 그러면 끝장이야."

　물을 가는 일은 엄청난 노역이었다. 아빠는 주저했다. 할머니는 제조의 말을 따를 것을 고집했다. 우리집 수조에 물을 길으러 오는 동네 여자들도 할머니와 같은 생각이었다. 추렴으로 돈을 좀 마련한 그들은 자기들도 일꾼들을 도와 온종일 일할 준비가 되어 있다고 알려왔다.

　마침내 결정이 내려지고 작업이 시작되었다. 손전등을 든 일꾼들이 줄사다리를 타고 오르내리며 양동이로 물을 퍼냈다. 먼저 들어차 있던 물이 비워지고 새 물이 채워졌다.

　야베르와 이사는 계단 밑에서 담배를 피우며 이야기를 나누다가 간간이 웃음을 터뜨렸다.

"뭐가 그리 우스운 게냐?" 제조가 물었다. "너희도 양동이를 들고 우릴 돕는 게 좋을 거야."

"이 일을 보니 이집트의 피라미드가 생각나서요." 야베르가 말했다.

나조의 며느리가 미소를 지었다.

양동이들이 수조 내벽에 부딪혀 시끄럽게 울렸다.

"이 물이 아니라 세상을 갈아야 해요." 야베르가 말을 이었다.

이사가 웃기 시작했다.

이사의 아버지가 두 젊은이에게 책망의 눈길을 던졌다. 할머니가 일꾼들에게 줄 커피 잔들을 쟁반 가득 받쳐들고 계단을 내려왔다.

일꾼들은 힘겹게 숨을 몰아쉬며 선 채로 커피를 홀짝였다. 수조 안의 희박한 공기 탓에 일꾼들의 얼굴이 파리했다. 그들 중 한 명의 이름은 오메르였다. 그가 수조 안으로 내려가자 나는 입구로 다가가 큰 소리로 그의 이름을 불렀다.

"오메르!" 수조가 울렸다. 텅 빈 수조의 소리는 우렁찼지만 왠지 감기에 걸린 듯 쉬어 있었다.

"오메르라고 또 있는데 누군지 알아?" 이사가 내게 물었다.

"몰라, 누군데?"

"그런 이름의 장님 시인이 있었어."*

------

* '오메르'는 '호메로스'의 알바니아식 이름이다.

"누가 그 사람 눈을 후벼팠는데? 이탈리아인들이야?"

두 사람은 웃음을 터뜨렸다.

"외눈박이 거인, 트로이라는 도시와 목마가 나오는 근사한 책들을 쓴 시인이야."

나는 목을 빼고 수조 안을 들여다보며 소리쳤다.

"오메르!"

수조 안에서 빛과 그림자의 반점들이 뒤섞였다.

"오메르!" 수조가 되받았다. 장님이 막대기로 땅을 치는 소리가 들리는 것 같았다.

"왜 자꾸 곁에서 거치적대는 게냐?" 양동이들이 시끄럽게 부딪는 와중에 제조가 꾸짖었다.

연대기의 일부

……일본은 인도와 오스트레일리아를 공격할 준비를 하고 있
다. 재판. 집행관. 소유권. 바로슈 지구의 골레 발로마가 채무로
법정에 소환됐다. L. 주아노가 소유한 동산의 공매가 일요일에
있을 예정이다. 주술 행위로 고발당한 H. Z와 C. V. 두 노파에
게 영장이 발부됐다. 지난 호 지면에서 발생한 실수와 잠재적 오
류는 지난주에 본인이 앓은 위염 탓임을 독자에게 통고하는 바
이다. 편집장. 교칙을 준수하지 않은 또다른 고등학생들이 퇴학
당했다. 교사 차니 케케지에 대한 학부모들의 몇몇 불만 사항이
접수되었다. 이 교사의 교수법은 참으로 독특해서 해부학 시간
에 초등학생들이 보는 앞에서 고양이를 해부해 불쌍한 학생들을
공포에 떨게 한다. 지난번에는 해부 대상이 된 고양이가 그의 손

에서 빠져나와 내장을 흘리며 의자 위로 마구 뛰어다녔다. 레일라 카를라슈 양이 어제 이탈리아로 떠났다. 이 기회에 여러분에게 두레스발 바리행 선편의 출발 시간을 알려주겠다. 이 도시 산파들의 주소. 빵값. 출생, 결혼, 사망.

4

"안색이 좀 안 좋구나." 할머니가 말했다. "며칠 외할아버지 댁에 다녀오려무나."

외할아버지 집에 다녀오는 건 언제나 즐거운 일이었다. 주변 환경이 한결 유쾌하고 덜 딱딱한데다 무엇보다 우리집에서처럼 배고픔을 느끼지 않아도 되었다. 우리집 같은 큰 집에는 복도와 붙박이장과 지하실이 있어 그런지 그런 느낌이 한층 뼈저리게 다가왔다. 뿐만 아니라 우리 동네는 우중충한 잿빛이고 집들이 다닥다닥 붙어 있었다. 수세기 전에 이미 모든 것이 돌이킬 수 없게 고정되고 정착된 상태였다. 도로와 굽잇길을 비롯해 길 모퉁이와 집들의 문지방, 말뚝이 1센티미터도 어긋나지 않은 간격으로 재단된 모습이었다. 그러나 외할아버지 동네는 무엇 하나

경직된 것 없이 모든 게 유연하고 변화무쌍했다. 길들은 지난주의 노선을 잊은 듯 천천히, 소리 없이, 이리저리 이동했다. 아마도 포장된 땅이 전혀 없고 사방이 부드러운 흙으로 덮여 있었기 때문이리라. 그곳 풍경은 인간을 닮아 철따라 살이 찌거나 마르고, 명랑하거나 우울하고, 아름답거나 추해졌다. 우리가 사는 동네는 이런 변화와는 거의 담쌓고 있었는데 말이다.

더 놀라운 건, 외할아버지 동네에는 집이 두 채밖에 없다는 사실이었다. 외할아버지 집과 이백 보쯤 더 가면 나오는 또 한 집. 그리고 주변의 가파른 경사지는 소관목과 들풀로 덮여 있었다. 어디서 굴러왔는지 모르는 큰 돌들과 바위들이 수세기 전부터 성긴 풀과 덤불 사이에 머무르며 풍경에 황량함을 더해주었다. 그곳은 모든 이의 눈앞에서 죽어가는 도시의 일부였다. 길들은 그곳을 영영 벗어나고 싶어 안달이 난 듯 변덕스럽고 불안정해 보였다. 그런가 하면 작은 관목들은 점점 더 대담해져 전혀 예기치 못한 장소, 그러니까 도로 한복판이나 샘터 혹은 마당 등지에서 자랐고, 심지어 관목 하나는 어느 집 현관 계단에서 자라려고 했다. 물론 이런 경솔함 탓에 목숨을 잃어야 했지만.

관목들은 죽음을 불러들였다. 일리르와 나는 윗동네의 산과 도시를 가르는 경계선을 따라 달려 그 끄트머리에 이르렀다가, 오래전에 폐가가 된 집들로 형성된 일련의 폐허 더미 뒤에 덤불이 자라고 있다는 걸 알아챘다. 그것은 작고 위험한 짐승들처럼 잠복해 도시를 포위하고 있었다. 한밤중에 그들이 울부짖는 소리가 들려왔다. 오열 같은, 들릴 듯 말 듯 희미한 울음소리였다.

북쪽에는 성채 방향으로 도시의 윗동네와 중심부를 잇는 도로가 나 있었다. 두 채뿐인 집을 그 지붕 높이에서 내려다보는 도로였는데, 한번은 트럭 한 대가 외할아버지 집 마당으로 곤두박질친 적도 있었다. 또 어떤 술꾼이 우리 지붕 위로 떨어져 수주 동안 빗물이 새기도 했다. 하지만 그리 자주 있는 일은 아니었다. 이 길을 지나는 사람은 드물었는데, 간혹 찌는 듯한 대낮에 장에서 혼자 돌아오던 한 낯선 행인이 목청 돋워 노래를 부르곤 했다.

저녁 일곱시였소,
난 그대 집 문 앞에 와 있었지,
그대의 목소리가 들렸소.
머리가 아프다고 불평을 하더군.

미리암이라는 여자가 매일 저녁 일곱시만 되면 두통이 난다고 불평했다는 내용이었다. 평범한 가사였지만 나는 이 노래가 무척 마음에 들었다. 우리 동네에서는 아무도 이런 노래를 부를 용기를 못 냈을 테니까. 누군가 어쩌다 그런 짓을 한다면 수십 개의 창문이 동시에 열리고, 젊은 여자건 늙은 여자건 수치심에 양 볼을 문지르며 악담을 퍼붓고, 급기야 누군가가 이 경솔한 인간에게 물 한 양동이를 쏟아붓고 말겠지. 하지만 이곳의 드넓은 공간은 하늘 높이 소리를 질러대도 다 차지 않았다. 낯선 남자가 이 길에 들어서기 무섭게 노래를 부른 건 우연이 아니었다. 그는 분명 시장과 카페와 시가지에서 그 노래를 마음속으로 온종일 되새김질했을 테고, 이 한적한 장소에 다다를 순간을 애타게 기다렸다가 마침내 목청을 뽑기 시작했을 것이다.

이 동네는 특히 저녁 시간이 놀라울 만큼 아름다웠고 특별한 매력을 발산했다. 사람들이 '좋은 저녁이에요!'라고 말하는 소리를 들으면 나는 곧 외할아버지 댁 마당을 떠올렸다. 그곳의 작은 외딴방에서 기거하는 집시들이 바이올린을 연주하는 동안 외할아버지는 긴 의자에 앉아 커다란 검정 파이프 담배를 피웠다. 이미 오래전부터 방세를 지불할 형편이 못 되었던 집시들은 그런 여름밤의 연주회를 통해 빚의 일부를 머릿속에서 청산하고 있었던 게 틀림없다.

"할아버지." 내가 작은 목소리로 속삭였다. "저도 담배 한 대 말아주세요." 그러면 외할아버지는 두말 않고 가느다란 담배를 말아 내게 내밀었다. 외할아버지 곁에 앉아 그렇게 담배를 빨고 있으면 세상 부러울 게 없었다. 어스름 속에서 이모들과 삼촌들이 위협의 몸짓을 해 보여도 나는 아랑곳하지 않았다.

세상에 이보다 더 큰 행복은 없을 거라는 생각이 들었다. 실컷 먹고 난 뒤 담배 한 대를 피우며 외할아버지처럼 두 눈을 반쯤 감고 집시들의 바이올린 연주를 듣는 것.

아! 이다음에 크면 뭉게뭉게 연기를 내뿜는 커다란 검정 파이프를 사야지, 하고 나는 생각했다. 외할아버지처럼 턱수염을 기르고 긴 의자에 누워 하루종일 두꺼운 책을 읽어야지.

"할아버지." 나는 꿈꾸는 사람처럼 느릿한 목소리로 말했다. "제게 터키어를 가르쳐주실 거죠?"

"오냐, 네가 좀더 크면." 외할아버지가 대답했다.

외할아버지의 굵직한 음성이 내 마음을 조용히 흔들어 달래는 것 같았다. 나는 외할아버지의 긴 의자에 몸을 기댄 채 담배의 마력을 상상하며 먼 훗날 죽기 전까지 내가 또 얼마나 많은 담배를 피우게 될지, 얼마나 많은 책을 읽어야 할지를 머릿속으로 계산해보았다.

두꺼운 책들은 트렁크 안에 차곡차곡 쌓여 있었다. 무수한 아랍 문자들이 나를 데려가 수수께끼와 비밀을 열어 보일 날을 기다렸다. 개미들이 땅의 모든 구멍과 틈을 알고 있듯이 아랍 문자만이 수수께끼를 푸는 길을 알고 있었으니까.

"할아버지, 저 개미들을 읽을 줄 아세요?"

외할아버지는 빙긋 웃으며 헝클어진 내 머리를 쓰다듬었다.

"아니, 얘야, 개미는 읽는 게 아니다."

"왜요? 개미들이 모여 있으면 꼭 터키 문자 같은데요."

"그냥 그렇게 느껴지는 것뿐이야."

"제가 진짜로 본걸요." 내가 마지막으로 한번 더 우겼다.

나는 담배를 빨며 생각해보았다. 우리가 책처럼 읽을 수 없는 거라면 개미들은 대체 무슨 목적으로 만들어진 걸까.

외할아버지 집 쪽으로 올라가는 동안 이 모든 게 내 머릿속에서 뒤죽박죽 떠올랐다. 그사이 성채 발치에 외따로 서 있는 옛 포수 아브도 바바라모의 집을 지났다. 연이어 나는 잡초가 무성한 곳을 가로질렀고 이번에도 자리가 바뀐 듯싶은 좁은 오솔길을 다시 내려갔다. 단편적인 기억들과 동강난 말 혹은 문장, 사소한 사건들의 토막이 서로 교차하고 밀쳐대며 귀나 코 안에 불쑥 들러붙었고, 걸음이 빨라질수록 그 속도가 더해갔다.

이윽고 수자나의 집이 나왔다. 내가 이 동네에 왔다는 걸 알면 수자나는 당장 달려와 내 모습이 보일 때까지 외할아버지 댁 주변을 맴돌 것이다. 그녀의 동작에는 나비 같기도 하고 황새 같기도 한 무언가가 있었다. 나보다 키가 크고 가냘픈 그녀는 그날그날의 기분에 따라 긴 머리를 다른 모양으로 빗었는데 다들 그녀가 예쁘다고 했다. 외할아버지가 사는 동네에는 수자나 말고는 어린아이가 하나도 없었다. 그래서 그런지 그녀는 내가 오는 날을 손꼽아 기다렸고, 어른들하고만 지내는 게 무척 따분하다고 말하곤 했다. 수를 놓는 것도 따분하고, 세탁장에서도 따분하고, 식사를 할 때도 따분하다고. 한마디로 그녀는 무지무지하게 따분해하고 있었다. 그녀는 이 표현을 아주 좋아했고 이 말을 입 밖에 낼 때면 몹시 조심해서 발음했다. 본의 아니게 이로 상처를 낼까봐 두렵기라도 한 듯.

나는 우리 동네에서 일어난 일들을 그녀에게 한 보따리씩 풀어놓곤 했다. 그녀는 눈썹을 치켜세우고 그 모든 얘기를 주의깊게 들었다. 지난번에 내가 체초 카일의 딸에게 턱수염이 났다는 얘기를 했을 때는 눈을 동그랗게 뜨고 입술을 두세 번 깨물다가 무얼 말하려다 말고 다시 망설이는가 싶더니 핏기가 가신 얼굴로 내 귀에 입을 바싹 갖다대고 물었다.

"너, 야한 말 알지?"

"알긴 뭘 알아, 이 바보야." 내가 받아쳤다.

"바보는 너야." 그녀는 고함을 지르다시피 내뱉은 뒤 쏜살같이 달아났다. 그렇게 뛰다가 멀리서 한 번 뒤돌아보며 소리쳤다.

"바보!"

그날 저녁 그녀는 마당으로 다시 와서 길고 가는 팔을 내 어깨에 두르며 귀에 대고 속삭였다.

"아까 널 바보 취급해서 미안해. 너한테 비밀 하나를 털어놓으려 했거든. 네가 남자애라는 걸 깜박하고."

"네 비밀 따위 듣고 싶지 않아. 그런 건 우리집에도 얼마든지 있으니까."

그녀는 애써 웃음을 참으며 뛰어가버렸다. 우리가 웬만큼 화해했다는 생각에 마음이 가벼워져서.

이번에야말로 나는 놀라운 소식을 한아름 안고 외할아버지 댁에 당도했다. 마치 내가 마법의 왕국에서 돌아온 영웅이라도 된 기분이었다. 내 말을 들으면 모두 놀라 나자빠질 거라 생각했다. 그런데 이 낡은 저택에 오히려 내가 깜짝 놀랄 사건이 기다리고 있을 줄이야. 바로 마르가리타였다.

대문 안으로 들어서자마자 나는 나도 모르게 고개를 들었다. 이층 창문 너머로 얼굴 하나가 눈에 띄었다. 이 집에서 그렇게 예쁜 여자를 본 건 처음이었다. 이곳에서는 이모들과 삼촌들, 아랍 문자와 먹을 것이 내 상상이 미치는 전부였으니까.

그녀는 정말이지 기가 막히게 이질적인 모습으로 화분들 옆에 앉아 있었다. 가시로 뒤덮인 줄기에 어느 날 아침 불쑥 피어난 장미꽃처럼 돌연하고도 낯선 모습이었다.

"누구예요?" 내가 조금 들뜬 목소리로 외할머니에게 물었다.

"우리집에 새로 세 들어 살게 된 사람이야! 한 주 전에 구석방을 세 주었거든."

화분들 사이에서 마르가리타가 미소지으며 물었다.

"손자예요?"

"그렇다오." 외할머니가 대답했다.

나는 얼굴이 귀까지 빨개져서 마당에 나 있는 문으로 잽싸게 달려나왔다. 그렇게 문턱에 서 있는데 얼핏 새의 날갯짓 같은 소리가 들렸다. 수자나로군, 나는 생각했다.

"너 왔구나." 그녀가 말했다.

갑자기 우리 동네에서 벌어진 일들에 대해 말하고 싶은 마음이 싹 사라졌다.

"나한테 무슨 말을 듣고 싶은데? 얘기할 게 없어."

"하나도 없어?" 그녀는 몹시 실망한 투로 되물었다.

"주술과 관련된 게 몇 가지 있긴 하지."

"주술이라고? 그게 뭔데? 말해봐."

"종류가 다양해."

"너, 나한테 말하고 싶지 않은 거지?"

나는 입을 다물었다.

"왜 얘기를 안 해? 그 주술 이야기 해줘. 아니면 이탈리아인들 얘기라도."

나는 침묵을 지켰다.

"너 정말 멍청하구나. 무지무지하게." 그녀가 말했다.

"아, 그래? 무지무지하게?"

나는 호주머니에서 대뜸 안경알을 꺼내 눈에 갖다대고 광대뼈와 눈썹 사이에 고정했다. 그렇게 유리알을 지탱하려면 얼굴을 잔뜩 찡그리고 목을 굳은 것처럼 꼿꼿이 세우고 있어야 했다. 수자나는 그 모습을 보자 몸서리를 쳤다.

"우! 흉측해라!" 그녀가 말했다.

"난 마음에 들어."

"왜 그렇게 못생긴 얼굴을 하고 그래?"

"내가 좋으니까."

나는 목을 빼고 일그러진 얼굴로 천천히 움직이면서 유리알이 떨어지지 않게 근육을 긴장시켰다. 그녀는 경멸에 찬 눈빛으로 나를 바라보았다. 나는 그녀를 향한 턱없는 반감도 잠시 잊은 채 으스대고 싶은 마음에 눈에 안경알을 고정한 모습으로 집시들이 머무는 방으로 들어갔다. 늘 그렇듯 내 수작이 먹혀들어 놀라움과 감탄이 뒤섞인 가느다란 비명이 터져나왔다. 하지만 방에서 나올 즈음에는 뺨이 완전히 마비된지라 더이상 눈에 대고 있을 수 없게 된 안경알을 빼 호주머니 속에 다시 넣었다.

수자나는 내가 안경알을 빼는 걸 보고 다가와 조용히 말했다.

"넌 왜 거기서 올 때마다 점점 더 볼썽사납게 구는 거니?"

그녀의 얼굴을 들여다보니 그 말간 표정에서 적개심보다는 온정이 느껴졌다. 그녀가 내 쪽으로 한 발 다가서며 말했다.

"너, 알아? 여긴 나 혼자야. 따분해 죽을 것 같아!"

그녀는 미소지으며 내 입에서 화해의 말을 끌어내려 했다. 그런데 그 순간 나는 거역할 수 없는 맹목적인 힘에 밀려 스스로에게조차 낯선 느릿한 목소리로 전에 들은 이탈리아 병사들의 말투를 그대로 흉내내어 내뱉었다.

"케 푸타나!"

그녀는 손을 입에 갖다대고 한 발 두 발 물러서더니 홱 돌아서서 무성한 잡초 사이를 긴 다리로 뛰어갔다.

나는 마비된 사람처럼 잠시 그곳에 남아 있었다. 이마가 땀으로 뒤덮였다. 그러다 점심 먹으라고 부르는 외할머니의 목소리에 퍼뜩 정신이 들었다.

그곳에서 나흘을 더 머무르는 동안 다시는 수자나를 볼 수 없었다. 간혹 주변 어디선가 가볍게 옷깃 스치는 소리가 들리는 것 같았지만 그애는 보이지 않았다.

가을이 다가오고 있었다. 마당의 장미도 시들기 시작하고 주변 경관이 하루가 다르게 황량해져갔지만 외할아버지의 낡은 저택은 더한층 환한 빛을 발했다. 집시들이 바이올린을 연주하는 마지막 저녁들이었다. 온종일 두꺼운 책을 읽은 외할아버지는 어둑어둑한 마당에서 긴 의자에 반쯤 누운 자세로 파이프 담배를 피우고 있었다. 나도 평소처럼 외할아버지 옆 의자에 앉아 있었지만 담배도, 터키어로 쓰인 책도 더는 생각하지 않았다. 마르가리타가 종종 곁에 와 앉아 내 목에 팔을 둘렀기 때문이다. 하늘은 점점 어두워졌고 광막한 하늘에서 이따금 별이 떨어져내렸다.

"별똥별이야, 봤니?" 마르가리타가 속삭였다.

나는 고개를 끄덕였다.

솔직히 말하면 별이 떨어지는 건 셔츠 단추가 떨어지는 정도의 감흥밖에 불러일으키지 못했다. 마르가리타의 탐스러운 머리타래가 내 목 위로 흘러내려 있었으니까. 그녀의 머리카락과 몸에서는 은은한 향기가 났다. 어머니나 할머니, 이모들한테서는 나지 않는 향내. 맛있는 고기 냄새와도 다르고, 내가 좋아하는 그 어떤 냄새와도 닮지 않은 냄새.

날씨가 쌀쌀해지면서 외할아버지는 평소보다 더 일찍 긴 의자에서 일어섰다. 다른 사람들도 모두 따라 일어섰고 집시들은 바이올린을 케이스에 도로 넣었다. 그리고 나면 한순간 침묵이 흘렀다. 지평선 어디선가 마른번개가 번쩍이면 외할아버지가 말했다.

"내일은 비가 오겠구나."

"안녕히 주무세요." 집시들이 인사를 하고 자기들 방으로 돌아갔다.

"안녕히 주무세요." 마르가리타의 남편이 말했다.

"안녕히 주무세요." 마르가리타가 따뜻한 목소리로 따라했다.

"잘 자요." 저마다 차례로 화답했다.

마지막으로 내가 졸음에 겨운 목소리로 '안녕히 주무세요'라고 인사하고 나면 낡은 계단이 잠시 삐걱대다가 사방에 잠과 정적이 깃들었다.

그다음에는 집의 지붕이 들썩였다. 처음에는 조심스럽고 드문드문했던 생쥐들의 움직임이 더 잦아지고 대담해졌다. 생쥐들은 떼를 지어 다락방 한쪽 끝에서 다른 쪽 끝까지 제멋대로 시끄럽게 질주했다. 시간이 흐를수록 내 머릿속에서 이 생쥐떼는 언젠가 영화에서 본 칭기즈칸의 무리와 동일시되었다. 이제 그들은 아시아(마르가리타의 방 천장) 깊숙한 어딘가에 모여 있었다. 출정을 준비하고 있는 게 분명했다. 잇따르는 짧은 휴지休止. 칭기즈칸이 그의 군대 앞에서 엄숙한 훈시를 하는 것 같다. 그는 유럽(복도 천장)의 국경들을 향해 팔을 쳐든다. 무리가 술렁이고 동요가 확산된다. 천장이 삐걱거린다. 무리가 우리 대륙의 국경을 넘는다. 혼란이 정점으로 치닫는다. 이제 우리 머리 위에서 일이 치러진다. 무시무시한 살육전이다. 무리가 공격로를 바꾼다. 아시아 깊숙한 곳에서 전령이 소식을 가져온다. 한 부족이 봉기했다고. 무리는 왔던 곳으로 되돌아간다. 국경을 넘는다. 이제 아시아에 와 있다. 끔찍한 전투가 벌어진다. 그 천장 밑에서 마르가리타가 잠을 잔다. 칭기즈칸이 저 소요를 제지해야 한다. 그는 자신이 마르가리타의 잠을 어지럽히고 있다는 걸 알아야 하지 않을까? 하지만 그는 아무것도 알려고 하지 않는다. 전쟁중에 잠 따위는 아무래도 좋다고 그는 소리친다. 혼란이 이어진다.

다음날 아침, 외할머니가 내 이마에 손을 얹었다.

"밤사이 잠꼬대를 하더구나. 열은 없니?" 할머니가 물었다.

"없어요."

내가 외할아버지 댁에 묵은 지 나흘째 되는 마지막 날이었다. 아침식사를 한 뒤 나는 모두에게 작별을 고하고 떠났다.

외할머니가 종이에 정성껏 싸준 큼직한 고기파이 한 조각과 마르가리타라는 이름을 가지고 집으로 돌아오는데(파이는 손에 들고 있었지만 마르가리타라는 이름은 어디에 두었는지 나도 알 길이 없었다) 바로슈 거리를 올라오는 몇몇 초등학생의 모습이 눈에 띄었다. 하나같이 초췌한 얼굴이었다. 안 봐도 빤한 일이었다. 그들의 선생 차니 케케지가 수업 시간에 또 고양이를 해부한 게 틀림없었다.

집과 동네는 그 모습 그대로였지만 강 건너 들판에서는 뭔가 일이 벌어지고 있었다. 맨 먼저 눈에 띈 것은, 평소 그곳에서 풀을 뜯던 소들이 보이지 않는다는 거였다. 사람들이 건초 더미들을 치우고 있었고, 트럭 몇대가 들판을 누볐다. 사정이 차츰 이해되었다. 귀에 익지 않은 낯선 단어 하나가 여기저기서 들려왔다. 그리고 만사가 명백해졌다. 들판에, 이 도시 발치에 비행장이 만들어지고 있었다.

거리나 골목에서 사람들은 종종 발길을 멈추었고, 강이 있는 쪽으로 돌아서서 꿈꾸는 듯한 표정으로 한참 동안 먼 곳을 바라보았다.

새 손님이었다. 이 도시 발치에 눈에 보일 듯 말 듯 누워 있는, 범상치 않은 손님이었다. 소들과 건초 더미들이 사라지지만 않았어도 사람들은 그가 왔다는 걸 아마 눈치채지 못했을 것이다. 나는 소들이 그리웠다.

"왜 그걸 비행장이라고 불러?"

야베르의 회색 눈이 잠시 생각에 잠겼다.

"비행기들이 그 길을 타고 하늘로 날아오르니까."

손님. 길조 아니면 흉조. 그는 소리 없이 기어서 이곳에 당도했다. 그가 오는 걸 미처 알아차리지 못한 무수한 눈들이 어리둥절해서 그를 지켜보았다. 그는 불가해하고 위협적인 모습으로 들판에 길게 누워 벌써부터 사람들을 심란하게 만들었다.

"전쟁 준비를 하는 거야."

"그럴지도 모르지. 아니면 이 도시를 지키기 위해선지도 몰라."

"그건 아닐걸. 전쟁이 일어날 조짐이야."

"자네 말이 맞을지도. 그래도 덕분에 적잖은 사람이 일을 갖게 됐어."

"그들이 버는 돈은 저승사자한테 갚아야 할 빚인걸."

두 낯선 남자가 나눈 대화였다.

이제 비행장은 모두의 입에 오르내렸다. 그곳을 '비행장'이라 부르면서부터 사람들은 이제까지 이 들판에는 이름이 없었다는 사실을 깨달았다. 들판이 이름을 얻기 위해 비행기들을 기다린 게 아닌가 싶었다.

5

외할아버지 댁에서 돌아온 나는 우리 동네에 퍼져 있던 주술 행위의 독성이 거의 사라졌다는 걸 느낄 수 있었다. 우리집 수조 청소도 끝나 있었다. 어둠의 세력들로부터 해방된 수조는 이제 처마를 따라 즐겁게 찰랑대는 맑은 물로 가득찼다. 나는 그 입구에 대고 '아우!' 하고 소리를 질렀다. 낯선 새 물이 가득차 있는데도 수조는 지체 없이 화답해왔다. 조금 가늘어지긴 했어도 늘 듣던 그 목소리였다. 그것은 하늘 어느 모퉁이에서 떨어진 물이든 세상의 모든 물은 같은 언어로 말한다는 걸 의미했다.

강 건너 들판에서 소들이 더는 풀을 뜯지 않게 되었다는 것 말고는 어떤 걱정스러운 일도 일어나지 않았다. 참, 피노 어멈의 고양이가 사라진 사건도 있긴 했다.

때마침 창가에 나온 피노 어멈이 손에 밀가루를 잔뜩 묻힌 채 자기 집 창에 모습을 드러낸 비도 셰리프의 아내에게 그 이야기를 하고 있었다.

"그 사람이야. 그 인간이 자네 고양이를 데려간 게야. 그 빌어먹을 선생이 싹 쓸어간 거라고. 내 말이 틀림없어."

"아무렴, 또 누가 그런 짓을 하겠나? 미친 짓이야."

차니 케케지를 두고 하는 말이 분명했다.

"교육의 효과란 게 이런 거로구먼, 피노 어멈. 득보단 실이 많은지도 모르겠어. 어찌 사람이 고양이를 훔쳐간담?"

"그러게 말일세. 괴벽이 아니고 뭔가." 피노 어멈이 말했다.

"불쌍한 짐승들이 이젠 밖에 코빼기도 못 내밀겠어. 세상이 뒤집어진 게야."

"그건 아무것도 아니지." 상대가 받았다. "그 인간이 손에 칼을 들고 사람들에게 덤벼들 날이 있을걸. 그 눈 못 봤나? 핏발이 섰어."

비도 셰리프의 아내가 손을 휘젓자 밀가루가 구름처럼 날리며 햇빛을 받아 붉게 빛났다.

"미친 짓이야. 이젠 누굴 먼저 조심해야 할지 알 수가 없으니." 피노 어멈이 말했다.

길 양편에서 덧문이 닫혔고 그렇게 대화도 끝났다. 나는 할 일이 없어 거리를 바라보았다. 고양이 한 마리가 지붕에서 지붕으로 건너뛰며 거리를 가로질렀다. 막수트가 시장에서 돌아오고 있었다. 그는 이번에도 잘린 머리통을 옆구리에 끼고 있었다. 누구의 머리일까? 나는 그 끔찍한 광경을 보지 않으려고 눈길을 돌렸다.

나는 마르가리타를 떠올리려 애썼다. 그런데 놀랍게도 그 모습이 전혀 생각나지 않았다. 전날만 해도 모든 게 아주 선명하게 떠올랐는데. 그녀는 두세 차례나 내 머릿속으로 되돌아와 떠돌아다녔는데. 그녀는 알고 있을까? 내가 집에서 그녀의 이름을 가지고 돌아다니다가 돌에 부딪뜨리거나 못에 걸어두기도 한다는 걸. 그래도 그녀는 전혀 아픔을 못 느끼는 걸까?

전날 나는 일리르에게 그 이야기를 했다.

"외할아버지 댁에 지금 어떤 새색시가 와 있어."

일리르는 이런 말을 들어도 아무 느낌이 없는 듯 묵묵부답이었다. 잠시 후 나는 마르가리타 이야기를 또 한번 꺼냈다. 녀석은 여전히 무심한 태도로 일관하더니 그저 이렇게 물었다.

"볼이 장밋빛이야?"

"응, 장밋빛이야." 내가 엉겁결에 대답했다.

사실 그녀의 볼 색깔은 기억나지 않았다. 그리고 일리르가 내게 질문을 한 순간에는 마르가리타의 얼굴이 갑자기 안개에 싸인 듯 뿌옇게 보였다. 하루가 지난 뒤에는 그 모습이 더 희미해졌다. 그러고는 깡그리 사라졌다.

그러다 머릿속에 또 한번 그녀가 떠올랐고, 나는 일리르에게 그녀 이야기를 다시 꺼냈다. 녀석이 한순간 내 얼굴을 빤히 들여다보았다. 무언가 말을 하려나보지. 나는 벌써 마음이 들떠 생각했다.

"그거 알아? 어제저녁에 새총을 만들려고 엄마 스타킹의 고무밴드를 슬쩍했어. 자, 받아. 엄마가 찾아낼지 모르니까 며칠만 너희 집에 둬."

나는 그걸 받아 호주머니에 넣었다.

이제는 길에 아무도 지나다니지 않았다. 야베르가 책을 빌려주겠다고 한 약속이 생각났다. 나는 야베르의 집에 가려고 자리에서 일어나 거리로 나섰다.

야베르는 혼자였다. 휘파람을 불면서 담배를 피우고 있었다.

"나한테 책을 빌려준댔지." 내가 말했다.

"네, 시뇨르. 자, 책들은 저기 있으니 마음대로 골라봐."

벽 한 귀퉁이가 책이 가득한 선반들로 도배되어 있었다. 나는 가까이 다가가 넋을 잃고 바라보았다. 한 번도, 그렇게 많은 책을 한꺼번에 본 적이 없었다.

"자, 이건 저자명, 그러니까 책을 쓴 사람의 이름이고, 이건 책

제목이야." 야베르가 설명했다. "관심이 가는 책이 없을지도 모르겠구나."

나는 선반에서 책을 하나씩 차례로 빼들었다. 제목만 봐선 대부분 뭐가 뭔지 알 수가 없었다.

"아, 나 저거 할래. 저자 이름이 융이네."

야베르는 웃음을 터뜨렸다.

"네가 융을 읽겠다고?"

"뭐가 어때서? 주술에 관해 말한 사람 아냐?"

그는 다시 웃음을 터뜨렸다. 내가 토라져서 가버릴 것처럼 굴자 그가 붙들었다.

"다른 책을 골라. 융은 나도 이해가 잘 안 되거든. 게다가 알바니아어로 쓴 책도 아니고."

나는 다시 책장을 뒤적거렸다. 한참을 그 일에 몰두했다. 야베르는 흥얼거리며 담배를 계속 피웠다. 마침내 나는 한 권을 찾아냈다. 첫 페이지에 '유령', '마녀', '첫번째 암살자'라는 말이 나왔고 '두번째 암살자'라는 말도 눈에 띄었다.

"나 이거 할래." 나는 제목을 보지도 않고 야베르에게 말했다.

"정말? 『맥베스』? 너한텐 좀 어려운 책이야."

"그래도 이거 할래."

"좋아, 가져가. 하지만 잃어버리지 않도록 조심해."

나는 뛰다시피 밖으로 나왔고, 집에 도착해 문을 밀었다. 내 손안에 책이 있다니 놀라웠다. 커다란 우리집에는 없는 게 없었다. 구리 냄비, 온갖 크기의 접시들, 나무나 돌로 된 상자, 쇠갈고리, 들보, 쇠공(그중 하나는 대포알이라고 했다), 나무통, 오래된 날짜가 새겨진 트렁크들, 가지각색의 양동이와 쇠스랑, 손잡이 달린 병, 그물, 양철통, 대야, 총신이 자개로 장식된 장총 등 낡고 이상한 잡동사니와 생석회를 소석회로 만드는 데 쓰이는 구덩이도 있었지만 책은 단 한 권도 없었다. 책장이 찢어지고 바랜 해몽서 빼고는 인쇄된 종잇장이라곤 하나도 없었다.

나는 문을 닫고 계단을 단숨에 뛰어올라갔다. 거실에는 아무도 없었다. 나는 창가에 앉아 책을 펴고 읽기 시작했다. 거의 아무것도 이해할 수 없었지만 아주 천천히 읽어나갔다. 한 지점에 이르면 되돌아가 이미 읽은 부분을 다시 읽었다. 그러다보니 차츰 그 의미를 파악할 수 있었다. 머리가 어질어질했다. 저녁이 되었다. 글자들이 춤을 추며 행에서 튀어나오려 했다. 눈이 아팠다.

저녁식사 후에 나는 석유램프 옆으로 다가가 책을 폈다. 어슴푸레한 불빛 아래 글자들이 무시무시해 보였다.

"이제 그만 읽고 가서 자거라." 엄마가 말했다.

"엄마나 주무세요. 저는 조금 더 읽을래요."

"안 돼. 석유가 얼마 없어."

도무지 잠이 오지 않았다. 책이 손 닿는 곳에 있었다. 침묵을 지키며, 긴 의자 위에. 어찌 보면 하찮은, 기이한 대상…… 두꺼운 두 종잇장 사이에 수많은 소리와 문, 함성, 말, 사람이 갇혀 있었다. 서로 아주 가까이 밀착되고, 검고 작은 기호들로 해체된 상태로. 머리카락, 눈, 다리, 손, 손톱, 턱수염, 벽, 피, 문 두드리는 소리와 말발굽 소리, 함성, 목소리. 이 모두가 고분고분했다. 검고 작은 기호들에 맹목적으로 복종했다. 여기저기서 글자들이 아찔할 만큼 빠른 속도로 달린다. 자음도 달리고 모음도 달린다. 그것들이 모여 말이 되거나 우박이 된다. 글자들이 다시 달린다. 단검이 만들어지고 밤이 닥치고 살인이 저질러진다. 연이어 도로가 나타나고 문들이 덜컹대고 정적이 찾아든다. 달리고 달리고 또 달린다. 끝도 없이.

몹시 뒤숭숭한 꿈을 꾸었다. 열이 있는 것 같았다. 선잠이 들었는데 밖에서 숨 가쁘게 헐떡이는 소리가 어렴풋하지만 지속적으로 들리는 것 같았다. 거리들과 시가지들이 고통스럽게 몸을 비틀어대는 소리였다. 도시가 천천히 제 몸을 긁어대고 있다고나 할까. 탈바꿈을 준비하는 고통이었다. 길들이 부풀어오르더니 모양새가 달라졌다. 담벼락들이 늘어나는가 싶더니 스코틀랜드 성채의 성벽이 되었다. 사방에서 무시무시한 탑들이 불쑥불쑥 모습을 드러냈다.

동틀녘, 밤새 이처럼 분연한 노력을 쏟은 도시는 몹시 지쳐 보였다. 도시는 변해 있었다. 그렇다고 완전히 딴 모습은 아니었다.

나는 거의 온종일 책을 읽었다.

다시 저녁이 되었다. 나는 정신 나간 사람처럼 밖을 내다보았다. 집들과 담벼락들의 윤곽이 이렇게까지 모든 구속으로부터 홀가분히 해방된 듯한 모습을 한 건 일찍이 본 적이 없었다. 무슨 일이든 일어날 수 있을 것 같았다.

아키프 카샤흐가 두 아들을 데리고 바로슈 거리를 터벅터벅 걸어내려와서는 우리가 사는 거리로 접어들었다. 피노 어멈이 창밖으로 잠시 머리를 내밀었다가 사라졌다. 비도 셰리프의 위풍당당한 문이 활짝 열렸다. 아키프 카샤흐가 그 문으로 들어갔다. 의심의 여지가 없었다. 그가 맞는 마지막 밤이 틀림없었다. 비도 셰리프가 문 앞에 나와 이 귀객을 맞아들였다. 비도의 아내가 창턱에 팔을 괴고 있다가 사라졌다. 피노 어멈도 마찬가지였다. 의심의 여지가 없는 징표들이었다. 아키프 카샤흐가 그의 상속자들과 함께 들어갔다. 커다란 문이 쩔걱, 금속성을 내며 도로 닫혔다. 나팔 소리가 났다.

"왜 하루종일 집에만 틀어박혀 있니? 친구들과 나가 놀렴."

"쉿, 할머니!"

나는 죽음을 맞는 아키프 카샤흐의 비명소리가 들려오기를 기다렸다. 이제 끝장을 본 게 틀림없었다. 문 두드리는 소리가 들렸다. 또 한번의 소리. 한 창문에 비도 셰리프의 아내가 나타났다. 그녀는 피 묻은 손을 씻어내려는 듯 흔들어댔다. 밀가루가 구름처럼 땅에 떨어져내렸다. 피로 붉게 물든 밀가루였다.

할머니가 내 이마에 손을 갖다댔다.

일층에서 나팔 소리가 또 올라왔다.

"지하실로 내려가거라." 할머니가 내게 말했다. "사람들이 솥을 내놓고 있구나. 차마 눈뜨고 볼 수가 없어."

며칠 전부터 집안에서 커다란 구리 솥을 판다는 이야기가 오갔다. 아마도 짐꾼들이 온 것 같았다. 그렇게 떠나는 솥이 쨍그랑대며 작별인사를 고했다. 나팔 소리가 들렸다.

밤이 되었다. 불시에 수많은 탑과 이상한 이름과 올빼미가 득실거리게 된 이 도시도 어둠에 잠겼다.

"그 책 때문에 머리가 맹해진 게다. 내일 외할아버지 댁에 가서 좀 쉬었다 오렴."

"네, 그렇게 할게요."

마르가리타.

나는 지쳐 있었다. 창턱 위로 내 고개가 다시 떨어졌다.

다음날 외할아버지 댁에 가려고 집을 나섰다. 다툼의 다리를 건너 성채 거리에 이르기 무섭게 도시를 가득 메웠던 탑들과 올빼미들이 일시에 사라졌다. 마지막 남은 길은 뛰어가다시피 했다.

"마르가리타는 어디 있어요?" 도착하자마자 나는 외할머니에게 물었다. 외할머니는 롤빵용 반죽을 만들고 있었다.

"그이한테 네가 무슨 볼일이 있는데?" 외할머니가 말했다. "먼저 할아버지와 이모, 삼촌의 안부부터 물어야 할 것 아니냐. 다짜고짜 마르가리타부터 챙기기 전에."

"떠나지 않았죠?"

"그래그래, 떠나지 않았어." 외할머니는 빈정대는 투로 무어라 중얼거리며 계속 반죽을 이겼다.

나는 잠시 집안을 이리저리 돌아다니다 딱히 무얼 해야 할지 몰라서 지붕 위로 기어올라갔다. 낡은 천창 근처의 비스듬한 흰 돌기와는 몇 시간이고 앉아 있어도 좋은 곳이었다. 그 위에 있으면 세상이 달라 보였다. 나는 반쯤 썩은 전신주를 바라보고 있었는데 문득 외할아버지의 담배꽁초를 가득 채워둔 작은 상자가 생각났다. 터키어로 된 책 한 권 그리고 성냥 두세 개비가 든 성냥갑과 함께 지붕 밑에 숨겨둔 상자였다. 그렇게 지붕 위에 앉아 담배를 피우고 싶은 마음이 간절했다. 종잇장이 병자처럼 누리끼리한 터키 책을 무릎 위에 펼쳐둔 채로.

나는 담배에 불을 붙일 작정으로 천창으로 다가가 깨지고 먼지 낀 유리 조각 사이로 팔을 뻗어 우선 책을 꺼낸 다음 담배 상자와 성냥갑도 차례로 꺼냈다. 책은 표지에 곰팡이가 슬고 젖은 책장들이 들러붙어 있었다. 나는 마지막 페이지의 한 귀퉁이를 찢었다. 담배도 곰팡이가 슨 것 같았지만 내 식대로 한 대 말아 입에 가져가 불을 붙이려 했다. 하지만 성냥이 축축해서 불이 잘 붙지 않았다.

나는 지붕 밑 거무튀튀한 들보 위에 그것들을 도로 놓아두었다. 먼지가 잔뜩 묻은 손을 털고 있자니 묘안 하나가 떠올랐다.

낡은 천창은 마르가리타의 방 위로 나 있었다. 한때는 좁은 복도에 빛이 들게 했지만 나중에 복도의 일부가 방으로 개조되면서 쓸모가 없어진 천창이었다.

마르가리타가 무얼 하는지 볼 수 있다고 생각하니 나른했던 정신이 퍼뜩 깨어났다. 나는 천창에 아직 붙어 있는 깨진 유리 조각을 조심조심 떼어낸 뒤 창 안으로 다리 하나를 집어넣어 들보에 발을 올려놓았다. 그런 다음 몸을 완전히 밀어넣어 사방으로 얽혀 있는 거무죽죽한 나뭇조각들에 매달려 내려가기 시작했다. 잠시 뒤 나는 그녀의 방 천장 위에 가 있었다. 소리를 내지 않으려고 살금살금 기어가 갈라진 틈 근처에 머리를 두고 엎드렸다. 거기에 한쪽 눈을 박고 아래를 내려다보았다.

방은 비어 있었다.

마르가리타는 어디 있는 걸까? 침대 커버용 담요 위에 얇은 속옷 몇 가지가 놓여 있었다. 그때 꾸르륵거리며 물 빠지는 소리가 들렸다. 그녀가 목욕을 하고 있는 게 분명했다.

한참을 기다렸다. 이윽고 욕실에서 나온 그녀는 헐렁한 목욕 가운을 걸치고 있었다. 흐트러진 머리칼이 아직 젖어 있었다. 그녀는 거울 앞으로 다가가 빗을 들고 머리를 매만지기 시작했다. 그녀는 낮은 소리로 노래를 흥얼댔다.

저기 네덜란드
풍차가 있는 나라에.

그러더니 그녀는 테이블에 놓인 분갑을 집어들고 가운을 벌린 다음 분첩으로 톡톡 두드리며 야하게 몸단장을 하기 시작했다.

그녀가 가운을 벗으며 몸을 숙여 침대 위에 놓인 속옷을 집어 드는 순간 나는 눈을 감았다. 다시 눈을 떴을 때는 그녀의 몸을 덮은 레이스가 흰 나비처럼 가슴과 허리, 허벅지 윗부분에 원호를 그리며 내려앉아 있었다. 봄이면 들판에 나타나는, 내가 종종 쫓아다녔어도 한 마리도 잡지 못한 나비들.

얼빠진 사람처럼 거기 엎드려 있는데 외할머니가 나를 찾는 소리가 들렸다. 마당 안쪽에서 이모의 목소리도 들려왔다.

나는 천천히 몸을 일으켜 들보를 붙잡고 다시 지붕 위로 올라가는 데 성공했다. 거기서 집 뒷벽을 따라 아래로 미끄러져 내려왔다.

"어디에 있었니? 어디서 그렇게 흙투성이가 됐어?" 외할머니가 물었다.

"지붕 위에 있었어요." 내가 대답했다.

"거기서 뭘 했는데? 기왓장 밀려나서 비 오면 집안으로 빗물 들게 하려고."

"안 그래요, 할머니. 아주 조심하는걸요."

"글쎄다. 어쨌거나 식탁에 와 앉아라." 외할머니가 말했다.

외할머니한테서는 언제나 갓 구운 빵 냄새가 나서 배가 고플 때면 희고 투실투실한 외할머니가 곧 생각났다. 외할머니의 발 밑에서는 낡은 마룻바닥이 '아야, 아야야! 몸이 으스러지겠어요, 할머니. 숨이 막혀요' 하고 소리치는 것 같았다.

외할아버지가 내 귀에는 주문처럼 들리는 터키어로 의례적인 몇 마디를 외우고 나면 식사가 시작되었다. 외할머니가 화가 났다는 걸 알 수 있었다. 할머니 손에 들린 냄비와 숟가락이 평소보다 시끄럽게 달그락댔으니까. 할머니는 기분이 언짢을 때면 몸동작이 더 거칠어졌다. 결국 참다못한 할머니가 분노를 터뜨렸다.

"나쁜 년!"

식탁에 앉은 사람들은 이 욕설이 아무렇지도 않은 듯 말없이 식사를 계속했다. 누구한테 하는 욕인지 모두들 알고 있는 눈치였다.

"누가 나쁜 년이에요, 할머니?" 내가 물었다.

외할아버지가 외할머니에게 나무라는 시선을 던지자 외할머니는 노기 띤 표정으로, '그래, 알았어요, 알았어!'라고 말하는 듯 머리를 끄덕였다.

"너하곤 상관없는 일이다." 외할머니는 이렇게 말하고 식탁에서 딸그락대며 냄비를 치웠다.

"저라면 그 여자 손에 든 걸 빼앗았을 거예요." 큰이모가 말했다.

"뭐! 나더러 젊은 것들하고 엉겨서 싸우란 말이냐!"

외할머니가 누군가에게 완력을 쓴다는 건 상상도 할 수 없었다. 외할머니는 요리를 하거나 롤빵 반죽을 만드는 모습으로밖에는 떠올릴 수 없었으니까.

"그만하면 됐구려." 외할아버지가 내 쪽으로 살짝 고개를 끄덕이며 말했다.

모두가 외할아버지의 말을 따랐다. 외할머니만 마음을 진정시키지 못하는 것 같았다. 냄비들이 점점 더 시끄럽게 울려댔으니까. 그 소리를 견디다못한 외할아버지가 먼저 식탁에서 일어섰다.

"더러운 년!" 외할머니가 또 한번 내뱉었다.

"그 여자가 빨랫줄에 널어둔 걸 엄마가 직접 걷어 왔어야 해요." 큰이모가 말했다.

작은이모는 신문을 쥐고 웃기 시작했다.

"그놈의 신문 좀 내려놓지 못해!" 외할머니가 소리쳤다. "그건 남자들이나 읽는 거야."

작은이모가 푸우, 웃음을 터뜨렸다.

"뭐가 그리 우습냐? 우리 모두 이렇게 마음이 상해 있는데 넌 킥킥대며 신문만 읽고 있으니."

작은이모는 신문을 손에 든 채 일어나 자리를 떴다.

"오늘 냅킨이면 내일은 숟가락, 다음날은 양탄자겠구먼." 외할머니가 말을 이었다.

이제 거리낌없이 대화가 오갔으므로 나 역시 사정을 이해할 수 있었다. 마르가리타가 물건을 훔친 거였다.

"왜 음식에 손도 대지 않는 거니?" 큰이모가 물었다.

"배가 안 고파요." 이렇게 말하고 나는 일어섰다.

"하나도 안 먹었네. 어디 아픈 거 아냐?"

"안 아파요."

"안 아프긴." 외할머니가 말했다. "감기에 걸린 게지. 어떻게 온종일을 지붕 위에서 보낸단 말이냐. 집이 없는 것도 아니고."

나는 아무 말 않고 일어나 거실로 갔다. 작은이모가 구석에 앉아 신문을 읽고 있었다.

나는 작은이모에게 말을 걸지 않았다. 깊은 침묵이 흘렀다. 성채 거리 위쪽에서 낯선 남자가 부르는 노랫소리가 아랫동네 쪽으로 내려왔다.

그대가 하는 말을 들었소,

고통스럽다고 불평하는구려.

그럼 의사를 부르겠소,

하지만 사람들이 뭐라 할지?

사람들은 정말 뭐라고 할까?

가을의 술렁임이 느껴졌다. 저 아래, 잎이 떨어지는 나뭇가지들 사이로 그림자 하나가 미끄러지듯 스며들었다. 수자나였다.

내가 왔다는 말을 들은 게 틀림없었다.

똑딱대는 커다란 추시계 소리가 요란하게 울려퍼졌다. 절망이 도처에 널려 있었다. 무한한 공간 속에 절망은 커다란 동심원을 그리며 퍼져나가 금세라도 모든 걸 뒤덮어버릴 것 같았다.

우울한 식사였다. 우리는 말없이 식사를 했다. 할머니가 수탉의 뼈를 살피게 될 순간을 모두가 애타게 기다리고 있는 게 분명했다.

　　최근 들어 이 동네에서는 닭을 잡으면 순식간에 소문이 퍼져나가곤 했다. 사람들은 닭뼈를 보고 미래를 점쳤고 비극적인 사건들을 내다보고는 두려워했으니까. 한 주 전에는 일리르의 엄마가 우리를 피노 어멈 집에 보내며 당부했다.

　　"피노 어멈이 오늘 수탉을 잡았다더구나. 그러니 얘들아, 그 뼈에서 뭐가 읽혔는지 좀 물어보고 오렴."

　　그런데 이번에는 우리집에서 수탉을 잡은 것이다. 오후에는 사람들이 소식을 듣기 위해 우리집 문을 두드릴 게 틀림없었다. 할머니는 어디를 가든 질문을 받을 것이며, 엄마 역시 문을 나서자마자 그럴 것이고, 어쩌면 아빠도 카페에서 같은 일을 겪을 것이다. 이 도시에서 닭이나 오리를 잡는 건 흔한 일이 아니었기 때문이다.

식사가 끝났다. 마침내 할머니가 닭뼈를 집어들더니 손안에서 뒤집어보거나 불빛에 대고 이쪽저쪽 비춰 보면서 눈살을 찌푸리고 한참 들여다보았다. 우리는 모두 잠자코 기다렸다.

"전쟁." 할머니의 입에서 들릴락 말락 하게 소리가 튀어나왔다. 닭 날갯죽지 쪽이 붉었다. "전쟁과 피." 할머니는 전쟁을 예고하는 뼈의 부위를 손가락으로 가리키며 말했다.

아무도 입을 열지 않았다.

할머니가 그 부위를 좀더 자세히 살폈다.

"전쟁이야." 할머니는 마치 어떤 해악으로부터 나를 보호하려는 듯 내 머리에 왼손을 올려놓으며 되뇌었다. 식사가 끝난 뒤 나는 더러운 식기 더미 틈바구니에서 닭뼈를 찾아 들고 혼자 거실에 있고 싶어 삼층으로 올라갔다. 그리고 커다란 거실 창문 앞에 앉아 비극을 암시한 그 뼈를 자세히 관찰하기 시작했다. 10월의 어느 오후였다. 밖에서는 건조한 바람이 불었다. 나는 손에 든 싸늘한 뼈에서 눈길을 뗄 수 없었다. 붉은 보랏빛에서 때로는 핏방울이 튀고 때로는 커다란 불 그림자가 어른대는 것 같았다.

뼈는 조금씩 전체가 붉은색으로 변했고 편편한 부위에서는 핏방울 아닌 핏물이 흘러 가파른 비탈을 따라 흐르며 모든 걸 붉게 물들였다.

졸음이 덮쳐왔다. 마지막으로 나는 손에 든 뼈의 양쪽에서 타오르는 불길을 보았다. 다음 순간 어렴풋이 전쟁의 첫 북소리가 들려왔다.

마당에 들어서자마자 느낌이 왔다. 마르가리타가 떠나고 없었다. 무슨 일이 있었는지 나는 알려고 하지 않았다. 거리는 황량했고 마당의 나무들에서 떨어지는 이파리들이 집시들이 거주하는 방의 지붕 위로 표표히 흩날렸다. 마음이 울적했다.

큰비가 오려 하고 있었다. 나무들은 앙상한 가지를 드러낼 테고 처마 밑에서는 바람이 윙윙댈 것이다. 천장 위 지붕에서는 여름 동안 내가 밟고 다녔던 곳마다 빗물이 샐 테지. 낡은 천창 밑에서는 코담뱃갑과 성냥, 터키 책이 몽땅 썩고 말 테고.

수자나는 저멀리 스코틀랜드에서 맥베스라는 남자에게 무슨 일이 일어났는지 까맣게 모르는 채 공기처럼 가볍게 근방을 떠돌 것이다. 다음에 이곳에 왔을 때 수자나가 황새들과 함께 날아가버렸다는 말을 듣는다 해도 나는 별로 놀라지 않을 것이다.

겨울 밤 내내 생쥐떼가 천장 위에서 사투를 벌이겠지. 싸워라, 칭기즈 칸. 지나는 길을 몽땅 초토화시켜라. 아시아 밑에서는 이제 아무도 잠을 자지 않는다. 사막이다.

연대기의 일부

……그의 선언. 폴란드 원정 당시 내가 야간 공습을 명령한 적은 한 번도 없었다, 라고 아돌프 히틀러는 말한다. 나는 낮 시간에 이 나라에 폭격을 가했다. 노르웨이와 벨기에, 프랑스에서도 마찬가지였다. 그런데 처칠 수상이 난데없이 야간에 독일 상공에 폭격기를 날렸다. 동포여, 내 인내심은 그대들도 아는 바이다. 나는 여드레를 기다렸다. 그가 또다시 폭격을 가해왔다. 나는 이자가 미쳤군, 하고 생각했다. 그리고 두 주를 기다렸다. 많은 이들이 내게 와 말했다. "총통 각하, 우리가 얼마나 더 참아야 합니까?" 그래서 나는 영국에 야간 폭격을 가하라고 명령했다. 재판. 집행조치. 재산권. 127번째 법정. 안고니 대 카를라슈. 연대기 저자인 지보 가보는 옛 소유권 문제를 해결하는 데 협조하기를 거

부했다. 우리 시에 거주하는 발명가 디노 치초는 함부르크 여행을 계획중이다. 이 기회를 빌려 우리는 티라나의 한 신문에 다음의 표제로 게재된 기사에 대해 분연히 반박하는 바이다. "세상에 전운이 감도는 이 시기에, 한 정신병자가 도시를 지킬 수 있는 발명품을 만들었다고 주장한다." 우리 시의 시민 T. V.는 서른 잔이나 되는 커피를 연달아 마셨다. 이 도시에 등화관제를 명한다. 주둔군 사령관 브루노 아르치보찰레. 탄생, 혼인, 사망. Dh. Ka.

6

나는 외할아버지 댁에서 돌아왔다. 그곳에 평소보다 오래 머
무른 건 그것이 그해의 마지막 방문이었기 때문이다. 겨울에는
그곳을 찾는 이가 아무도 없다시피 했다. 날씨가 워낙 추운데다
바람이 쉴새없이 불어댔으니까. 그 사막 같은 고장에는 아빠만
약간의 돈을 빌리러 가끔씩 다녀오곤 했다.

집에 돌아오자마자 나는 무언가가 달라져 있다는 걸 감지했
다. 엄마와 할머니가 찢어진 담요들을 수선하고 있고, 나조의 며
느리가 곁에서 돕고 있었다. 내가 물었다.

"뭐하세요?"

"밤에 창문을 가리려고." 할머니가 말했다. "정부의 명령이
다."

"왜요?"

"폭격 때문이지. 그곳에선 조심하라고 하지 않던?"

나는 어깨를 으쓱하며 말했다.

"아뇨, 아무 말도 못 들었어요."

"집집마다 다니며 경고했는데." 엄마가 말했다.

그 순간 쾅쾅 문 두드리는 소리가 들렸다.

"제조예요!" 엄마가 말했다.

정말로 제조가 계단을 올라오고 있었다.

"여보게들, 잘 있었나?" 제조가 숨찬 목소리로 말했다. "커튼을 만들고 있구먼. 세상에, 무슨 난리법석인지! 우리가 무슨 꼴을 당하려고 이러는가 몰라! 무덤 속에 든 것처럼 집안에 갇혀 지내야 한다니. 아침부터 하릴라가 집집마다 다니며 당부하고 있네. 불을 *끄*라고, 모조리 *끄*라고."

"등화관제 명령이에요." 나조의 며느리가 담요에서 눈을 떼지 않은 채 말했다. "그렇게 부르더라고요."

"저자들 눈이 머는 꼴을 보고 싶어. 전부 장님 베히프처럼 되는 꼴을 기필코 보고야 말겠어."

제조가 대체 누구에게 악담을 하고 있는지, 무슨 일 때문인지 나는 알 수 없었다.

누가 또 문을 두드렸고 이번에는 피노 어멈이 나조와 함께 들어왔다.

"소식 들었소?" 피노 어멈이 물었다. "굴뚝까지 틀어막아야 한다더라고. 말세야."

"저들이 몽땅 틀어막고 말 거야." 제조가 소리쳤다. "굴뚝을 막고 문을 봉하고, 심지어 변소까지 메워버릴지 몰라. 미친 세상이네, 피노. 암, 미쳤고말고. 완전히 돌아버렸어."

"자네 말이 맞아. 미친 세상이야." 피노 어멈이 거들었다. "혼례가 한 주에 한 건 있을까 말까야. 말세야."

"소들을 몰아내고 풀밭을 시멘트로 덮고 있다네. 듣도 보도 못한 일 아닌가, 셀피제? '붉은 수염 유수프'란 자에 대해 하는 말 들어봤나? 유수프 스탈린이라 하던데. 그이가 소들을 모조리 밟아 죽일 거야."

"그자는 이슬람교도라던가?" 나조가 물었다.

제조가 잠시 머뭇거리더니 태연히 답했다.

"그래."

"다행이구먼." 나조가 받았다.

대화가 시작되었다. 나조가 할머니와 이야기를 나누는 동안 제조는 막수트의 아내 귀에 대고 뭔가를 묻는 것 같았다. 막수트의 아내는 담요에서 눈을 들지 않은 채 부인의 의미로 고개를 저었고, 제조는 놀란 얼굴로 자신의 뺨을 꼬집었다.

이제 피노 어멈과 나조의 며느리만 빼고 모두 둘씩 짝을 지어 조곤조곤 이야기를 나누었다.

"말세야!" 피노 어멈이 누구에게랄 것 없이 내뱉은 뒤 일어나 밖으로 나갔다. 나조와 며느리도 뒤따라 나갔다.

온 동네가 불안해하고 있었다. 분명했다. 덧문들이 열렸다 닫히고, 여기저기서 문 두드리는 소리가 나고, 메마른 바람이 쉴새 없이 윙윙댔다. 여자들이 빨랫줄에 시트를 너는 몸짓에서도 막연한 불안이 스멀스멀 번져났다.

사람들은 불빛을 가리는 일에 적응하지 못했다. 일부는 그 일을 우스꽝스럽게 여겼고, 대다수는 터무니없는 일로 치부했으며, 또 불길한 징조라 생각하는 이들도 있었다. 사흘째 되던 밤에는 비도 셰리프가 커튼을 걷었는데 몇 분도 안 돼 날카롭고 통명스러운 목소리가 거리에서 올라왔다.

"스페그니 라 루체!"*

다다음날 밤, 이 도시에서 석유램프가 맨 나중에 꺼진 연대기 작가 지보 가보의 집 쪽으로 감시초소의 기관총이 발사되고서야 사람들은 오스쿠라멘토**를 우습게 여겨서는 안 된다는 사실을

---

* '불을 꺼!'라는 뜻의 이탈리아어.
** '등화관제'라는 뜻의 이탈리아어.

깨달았다. 밤마다 사나운 눈이 사방 곳곳에서 망을 보고 있었다. 어떤 불빛도 그 눈을 피해가지 못했다. 도시는 등화관제 명령에 고분고분 복종했다. 이제 어둠이 내리면 동네가 서서히 희미해져갔다. 거리들과 지붕들이 얼빠진 듯 허공에서 비틀거리다 어둠 속에 잠겼다. 굴뚝들과 사원 첨탑들이 모조리 지워져버렸다. 오스쿠라멘토.

비행장을 만드는 일 역시 사람들이 나누는 일상적인 화제 가운데 하나였다. '비행장'이라는 말은 이 도시 노파들의 치근과 이 아래 사정없이 으스러지고 난도질되어 입 밖으로 나오는 통에 무슨 소리인지 알아듣기가 힘들었다. 하지만 한없이 우스꽝스러운 방식으로 연결된 음절들(침에 젖은 모래알 같은)은 경각심을 일깨우는 비상한 힘을 지니고 있었다.

사람들은 이제 너나없이 '비행장 벌판'이라 부르게 된 그 벌판에서 밤낮없이 일했다. 군인 수천 명과 트럭 수백 대가 하루종일 오가며 열심히 작업을 하고 있었는데 멀리서 보면 무슨 일인지 도통 알 수가 없었다. 간간이 분쇄기와 자갈 세척기, 스크레이퍼 소리가 우리 있는 데까지 들려왔다.

이즈음 도시에서 수차례 도난 사건이 발생했다. 도둑들이 어둠을 틈타 돌기와를 들어올리고 지붕을 통해 집안으로 들어갔다(실제로 이 도시에서는 대부분의 도난 사건이 지붕을 통해 일어났다).

이런 불법 침입이 처음 몇 차례 일어난 직후 정체불명의 비행기 한 대가 도시 상공을 날았다. 아주 높이 날고 있었기 때문에 구름 위에서 붕붕대는 무겁고 낯선 소리가 들려오지 않았다면 아무도 그 존재를 알아채지 못했을 것이다. 그러나 쉴새없이 울려퍼지는 천둥소리처럼 그 소리는 파도가 되어 밀려와 우리 귓전을 때렸다. 비행기가 지나간 자리에는 멍멍함이 남아 흰구름에 매달린 채 우리 머리 위를 맴돌았다.

그다음 며칠 동안 다른 비행기들도 지나갔다. 그것들은 거의 언제나 외따로 아주 높이 날아 우리 도시와는 전혀 상관없다는 인상을 주려는 것 같았다. 누가 보낸 비행기일까? 어디서 오는 걸까? 어디로 가는 걸까? 어떤 임무를 맡은 거지? 하늘은 그 속내를 헤아릴 길 없이 무심했다.

새로운 괴물의 갑작스러운 등장이 없었다면 지붕을 통한 도난 사건이 점점 활개를 쳤을 것이다. 그것은 바로 탐조등이었다. 녀석이 쥐죽은듯 조용히 이 도시로 접근했을 때 그 존재를 눈치챈 사람은 아무도 없었다. 그러던 어느 10월 저녁, 키클롭스의 눈 같은 녀석의 외눈이 돌투성이 하천 바닥을 비추었다. 투명한 파충류 같은 기다란 빛줄기가 불쑥 앞으로 뻗더니 도시를 더듬었다. 칠흑 같은 어둠 속에서 희끄무레해 보이던 빛줄기는 지붕에

닿자마자, 공포로 하얗게 질린 정면 위로 눈부신 빛을 발하며 미끄러져내렸다.

잇따른 밤에도 같은 일이 반복되었다. 매일 저녁 탐조등은 어둠 속에서 도시를 찾아 헤매다가 무언가를 발견하기 무섭게 붙잡고 놓아주지 않았다. 이 끈적끈적한 해양 동물은 온 동네를 기어다녔고, 녀석이 덮친 집과 거리의 형태에 따라 모양이 계속 달라졌다.

그즈음 늙은 카텐지카*들의 방문이 더 잦아졌는데 그건 예측 가능한 일이기도 했다. 왕할머니들과 달리 카텐지카들은 바깥출입이 잦았고 혼란한 시기에는 특히 더 그랬다. 여러 점에서 그들은 왕할머니들과는 구별되었다. 왕할머니들의 며느리들은 세상을 떠난 지 이미 오래였지만 카텐지카들은 아직 살아 있는 며느리들을 두고 끊임없이 불평을 늘어놓았다. 또 왕할머니들은 실명이라는 점잖은 병밖에 몰랐고 그 병을 한탄하는 일도 없었지만 카텐지카들은 신경통이나 통풍을 비롯해 괴로운 다른 질병들에 대한 푸념도 늘어놓았다. 그러니 애당초 카텐지카들에게는 왕할머니들과 비교할 거리가 없었다.

비슷한 상황에서 흔히 있는 일이지만, 늙은 카텐지카들이 거

---

* '시어머니' 또는 '장모'를 의미하는 지로카스트라 방언.

리와 골목으로 쏟아져나왔다. 성채 거리와 구시장 거리, 팔로르토 윗동네와 아랫동네, 중앙 광장과 다툼의 다리, 도살장 주변 도로를 그들은 걷고 또 걸었다. 검은 숄로 몸을 감싼 채 성긴 빗방울을 맞으며 바로슈 거리 쪽으로 내려갔다가 두나바트 거리로 되올라갔다. 그들은 구부정한 허리로 숨을 헐떡이면서 새로운 소식을 전하러 다녔다.

북녘 재에서 차고 건조한 바람이 끊임없이 불어왔다. 단조롭게 윙윙대는 그 소리에 귀기울이고 있으려니 그날 아침 내가 들은 '말﹅들이 바람에 실려간다'라는 문장이 머릿속에서 맴돌았다. 최근 들어 내게 이상한 일이 벌어졌다. 수십 번도 더 들었던 단어들이나 어구들이 머릿속에서 새로운 의미를 갖게 된 것이다. 말들이 평소에 지녔던 의미를 갑자기 벗어던졌다. 두세 단어로 이루어진 어구들이 가혹한 분열을 겪었다. 예컨대 누가 '머리가 펄펄 끓는다'고 말했다 치자. 그 순간 나는 무의식중에 강낭콩을 삶는 냄비처럼 끓고 있는 머리를 상상하게 된다. 말들은 평소의 고정된 모습대로 일정한 힘을 지니기 마련인데, 이제 그것들은 용해되고 해체되어 엄청난 에너지를 발산했다. 나는 말들이 붕괴되는 것이 두려웠다. 무슨 수를 써서라도 막아보려 했지만 헛일이었다. 머릿속이 온통 뒤죽박죽되어 말들이 논리와 현실의 경계를 넘어서서 죽음의 춤을 추기 시작했다. 특히 우리말에서 저주로 사용되는 '네 머리통이나 처먹어라!' 같은 어법이 마음을 뒤숭숭하게 했다. 양손으로 자기 머리통을 들고 먹어치우는 사람의 모습은 생각만 해도 끔찍했을 뿐 아니라 이해하기도 어려웠다. 어떻게 사람이 자기 머리통을 먹을 수 있단 말인가. 무얼 먹으려면 이가 있어야 하는데, 이는 머리통(저주받은 머리통이라 할지라도) 안에 있지 않은가.

지금까지 고요하고 확고부동했던 일상의 언어가 지진을 만난 듯 흔들렸다. 모든 게 뒤집히고 깨지고 바스러졌다.

나는 말들의 왕국에 들어가 있었다. 그곳에는 잔인한 횡포가 만연해 있었다. 갑자기 세상이 머리 대신 호박을 얹은 사람들로 넘쳐났다. 어떤 머리들은 빙글빙글 맴돌다 눈이 실탄처럼 터졌다. 어떤 이들은 피가 얼음처럼 얼어붙었고, 또 어떤 이들은 혀가 바싹 마른 채 방황했다. 손이 금이나 은 따위의 금속인 사람들도 있었다. 눈구멍 두 개가 뚫린 살점이 여기저기 보였고, 도시 전체가 열병을 앓았다(유리창이 흔들리고 잿빛 땀이 흐르는 게 보이기도 했다). 나무뿌리를 뽑아 들고 다니는 사람이 있는가 하면, '네 귀는 어디 두었어? 네 눈은 어디 두었어?' 하면서 미친 사람처럼 조리에 닿지 않는 질문을 하고 다니는 사람들도 있었다. 어떤 사람은 상대를 이가 아닌 눈으로 먹어치우려 했다. 무명 화가들은 대문이나 한 소녀의 운명을 검은색으로 쓱쓱 칠

했다(그들은 어디서 왔을까? 무엇이, 왜 그들을 충동질해 이 일을 하게 만든 걸까? 왜 사람들은 자신들의 운명을 그리는 검은색이나 흰색에 그토록 집착하는 걸까?). 그러던 어느 날 한 남자가 사랑에 감전되어 죽은 모양이었다. 세상이 내 눈앞에서 와르르 무너져내렸다. 피노 어멈의 입에서 툭하면 튀어나오는 '말세'가 바로 이런 것일 테지.

그날, 말들의 위력은 정점에 달했다. 나는 경사진 지붕들을 살펴보며 어떻게 사랑이 사람을 감전시켜 죽게 할 수 있는지 이해해보려고 했다. 그것은 어디에 있을까? 어디에 있다가 사람들의 머리 위로 불쑥 떨어지는 걸까? 그렇다고 돌 하나만 던져도 생기는 혹이 나는 것도 아니고 머리에 피가 흐르는 것도 아니었다. 그런데도 사람들이 그걸 두고, 특히 젊은 아가씨들이 그런 일을 당했을 때, 그렇게 한탄을 해대는 이유가 뭘까?

그 순간 문 두드리는 소리가 구원의 손길처럼 온 집안에 울려퍼졌다. 우리도 익히 아는 소리, 제조가 문을 두드리는 소리였다. 그러나 이번에는 좀 특이하게도 사이를 두지 않고 다급하게 두드려대는 것으로 미루어 무언가 심상치 않은 일이 일어났음을 짐작할 수 있었다. 엄마가 걱정스러운 얼굴로 재빨리 내려가 문을 열어주는 동안 할머니는 계단 꼭대기에서 선 채로 기다렸다. 잠시 뒤 할머니도 내려갔다. 이제 위층에는 정적이 감돌았다. 문이 다시 열렸다. 누군가가 들어왔다. 다른 누군가가 나갔다. 그런 다음 누군가가 다시 돌아왔다. 여자들의 목소리가 희미하게 들려왔다. 나는 사람들의 눈길을 끌지 않으려고 조심조심 계단을 내려갔다. 아래층에서 무언가 심각한 일이 벌어진 게 틀림없었다. 문이 다시 삐걱댔다. 안개가 올라오듯 웅성대는 소리가 희미하게 뒤섞여 올라왔다. 나도 아래층에 내려와 있었다. 내가 왔다는 걸 아무도 눈치채지 못했다. 그들은 계단 밑의 난간 옆 수조 입구 언저리에 서 있었다. 제조 외에도 나조와 그녀의 며느리, 피노 어멈, 비도 셰리프의 아내와 다른 이웃 사람 한 명이 와 있었다. 그들의 얼빠진 눈길과 제조의 머리에서 흘러내린 삼각 숄 밖으로 드러난 칙칙한 머리털로 미루어, 또 그들이 화가 나 뺨을 잡아뜯은 자국들로 미루어, 돌이킬 수 없는 일이 일어났다는 걸 짐작할 수 있었다. 그들은 한꺼번에 떠들어댔다. 끔찍한 일이 벌어지긴 했는데 무슨 일인지 좀체 알 수 없었다. 누가 죽었다거나 미쳤다는 이야기도 아니었다. 더 심각한 일이었다. 제조가 그들 사이에 서 있었다. 대장간 풀무처럼 힘겹게 몰아쉬는 그녀의 둔탁한 숨소리가 공포를 퍼뜨렸다.

나는 한참 동안 여전히 영문을 모르는 채 귀기울였다. 어떤 집에 관한 이야기였다. 이탈리아인들이 무슨 시설을 연 것이다. 비교적 단순한 이름이었다. 시립 도서관을 떠올리게 하는 그런 이름이었다. 그런데도 그들은 겁에 질려 그 시설을 저주했다. 언젠가 젊고 아름다운 신부들이 산다는 설탕 집에 대한 이야기를 들은 적이 있었다. 그러고 보면 도시 전체가 중독되도록 만든 문제의 집은 독을 품고 있는 게 분명했다.

"한 집당 남자 한 명씩." 제조가 평소와 다른 목소리로 말했다. "그렇게 결정했다더라고. 자진해서 안 가면 억지로라도 가게 만든다고. 한 집당 남자 하나씩이야."

여자들이 자기들의 양볼을 또 잡아뜯었다. 나조의 며느리만 무심한 표정이었다. 그녀 주변을 맴돌던 제조의 시선이 내게 쏠렸다.

"맙소사, 네가 왜 여기에 있어. 혹시 거기 가려는 생각은 아니겠지." 제조가 소리쳤다.

"주책없게시리." 할머니가 말했다. "그앨 가만 내버려두게."

"말세야." 피노 어멈이 같은 말을, 단언컨대 백번째 되풀이했다.

"여기 사람들이 언제쯤 정신을 차릴까?" 제조가 할머니를 향해 하소연했다. 마치 할머니가 이 도시의 대표라도 되는 듯이.

다시 문 두드리는 소리가 났다. 제모 왕고모였다.

"왜들 이리 갈팡대고 있나?" 복도로 들어서자마자 제모 왕고모가 말했다.

제모 왕고모는 우리를 보러 오는 일이 드물어서 고작 일 년에 두세 차례 정도였다. 후리후리하고 자세가 꼿꼿한 제모 왕고모는 뼈대밖에 없는 사람처럼 보였다. 집안에서 제모 왕고모는 결벽증으로 이름이 나 있었다. 다른 사람이 만든 음식은 절대로 먹지 않아서 빵과 식사, 커피나 차도 손수 준비해 먹었고 집에는 자신의 식기와 찻잔, 커피포트를 따로 두었다. 또 누군가를 보러 갈 때는 깨끗한 냅킨에 먹을 걸 싸고 또다른 냅킨에 찻잔과 숟가락, 유리컵을 싸들고 갔다. 제모 왕고모의 이런 괴벽을 모르는 사람이 없었던지라 식탁에서 왕고모가 냅킨에 싼 간소한 음식을 꺼내들어도 아무도 얼굴을 찌푸리지 않았다.

제모 왕고모는 그 이상한 시설을 두고 여자들이 하는 말을 조용히 듣고 있었다.

"모두들 정신이 나간 게 아닌가." 이윽고 제모 왕고모가 입을 열었다. "난 또 무슨 일이라고. 난, 그 뭐라더라…… 공동 식당인가를 연다는 말인가 했어."

오래전부터 제모 왕고모가 걱정해온 건 공동 식당이었다. 그런 시설이 들어서는 것이야말로 왕고모에게는 재앙 중의 재앙이었다.

"허! 뭐가 걱정들인가? 젊은 신랑이라도 있다면 또 몰라." 제모 왕고모가 나조의 며느리를 가리키며 말했다. "하지만 당신들이야, 뭐! 주책없게시리!"

나조의 며느리 얼굴에 미소가 떠오르는가 싶더니, 놀랍게도 손을 입에 갖다대고 웃음을 터뜨렸다. 나조가 옆에서 팔꿈치로 며느리를 툭 쳤다.

여자들이 각자의 집으로 돌아갔다. 할머니와 제모 왕고모는 천천히 나무 계단을 올라 삼층으로 갔다.

"요다음엔 또 무슨 소릴 듣게 될꼬, 셀피제!" 제모 왕고모가 한탄을 터뜨렸다.

"외국인이 이 땅에 발을 들여놓을 땐 무슨 일이 벌어지든 각오가 돼 있어야 해." 할머니가 말했다. "젊은 아낙이 창턱에 팔을 괴고 있어봐. 이탈리아 놈들이 가만둘 리 없지. 호주머니에서 거울을 꺼내 햇빛을 비춰대는 등 지랄을 할 거야."

"그자들이 여기 발을 들였을 때부터 이미 짐작하고도 남았지. 놈팡이들을 상대해야 된다는 걸." 제모 왕고모가 말했다. "군대라면 나도 볼 만큼 봤지만 몸에 향수를 뿌린 군인들을 보게 될 줄은 상상도 못했지."

"그게 전부라면 그래도 참을 만해. 제일 견딜 수 없는 건 저기서 하는 짓거리야." 할머니는 이렇게 말하며 눈으로 비행장을 가리켰다.

제모 왕고모가 한숨을 지었다.

"전쟁이 코앞에 닥쳤네, 셀피제."

그사이 집집마다 여자들이 창밖으로 몸을 내밀고 '공동'이라는 기이한 수식어가 붙은 새 집에 대해 계속 이야기를 주고받았다. 그들의 소원대로라면 하늘의 벼락이란 벼락은 모두 그 집 지붕 위로 떨어졌어야 했다. 그 집은 하루에도 백 번은 불길에 휩싸여 활활 타오르고 잿더미가 되었어야 했다. 하지만 그 저주가 끊이지 않는 걸 보면 그 집 역시 잿더미에서 매번 소생하는 게 틀림없었다. 늙은 카텐지카들이 다시 거리와 골목마다 넘쳐났다. 북녘 재에서 쉴새없이 바람이 불었다. 이 바람이 카텐지카들의 검은 삼각 숄을 나부끼게 하고 그들 눈에서 눈물을 끌어내 눈가에 유리구슬처럼 맺히게 했다. 그들은 멈추지 않고 걷고 또 걸었다.

도시는 정말이지 열병을 앓고 있었다. 이제 그 땀방울이 쉽사리 눈에 띄었다. 걸핏하면 창유리들이 덜덜 떨렸고, 굴뚝마다 신음 소리가 새어나왔다. 밤이면 탐조등이 그 외눈을 밝혔다. 외눈박이 거인 폴리페모스. 나는 손에 벌건 부지깽이를 들고 놈에게 다가가는 꿈을 꾸었다. 그 무시무시한 눈을 후벼파내는 꿈. 그러고 나면 눈먼 탐조등이 울부짖는 소리가 어둠 가득 울려퍼지는 것 같았다.

불안한 시기여서 모든 게 불확실했다. 외할아버지 집을 둘러싼 불안정한 기복의 풍경이 생각났다. 우리 동네 역시 조만간 땅이 요동치기 시작할 게 틀림없었다. 모두가 각오하고 있는 일이었다.

일리르가 광인로를 달려내려왔다.

"그거 알아?" 일리르가 집안으로 들어오자마자 말했다. "땅이 멜론처럼 동그래. 집에서 봤어. 이사 형이 가져왔어. 동그래. 아주 동그래. 그리고 쉴새없이 돌고 또 돌아."

일리르는 자신이 목격한 것을 한참 동안 내게 떠벌렸다.

"그럼 어떻게 그것들이 떨어지지 않고 붙어 있지?" 우리 머리 위로 집들과 사람들이 가득한 다른 도시들이 또 있다는 말을 녀석에게서 듣고 내가 물었다.

"몰라." 일리르가 대답했다. "깜빡하고 이사 형에게 그건 안 물어봤네. 형이 집에서 야베르 형하고 땅을 연구하고 있더라고. 야베르 형이 거기 손가락을 갖다대고 말하던데. 머지않아 이 땅이 도살장이 될 거라고."

"도살장!"

"그래. 그렇게 말했어. 세상이 피바다가 될 거랬어."

"피가 어디서 흐른다는 거야?" 내가 물었다. "산과 들판엔 피가 없잖아."

"있을지도 모르지." 일리르가 말했다. "형들은 뭔가 알고 있는

지도 몰라. 야베르 형이 세상이 도살장이 될 거라고 하길래 우리가 거기 갔다는 말을 형한테 털어놨어. 양들을 어떻게 도살하는지 직접 봤다고. 그랬더니 형이 웃으면서 그러는 거야. 국가를 도살할 때 무슨 일이 벌어지는지 나도 보게 될 거라고."

"국가라고? 우표에 나오는 것들 말이야?"

"그래. 그거야."

"누가 그것들을 도살하는데?"

일리르는 어깨를 으쓱했다.

"그건 안 물어봤어."

나는 도살장을 떠올렸다. 언젠가 제조가 비행장을 두고 한 말이 있었다. 풀밭과 돌들이 전부 시멘트로 뒤덮일 거라고. 축축하고 미끈미끈한 시멘트로. 고무호스가 피를 씻어내려고 도시들과 국가들에 물을 뿌려대겠지. 어쩌면 그게 살육의 시작일지도 모른다. 하지만 어떻게 국가를 도살장으로 데려갈지, 그들의 울음소리가 어떨지는 상상이 잘 되지 않았다. 투박한 검정 모직 옷차림의 시골 사람들. 흰옷을 입은 도살자들. 염소, 양, 새끼양 들. 그 광경을 보러 온 사람들. 기다리는 사람들. 그러다 마침내 올 것이 오고야 만다. 프랑스. 노르웨이. 땅이 피로 물든다. 네덜란드가 매애매애 울어댄다. 새끼양의 모습을 한 룩셈부르크. 목에 큼직한 방울을 단 러시아. 염소의 형상인 이탈리아(왜 그런지는 모르겠다). 외딴곳에서 음매 소리가 들린다. 누굴까?

"한데 그 집 말이야, 사람들이 뭐래?" 일리르가 물었다.

"나쁜 말, 아주 나쁜 말들을 하던데."

"그래? 그 집엔 예쁜 여자들이 엄청 많이 산다더라고."

"정말? 하지만 행실이 나쁜 여자들이라고 제조가 말했어."

"그래도 예쁜 여자들이잖아!"

"예쁘다고? 이 멍청아!"

"멍청한 건 너야!"

우리는 한동안 말을 하지 않고 지냈다.

그사이 갈봇집은 온 도시를 술렁이게 했다. 제조는 하루에도 몇 번씩 우리집에 들러 점점 더 믿기 어려운 소식들을 전해주었다. 바람이 줄기차게 불어댔다. 그렇게 거센 광풍은 수십 년 만에 처음이라고들 했다. 늙은 지보 가보도 그가 기록하는 연대기에 이 사실을 언급할 작정이라고 했다.

첫 경계경보가 발령된 것도 그즈음이었다. 정오 무렵에 소름 끼치는 비명이 들렸다.

"저건 분명 비도의 장모야." 할머니가 말했다. "저런 소릴 질 러대는 건 비도의 장모뿐이지."

아빠와 엄마가 창턱에 팔꿈치를 괴고 내다보았다. 괴성이 이 어졌는데 사람의 소리는 아니었다. 물결처럼 밀려왔다가 주춤하는 듯싶던 소리가 새 힘이 불쑥 솟은 듯 하늘을 가르며 다시 이어졌다. 비도의 장모가 백 명이라 해도 그런 소리를 낼 수는 없을 것 같았다.

"경보음이야." 아빠가 침울한 목소리로 말했다. "언젠가 이집트에서 저런 소릴 들은 적이 있어."

할머니는 입을 헤벌리고 있었다.

그렇게 도시에 경계경보가 발령되었다.

"이제 우리 모두를 위해 울어줄 곡녀哭女가 생긴 셈이군." 오후에 우리집에 온 제조가 말했다. "우리한테 없는 거라곤 그것뿐이잖나, 셀피제. 이젠 없는 게 없게 된 셈이야. 대천사가 와서 영혼을 거둬갈 날만 기다리면 되겠어."

하지만 그것으로도 부족했던지 때맞춰 일어난 어떤 사건으로 인해 그때까지 냉정을 잃지 않았던 사람들마저 동요하기 시작했다. 아르지르 아르지리의 결혼 소식이었다.

약혼이나 결혼 소식이 들려오면 사람들은 깜짝 놀라든지 기뻐하든지 아니면 미소를 떠올린다는 걸 나는 눈여겨보아왔다. 그런데 결혼을 알리는 소식이 무슨 재앙처럼 사람들 머릿속에 각인될 수도 있다고는 미처 생각지 못했다. "들었지? 아르지르 아르지리가 결혼을 한다네! — 에이, 정신 나간 소리 하지 말게. — 정말이야. 결혼한대. — 농담 마! — 정말이라니까. — 뭐? 결혼

이라고? 말도 안 돼! ― 신부 화장을 맡기려고 피노 어멈을 불렀
대. ― 믿기지 않는 일이군. ― 피노 어멈이 말하는 걸 나도 들었
어. 그러니 사실이겠지? ― 그럼 사실이군. ― 망신살이 뻗쳤어.
망신이야. 부끄러운 일이야."

아르지르 아르지리는 피부가 거무스레하고 키가 작은 남자인
데 가느다란 목소리가 영락없는 여자 목소리였다. 온 동네를 헤
집고 다니는 그를 모르는 사람이 없었다. 사람들 사이에서 그는
양성의 존재쯤으로 통해서, 아무 집이나 집안에 남정네가 없을
때도 자유롭게 드나들 수 있는 사내는 그 사람뿐이었다. 그는 여
자들의 잡다한 가사를 도왔고, 여자들이 빨래를 하는 동안 아이
들을 돌보거나 여자들과 함께 물을 긷고 이런저런 말을 옮기기
도 했다. 그에게는 자기 집이 있었고, 그가 여자들을 돕는 건 가
난해서가 아니라 그들의 말벗이 되는 것과 그들이 하는 일을 좋
아해서였다. 그가 양성의 존재인 한 이보다 더 자연스러운 일은
없었다. 그는 모두의 웃음거리였고 자신의 불완전한 육신을 한
탄해야 할 처지였지만, 대신 어떤 남자도 꿈꾸지 못하는 권리를
꽤 오래전부터 누리고 있었다. 이 도시 부녀자들과 처녀들의 집
을 마음대로 드나들 수 있었던 것 말이다.

그런 그가 난데없이 결혼을 한다고 통보해왔으니 반발이 만만
치 않았다. 가냘픈 목소리의 그 위인이 자신이 남자임을 불쑥 선

언한 것이다. 긴 세월, 복수의 순간을 고대하며 더없이 쓰라린 조롱을 감수해왔다고나 할까. 도시는 수심에 잠겼다. 견딜 수 없는 모욕을 당한 참이었다. 그가 드나들지 않은 집이 없었고, 그가 모르는 여자가 없었다. 불길한 의혹이 사방에 감돌았다.

헛소문이었으면 하는 희망은 사라져버렸다. 피노 어멈에게 주문이 들어왔고, 악단이 연주 요청을 받았고, 결혼식 날짜까지 잡혀 있었다. 아르지르가 결정을 철회했으면 하는 희망도 물거품이 되었다. 사람들이 그를 협박했다는 소문이 돌았지만 그는 끄떡하지 않았다. 협박이 되풀이되었지만 그는 여전히 꿈쩍도 하지 않았다. 나지막이 내뱉은 말과 익명의 편지 등 별의별 시도가 소리 없이 이어졌다. 그렇다고 아르지르에게 앞장서서 맞서려는 사람은 없었다. 도둑이 제 발 저려 그러는 것처럼 보이고 싶지 않았기 때문이다.

가냘픈 목소리의 이 남자가 그렇게 불쑥 반기를 들게 된 이유가 무엇인지 아무도 알아낼 수 없었다. 왜 그런 결심을 하게 된 걸까? 이유가 뭐지? 마침내 혼례의 밤이 닥쳤다. 여느 밤처럼 등화관제가 지켜진 밤이었다. 두 주 연달아 불어대던 바람이 뚝 그쳤다. 윙윙대던 바람 소리가 멎자 사위가 한층 고요하게 느껴졌다. 탐조등의 눈이 켜지는가 싶더니 도로 꺼졌다. 도시의 명예도 끝장났음을 암시하는 듯한 혼례의 북소리가 쉴새없이 울려댔다.

"도를 넘어섰어." 제조가 말했다. 이제 샘에서 검은 물이 솟을 날을 기다려야 한다는 게 제조의 생각이었다.

"딱 하나 부족한 게 그거였군." 이사가 어둠 속에서 담배를 피우며 야베르에게 말했다. "양성인 저 인간의 결혼!"

"정신 나간 짓들이야. 도시가 소돔처럼 되고 말 거야." 야베르가 맞장구쳤다.

갑작스럽고 무자비한 공격이었다. 경보음은 작동하지 않았다. 도시는 간질 환자처럼 경련을 일으켰고, 휘청대며 뒤로 나자빠지다시피 했다. 일요일 오전 아홉시였다. 금세기 중반을 목전에 둔 10월의 그날, 이 오래된 도시는 공습을 받았다. 유구한 세월 동안 노포나 대포알, 파성추의 공격을 무수히 받아온 도시. 이제 그 기반이 산산조각나 장님처럼 고통에 찬 신음 소리를 냈다. 겁에 질린 수많은 유리창들의 파편이 굉음을 내며 사방으로 튀었다.

끔찍한 노호가 기승을 떨친 뒤 세상이 고요히 잦아든 것 같았다. 얼이 빠진 도시는 자신의 중립성을 호소하려는 듯 보이는 말간 하늘을 주시했다. 그 하늘 공간 속으로, 은빛의 작은 십자형 물체 셋이 멀어져갔다. 그것들이 엄청난 돌무더기를 뿌리째 흔들어놓은 참이었다.

폭격으로 인한 사망자가 예순두 명이었다. 왕할머니 네슬리한이 잔해 사이에서 벽토 더미에 허리까지 묻힌 모습으로 발견되었다. 그녀는 자신에게 일어난 일을 이해하지 못한 채 허공에 긴 팔을 흔들어대며 소리쳤다. 누가 날 죽였지? 그녀는 142세였고, 장님이었다.

연대기의 일부

……공습에 대비하시오. 영국인들의 폭탄으로부터 당신과 당신 가족을 보호할 피란처를 마련하시오. 큰 용기들에 물을 채우고, 포대 자루에 모래를 가득 채워두시오. 화재에 대비해 도끼와 삽과 연장을 마련하시오. 시청. 재판. 집행 조치. 재산권.

새로운 통고가 있을 때까지 재판은 중단되었다. 우리 시의 시민 아르지르 아르지리가 그 불길한 결혼식 다음날 신혼방에서 시신으로 발견되었다. 도시는 자신을 모욕한 자를 용서하지 않았다. S. 추베리 의사. 성병. 매일 16시부터 20시 사이. 지난번 폭격으로 인한 사망자 명단. P. 슈타코, R. 메지니, V. 발로마,

7

 그 주에는 도시에 날마다 폭격이 있었다. 그 밖의 일들은 사람들 뇌리에서 모두 잊혔다. 폭탄과 비행기 이야기뿐이었다. 혼인 잔치가 끝나고 몇 시간도 안 되어 살해당한 채 발견된 아르지르 아르지리의 죽음을 둘러싼 가설과 추측도 금세 시들해졌다. 살인자는 물론 누가 그에게 협박 편지들을 보냈는지도 밝혀지지 않은 채 묻혀버렸다.

 폭격이 시작되고 칠 일째 되던 날 심상치 않은 사건이 발생했다. 우리가 사는 거리에 양철 게시판이 나붙었다. 이른 아침, 낯선 사람 몇이 우리집 대문 오른편 담벼락에 못질해 붙여두고 간 게시판이었다. 거기에는 커다란 검정 글씨로 '90인 수용 방공호'라고 쓰여 있었다.

이 거리에 게시판이 나붙기는 처음이었다. 혹 있었다 해도 거기에 무슨 공지 사항이 기재된 적은 없었다. 간혹 시청의 통보가 나붙긴 했지만 그것도 이삼일 지나면 비에 젖고 바람에 찢겨 떨어져나갔다. 때로는 분필이나 목탄으로 담벼락에 갈겨쓴 외설적인 낙서가 눈에 띄었지만 그리 흔한 일은 아니었다. 우리집 대문 오른편에 부착된 이 게시판이야말로 이 거리에 처음 등장한 진짜 게시판이었다.

그날 행인들은 하나같이 그 앞에서 발길을 멈추었고, 글을 읽을 수 있는 사람들이 그렇지 못한 사람들에게 내용을 설명해주었다.

"팔 집인가?"

"아닙니다, 영감님. 다른 얘기예요."

"그럼 무슨 말인가?"

"비행기들이 와서 폭탄을 떨어뜨리면 이 집으로 피신하라는 말이에요."

"거참!"

나는 우리집 문간에 서서 행인들에게 미소를 지어 보였다. 어때요, 이런 걸 바로 진짜 집이라고 하는 거죠! 하고 말하는 듯. 나는 자만심에 부풀어올랐다. 우리 동네에는 크고 멋진 저택이 많았지만 그런 게시판이 나붙은 집은 우리집 빼고는 하나도 없었으니까. 체초 카일이나 비도 셰리프의 집도, 마크 카를라슈의 커다란 집도 예외는 아니었다. 그건 우리집이 제일 튼튼하게 지어진 집이라는 의미였다.

나는 미소를 거두지 않았는데, 실망스럽게도 아무도 내게 관심을 갖는 것 같지 않았다. 하릴라 루카라는 사람만이 나를 보자 곧 모자를 치켜들어 경의를 표하며 두세 차례 내 쪽으로 머리를 숙였다. 그는 우리 동네에서 제일가는 놈팡이라던데.

하지만 어른들이 관심을 보이든 말든 상관없었다. 나는 문간에 서서 일리르가 지나가기를 애타게 기다렸다. 이틀 전 우리는 서로 자기 집이 더 단단하다고 우기며 다투었다. 우리는 이런 식의 내기를 곧잘 했다. 그보다 조금 앞서서는 왕이 돌멩이를 얼마나 멀리 던질 수 있을까를 두고도 옥신각신했다. 나는 돌이 '성^聖 삼위일체' 강 기슭까지 날아갈 거라고 했고 일리르는 강을 넘지 못할 거라고 고집을 피웠다. 다리까지는 양보할 수 있다손 쳐도 그 이상은 절대 불가능하다고.

새로운 논쟁거리가 등장하지 않았다면 이 싸움이 얼마나 더 오래 지속됐을까! 우리는 우리 둘 중 누구네 집이 더 튼튼한가를 두고는 더 열띤 격론을 벌였는데 그러다 종내 어떻게 되었을지는 알 수 없는 일이다! 서로 욕을 해대거나 치고받거나 돌팔매질을 했을지도. 어느 날 아침 우리집 대문에 '90인 수용 방공호'라는 놀라운 말이 적힌 그 양철 게시판이 걸리지 않았다면 말이다.

그런데 마치 나를 약올리려는 듯 일리르는 우리집 앞을 지나가지 않았다. 일리르는 이미 이 게시판 이야기를 듣고 먼 길을 돌아 몰래 자기 집으로 돌아간 게 분명했다.

한참 동안 문 앞에서 기다리던 나는 울화가 터져 집안으로 들어갔다. 나는 곧장 지하실로 내려가 오랫동안 회칠을 하지 않은 두꺼운 지하실 벽면을 경건한 마음으로 살펴보기 시작했다.

그때까지만 해도 지하실은 집의 변변찮은 일부에 불과했다. 석탄을 쌓아두거나 생석회를 소석회로 만드는 용도로만 사용하던 공간이었다. 삼층 거실에 비하면 하녀 정도의 역할을 맡고 있었다고나 할까. 거실은 우리 아빠 키 높이의 크고 근사한 창문이 여섯 개나 있었고 노란 나무 천장에는 조각이 새겨져 있었다. 세심히 공들여 관리하는 공간이었다. 엄마는 거실 바닥이 반들반들 윤이 날 때까지 닦고 문질렀다. 창문에는 가두리에 레이스를 단 흰 커튼이 드리워 있고 빙 둘러 놓아둔 긴 의자들에서는 우리집을 찾아온 할머니들이 앉아 커피를 홀짝이며 한담을 나누곤 했다. 다른 방들이 하는 질투를 느낄 수 있었다. 복도들마저 이곳을 두고 질투하는 것 같았다.

작은 창문과 비뚤어진 창틀, 좁은 문 들에서도 질투가 읽혔다.

그런데 첫번째 폭격이 있고 나서 모든 게 돌변했다. 거실 유리창들이 깨졌다. 그곳은 엉망이 되었고 더이상 아름다운 공간도 아니었다. 반면 지하실은 침착하고 자애로운 모습으로, 밖에서 무슨 일이 일어나건 무사태평이었다.

이제 모두에게서 버림받은 거실이 나는 가여웠다. 두꺼운 지하실 벽들은 잇단 폭격에도 요지부동이었던 반면 거실은 안쓰럽기 그지없었다. 그것이 떨고 있다는 걸, 저 위에서 혼자 온몸으로 떨고 있다는 걸 알 수 있었다. 눈이 번쩍 뜨일 만한 미인이 신경증에 걸려 불안해하는 모습이랄까. 하지만 지하실은 달랐다. 귀가 멀었어도 건장한 노파라고 할까. 거실이 그 위상을 상실하고 나자 지하실이 이 집에서 가장 존중받는 부분이 되었다. 집이 거꾸로 뒤집힌 것 같았다.

나는 가끔 아무도 돌보지 않게 된 거실에 올라가 창밖으로 이웃집들을 살펴보곤 했다. 지붕들에 뚫린 큼직한 구멍들로 가을 보슬비가 새어들고 있었다. 첫 폭격이 있고 난 뒤 그 집들도 우리집처럼 내부가 엉망이 되었겠지. 어쩌면 이 도시의 축축한 지하층들과 지하실들은 오래전부터 이날을 기다려왔는지도 모른다는 생각이 들었다. 언젠가 자신들이 활개칠 날이 올 것임을 예감하고 있었는지도.

따지고 보면 이 도시의 삼층 공간들은 하나같이 가혹한 시기를 견뎌내고 있었다. 처음 이 도시가 세워졌을 때 약삭빠른 목재는 위층으로 올라갔고 그 기반과 지하실, 저수조는 석재의 몫이 되었다. 저 아래에서는 돌이 어슴푸레한 빛 속에서 습기와 지하수에 맞서 싸워야 했던 반면, 위층 공간들은 정성껏 닦고 조각을 해 넣은 나무가 장식했다. 공기처럼 가벼운 이 공간들은 도시의 꿈이자 변덕, 솟구치는 환상이었다. 하지만 이 환상에 한계선이 그어졌다. 맨 위층들에 자유를 부여했던 도시가 후회하며 서둘러 잘못을 만회하려 한 것이다. 그래서 그 위에 돌지붕이 덮였다. 이곳은 돌이 지배하는 세계임을 또 한번 확증하려는 듯이.

어쨌거나 나는 사람들이 지하실과 지하층에 살게 된 이 시기가 좋았다. 온 도시에 양철 게시판이 나붙었다. '15인 수용 방공호', '22인 수용 방공호' 혹은 '33인 수용 방공호'라는 말이 적힌 게시판이었다. 그러나 '90인 수용 방공호'라고 표기된 게시판은 거의 없었다. 나는 우리집이 자랑스러웠다. 하룻밤 사이 우리집은 이 동네의 구심점이 되었다. 집안이 온통 북적댔다. 경보음이 울리기 무섭게 사람들이 우리집으로 몰려들어올 수 있도록 대문을 활짝 열어두었다. 심지어 그전에 미리 와서 지하실 입구로 이어지는 통로에서 몇 시간이고 담배를 피우고 이야기를 나누며 기운을 차리는 사람들도 있었다.

지하실은 땅속 깊이 자리했다. 두꺼운 벽을 사이에 두고 수조와 분리되었고, 일부는 수조 위로 연결되어 있었다. 지표면 바로 위의 초석에 뚫린 가느다란 구멍으로 바깥에서 희미한 빛이 새어들어왔다. 이제 그곳은 공기가 몹시 답답했다.

우리집은 공공장소처럼 되어버렸고, 날마다 무슨 사건이 벌어졌다. 좁은 계단을 너무 빨리 내려가다가 발목을 삐는 사람이 있는가 하면 좋은 자리를 차지하려고 싸우는 사람들도 있었다. 환자들을 생각해 흡연을 금하자 모두에게 대놓고 역정을 부리는 사람도 있었다. 그래도 싸움의 주원인은 역시 제일 좋은 자리를 차지하기 위한 것이었다. 대부분의 사람들이 담요에다 심지어 매트리스까지 가져오는 통에 자리가 점점 비좁아졌다.

"몹쓸 세상이야! 땅 밑에 숨어야 하다니." 비도 셰리프가 투덜댔다.

"그 망할 이탈리아 놈들 때문에 치러야 할 곤욕이 앞으로도 한두 가지가 아닐걸요." 마네 보초가 받았다.

"쉿! 너무 크게 말하지 말게. 첩자가 있을지도 몰라."

"한데 영국인들은 왜 병영이나 비행장이 아닌 도시에다 폭탄을 투하한다죠?"

"아! 내, 말했잖나, 그 빌어먹을 비행장 때문에 우리가 이런 폭격을 당해야 하는 거야."

"좀 작게 말하라니까 그러네."

"알았네, 알았어. 난 평생 작은 소리로만 말해온 사람이야." 비도 셰리프가 대꾸했다.

이웃 사람들 말고도 별의별 사람들이 다 왔다. 개중에는 내가 처음 보거나 한 번도 가까이서 본 적이 없는 사람들도 있었다. 벌건 피부에 땅딸막한 체구인 차니 케케지는 고양이를 찾기라도 하는 듯 불안한 시선으로 사방을 두리번거렸다. 여자들, 특히 피노 어멈이 그를 무서워했다. 부유한 카보이 가문의 마이누르 부인도 손으로 코를 감싸쥐고 지하실 계단을 내려왔다. 두 달 전에 나는 그 집 문 앞에서 한 농부가 암노새의 짐을 부리는 광경을 본 적이 있었다. 농부는 노새와 함께 진흙탕에 미끄러졌는지 온몸이 흙투성이였고 얼굴과 손에도 진흙이 덕지덕지 묻어 있었다. 창밖을 내다보던 마이누르 하눔이 이웃 여자에게 하소연했다. "정해진 곡식을 내게 가져오는 이는 저이뿐이라오. 괘씸하게도 다른 놈들은 날 속여먹기 시작했지. 경찰에 가서 신고를 해야겠어. 그래요, 내일 당장." 그 흙투성이 농부의 모습이 내 기억 속에 뚜렷이 각인되었다. 그후로 마이누르 부인을 보면 어김없이 그 농부가 떠오르곤 했다.

제조는 웬일인지 눈에 띄지 않았다. 가끔 있는 일이었다. 제조가 느닷없이 사라져도 사람들은 걱정하지 않았고, 그러다 다시 나타나도 놀라지 않았다.

때로 우리 지하실은 엉뚱한 손님을 맞기도 했다. 길을 가다가 폭격을 당한 행인들이나 우리 동네를 찾아온 방문객들이었다. 옛날에 포수였던 아브도 바바라모와 그의 아내도 그런 식으로 우리 지하실을 찾았다. 그는 세상사를 두고 몇 시간이고 장광설을 늘어놓는 노인들 곁으로 가 앉았다. 끝없이 이어지는 그 대화에는 별의별 국가와 왕과 정치가 들의 이름이 다 등장했다. 알바니아도 자주 화제가 되었다. 나는 호기심이 일어 귀기울이며 그들이 걱정하는 알바니아가 대체 무엇인지 알아내려고 머리를 쥐어짰다. 주변에 보이는 마당과 구름, 언어, 제조의 목소리, 사람들의 눈, 근심. 이 모든 게 그것일까, 아니면 단지 이 모든 것의 일부에 지나지 않는 걸까?

"한번은 스미르나에서 한 이슬람 수도승이 내게 묻더군." 전직 포수가 말했다. "내 가족과 알바니아, 둘 중 어느 것을 더 사랑하느냐고. 물론 알바니아라고 나는 대답했지. 가족이야 눈 깜짝할 새 만들어지는 거니까. 어느 날 밤 카페에서 나오다가 길모퉁이에서 여자를 만나 호텔로 데려가면 당장 가족과 아이가 생기는 것 아니겠어. 하지만 알바니아는 그럴 수 없지. 한잔하고 나서 하룻밤새 만들 순 없는 거야. 없고말고. 알바니아는 하룻밤은커녕 천하룻밤이 걸려도 만들 수 없는 거지."

"이 양반, 말하는 것 좀 보게!" 그의 아내가 끼어들었다. "노망이 들었구먼. 말이면 다 해도 되는 줄 아오."

"아, 가만 좀 있어! 당신네 여자들이 나랏일에 대해 뭘 안다고!"

"암, 아주 복잡한 문제지, 알바니아는." 다른 노인이 말했다.

"복잡한 문제라. 옳은 말씀이야."

대개 이런 대화들은 경보음이 울리면서 중단되었고 사람들은 황급히 지하실로 내려갔다. 할머니가 언제나 맨 마지막이었다.

할머니의 발밑에서 계단이 애처롭게 삐걱댔다. 어서요, 할머니, 어서요. 하지만 할머니는 좀체 서두르는 법이 없었다. 이런저런 이유로 늘 늑장을 부렸다. 때로는 할머니가 아직 계단에 있는데 첫번째 폭격이 가해질 때도 있었다. 폭발음이 들리면 할머니는 귀찮은 파리를 쫓는 몸짓으로 귀에 손을 갖다대고 말했다.

"뒈져라!"

나는 체초 카일과 그 딸이 오기를 눈이 빠지게 기다리며 사람들이 계단으로 몰려드는 모습을 지켜보았다. 하지만 붉은 머리 체초는 오지 않았다. 딸의 턱수염이 자아낼 사람들의 놀란 시선에 맞서느니 차라리 집에서 폭격을 견뎌낼 심산인 게 분명했다. 밤낮없이 연대기를 쓰는 데 몰두해 있는 늙은 지보 가보도 나타나지 않았다. 왕할머니들도 마찬가지였다. 반대로 아키프 카샤흐는 두 아들과 아내와 딸을 데리고 왔다. 크고 뚱뚱한 그와는 대조적으로 딸은 작고 가냘팠다. 언제나 말이 없는 그녀는 꿈을 꾸는 듯한 멍한 표정으로 구석에 쪼그리고 앉아 있었다. 비도 맥베스 셰리프는 무슨 유령이라도 보듯 아키프 카샤흐를 바라보았다. 비도의 아내는 지하실로 내려올 때마다 손에 묻은 밀가루를 털어냈다. 늘 그렇듯 피 묻은 밀가루였다. 유령 아키프 카샤흐가 사람들을 차례로 주시했다. 지하실은 만원이었다.

"또 공습경보다!"

경보음이 처음에는 조용히, 그러다 긴 잠에서 깨어나듯 연이어 점점 더 요란스럽게 소리를 질러댔다. 경보음과 경보음 사이에 찾아든 텅 빈 정적. 깊디깊은 공동. 이어서 또 한차례 찢어질 듯한 아우성. 굽이치는 고음의 아우성. 경보음이 죽어라고 악을 써댄다. 휘파람이 안간힘을 다해 막을 뚫고 나오려는 것 같다. 야만적인 휘파람 소리. 천지가 휘파람 소리다. 폭탄이 떨어진다. 코앞에. 난데없이 벼락이 친다. 보이지 않는 손이 사람들을 모두 쓰러뜨리고 등잔불 두 개를 다 꺼뜨린다. 칠흑 같은 밤. 외마디 절규가 어둠을 가른다. 아무도 움직이지 않는다. 우리 모두가 죽은 것 같다.

침묵. 그러다 무언가가 꿈틀거린다. 무슨 소리가 난다. 성냥을 그어대는 소리 같다. 우리는 살아 있다. 성냥불. 창백한 불빛에 여기저기서 불규칙한 빛의 조각들이 윤곽을 드러낸다. 모두 꿈틀댄다. 모두 살아 있다. 다른 등잔불이 밝혀진다. 아, 그런데 죽은 사람이 있다. 아키프 카샤흐의 딸이 여윈 두 팔을 힘없이 늘어뜨리고 있다. 머리도 늘어져 있다. 밤색 머리털이 흩어져 꼼짝도 않는다.

한참이 지나서야 아키프 카샤흐의 입에서 내가 기다리던 절규가 터져나온다. 하지만 고통으로 인한 절규는 아니다. 거칠고 사나운 절규다. 처녀의 머리가 가늘게 떨린다. 그녀가 얼빠진 모습으로 천천히 몸을 돌린다. 늘어진 팔에 생기가 붙는다. 폭격이 이어지는 동안 그녀가 껴안고 있던 청년도 몸을 움직인다.

"더러운 년!" 아키프가 소리친다.

그가 큼직한 손으로 딸의 머리채를 휘어잡고 출구 쪽으로 끌고 간다. 그녀는 일어서려 해보지만 다시 쓰러진다. 그렇게 지하실을 가로질러 끌려가다가 계단 밑에 이르러서야 몸을 좀 추스르고 가까스로 계단을 기어오른다. 그는 잡고 있던 딸의 머리채를 놓지 않았다.

밖에서 슈우 소리를 내며 비행기가 급강하하는 소리가 들렸지만 아키프는 발길을 돌리지 않았다. 여전히 딸의 머리채를 끌고서 폭격이 절정으로 치달은 거리로 나섰다. 그렇게 두 사람은 빗발치는 포탄 속으로 들어갔다.

한구석으로 물러나 있던 청년이 정신 나간 시선으로 사람들을 살폈다. 낯선 청년이었다. 밝은 눈빛과 머리카락을 지닌 청년. 그의 턱이 신경질적으로 덜덜 떨렸다. 당장이라도 사람들이 자신에게 달려들지 모른다는 듯 경계하는 표정이다. 그는 침묵 아닌 침묵 속에서 지하실을 가로질러 밖으로 나갔다.

그가 나가자마자 곧바로 소동이 일었다.

"저인 누구지? 어디 사람이야? 이런 날벼락이 어디 있나!"

"처음 보는 젊은인데."

"우리도 볼장 다 봤군!"

"부끄러운 일이야!"

"얌전한 강아지가 부뚜막에 먼저 올라간다더니, 카샤흐의 딸이 딱 그 짝일세!"

"부끄러운 일이야!"

"남정네 목을 그렇게 끌어안고 있었다니, 음탕한 애야!"

"이탈리아 년들 같구먼."

여자들은 자기들 볼을 잡아뜯고 머리 위의 숄을 고쳐 쓰며 분을 못 삭여 씩씩댔다. 반면 남자들은 내내 굳은 표정이었다.

"사랑이야." 야베르가 중얼댔다.

이사는 슬픈 눈빛이었다.

지하실이 온통 술렁거렸다.

사람들은 한참 동안 이 사건을 두고 이야기했다. 아는 사람이 거의, 아니 전혀 없는 낯선 청년의 목에 죽은듯이 감겨 있던 두 팔에 대한 기억이 사람들의 뇌리에서 떠나지 않았다. 어린 처녀의 가냘픈 두 팔은 그들 마음속에서 차츰 맹수의 두 발로 탈바꿈했다. 그것들이 그들의 목을 졸라 숨통을 막고 질식시켰다.

　심상찮은 사건의 몸체에서 또다른 사건이 싹트듯, 아키프의 딸과 그녀의 연인을 둘러싼 쑥덕공론에는 또다른 얘깃거리가 점점 더 빈번히 뒤따랐다. 우리 시의 시민이자 발명가인 디노 치초가 작업하고 있던 몇몇 이상한 스케치에 대한 언급이었다.

　그 사람은 이미 오래전부터 이 나라의 누구도 이해할 수 없는 모종의 계산과 스케치에 몰두해 밤을 꼬박 새웠고 다른 사람들의 밤잠까지 설치게 만들었다. 오스트리아인지 일본인지(이 점에 관한 한 소문은 명확하지 않았다)의 학자들이 이들 숫자에 흥미를 느껴 그가 자기들 나라에 와 작업을 계속해주기를 바랐지만 그가 거절했다는 소문이 돌았다. 결국 오스트리아인지 포르투갈인지(국적이 불명확하다)의 학자들이 그의 발명 특허권을 빌려보려 했는데 그것 역시 거절당했다고.

　오랫동안 우리 시의 시민 디노 치초는 자신의 발명 작업을 철저히 비밀에 부쳐왔다. 그의 마음을 홀딱 사로잡은 일임에 틀림없었다. 눈이 붉게 충혈되고 얼굴도 점점 창백해져갔다. 도시는 숫자와 스케치에 삶을 몽땅 바친 또다른 사람들을 기억했다. 그들 역시 판이한 작업에 몰두해 있었다. 교사인 차니 케케지는 해부학 책 여러 권을 읽는 것보다 고양이 한 마리를 직접 해부해보는 게 훨씬 쓸모 있다고 누누이 강조했다.

디노 치초는 자신의 연구에 푹 빠져 있었다. 도시 발치에 비행장이 만들어지기 시작할 무렵, 그는 원래 하던 연구를 잠시 접고 새로운 발명에 전력투구했다. 비행기를 제작하기로 결심한 것이다. 휘발유로 작동하는 엔진이 아니라 영구 동력 메커니즘을 따르는 특출한 비행기라고 했다. '페르페툼 모빌레'라던가. 사람들은 이 단어를 저마다 다른 식으로 발음했다. 그 때문에 다툼이 생겼고 심지어 주먹이 오가거나 이가 부러지기도 했는데, 그 결과 이 이상한 말의 발음은 더한층 변질되었다.

첫 폭격이 있던 시기에 디노 치초의 새 발명품―이 도시를 방어할 뿐 아니라 그 이름을 빛낼 발명품이었다―을 두고 사람들, 특히 노인들과 아이들 사이에서 입씨름이 점점 더 잦아졌다. 휘발유 없이 작동하는 비행기들이 더 강력하다고 했다. 더 무시무시하다고. 착륙하지 않고 온종일 공중에 머무를 수 있다고도 했다. 그것들이 더 오래 날 수도 있다는 건 우리 고모의 주장이었다. 닷새를 내리 날 수도 있어요? 닷새뿐이겠니. 그런데 왜 그 비행기를 당장 만들지 않죠? 무얼 기다려요? 참아라, 얘야. 뭐든 제대로 하려면 천천히 해야 해.

우리는 기다렸다.

그사이 도시 위로 각양각색의 비행기들이 날아다녔다. 대다수
는 출처를 알 수 없는 것들이었다. 폭탄을 실어 불룩한, 그 반짝
이는 복부를 올려다볼라치면 어김없이 우리의 시선은 처마가 파
손된 거무튀튀한 집 쪽으로 향했다. 집주인은 코끝도 내비치지
않고 집안에서 일했다. 밤낮없이. 날아라, 조금 더 날아라. 가엾
은 가솔린 비행기들아.

우리는 디노 치초의 영구 동력 비행기가 첫 비행을 시작한 순
간 하늘 가득 야기될 혼란을 상상해보았다. 괴상하게 생긴 검고
무시무시한 물체가 허공을 가를 테지. 그러면 하늘을 날던 다른
비행기들이 그 목전에서 사방으로 내빼고 말 거다. 일부는 남쪽,
일부는 북쪽으로 사라질 테고, 겁에 질려 땅으로 곤두박질치는
비행기도 있을 것이다.

도시는 매일 같은 시각에 규칙적으로 폭격을 당했다. 비행기
들은 제 집에 온 것처럼 도시 위를 맴돌았다. 이곳에 파견될 거
라고 한 주 전에 예고되었던 고사포대는 아직 도착하지 않았다.
첫 폭격 후, 우리는 모름지기 도시는 거리와 굴뚝, 하수구 외에
도 자체의 고사포대를 갖춰야 한다는 생각을 굳히게 되었다. 왕
정 시대부터 이 도시 서쪽 망루에서 자리를 지켜온 오래된 고사

포는 모종의 결함이 있었는데 시의 기계공들이 아직 수리를 못한 상태였다.

　누가 보아도 평소보다 더 막막하게 느껴지는 가을 하늘 아래 도시는 무방비 상태로 펼쳐져 있었다. 이 가을만큼 사람들이 그토록 자주 고개를 들어 하늘을 올려다본 적도 없었다. 갑자기 하늘에 무슨 일이 생긴 거지? 사람들이 놀라 이렇게 묻는 것 같았다. 하늘이 아무리 오래된 것이라 해도 그 하늘을 날아다니는 비행기는 새로운 무엇이었으니까. 천둥, 구름, 비, 우박, 눈이 쉴새 없이 도시 위로 쏟아져내렸어도 하늘을 꾸짖는 사람은 아무도 없었는데, 그 무엇도 노년의 이 불길한 변덕에 견줄 수 없었다. 무겁게 드리운 구름 덩이와 난데없이 커다란 눈처럼 벌어지는 푸른 틈새에는 위험하고도 낯선 무언가가 있었다. 단조롭게 내리는 비와 윙윙대는 바람에서도 미심쩍은 무언가가 간파되었다. 나는 점점 차라리 하늘이 아예 없는 게 낫겠다는 생각을 갖게 되었다.

　그 가을 어느 날, 내가 오랫동안 고대하던 사건이 일어났다. 일요일이었다. 할머니가 검은 옷을 머리 위로 꿰어 입는 모양새가 심상치 않았다. 신기할 만큼 날렵한 동작이었다. 뭔가 예사롭지 않은 외출이라는 것을 쉽사리 알아차릴 수 있었다. 나는 입을 다물지 못한 채 할머니의 몸짓을 잠자코 눈으로 좇았다. 내 입에서 한마디 말이 나오는 순간 할머니의 손놀림과 옷이 사각대는 소리의 잔잔한 균형이 깨질까봐 두려웠다.

"어디 가세요?" 나는 내심 초조해하며 가느다란 목소리로 물었다. 할머니가 나를 빤히 바라보았다. 조용하고도 무심한 눈길이었다. 할머니는 천천히 입을 떼며 말했다. "디노 치초의 집에 간다." 솔직히 말해 내가 예상했던 대답이었다.

"나도 가면 안 돼요?" 내가 애원하듯 말했다.

할머니는 내 머리를 쓰다듬으며 대답했다.

"옷을 입거라!"

거리의 포석이 축축했다. 가랑비가 조용히 내리고 있었다. 오래된 노래 하나가 내 머릿속에서 맴돌았다. '보슬보슬 비가 내리네. 어디 가세요, 할머니들, 도로를 따라?' 나는 이 늙은 카텐지카들 사이에 끼어 있었다. 검은 옷을 입고 빗속을 걸었다. 커피를 한잔 하러 가고 있었다. 가서 볼 것이고, 들을 것이었다. 나는 행복했다.

"그럼 비행기를 보게 되나요?" 내가 물었다.

"물론이지. 응접실 한가운데 놓아두었다니까."

"가까이 가서 봐도 돼요?"

"가까이 가서 봐도 돼. 그래도 멍청하게 굴면 안 돼! 손으로 만져선 안 된다."

나는 내 양손을 내려다보았다. 손이 나보다 더 흥분해 있었다. 나는 그것들을 호주머니 속에 쑤셔넣었다.

마침내 집 앞에 이르렀다. 할머니가 대문에 달린 쇠 노커를 두드렸다. 노커 소리가 집안 가득 물결처럼 울려퍼졌다. 각이 많이 지고 처마가 불쑥 튀어나온, 좀 이상하게 생긴 집이었다. 졸음이 줄줄 흐르는 집 같았다.

할머니가 다시 문을 두드렸다. 안에서는 인기척이 전혀 없었다. 그런데도 문이 열렸다. 이층에서 누군가가, 아마도 디노 치초가 끈을 이용해 문의 걸쇠를 들어올린 것 같았다. 우리집에도 비슷한 장치가 있어 위층에서 문을 열 수 있었다. 우리는 이제 나선형 나무 계단을 올라갔다. 누렇게 바랜 널빤지가 삐걱댔는데 우리집 계단에서 나는 소리와는 달랐다. 그건 내가 모르는 언어로 말하고 있었다.

응접실에 발을 들여놓은 순간 처음에는 할머니의 치맛자락 속에 숨어 아무것도 보지 못했다. 그러다 한쪽 눈을 내놓고 훔쳐보았더니 우리 할머니처럼 검은 옷을 입은 할머니들이 방안에 빙 둘러놓은 긴 의자들에 앉은 모습이 보였다. 비행기는 한복판에 놓여 있었다. 날개를 활짝 펼친 인체 크기의 새하얀 비행기였다. 흰 비행기. 날개와 꼬리는 물론 동체 전체가 나무였다. 공들여 윤을 낸 널빤지들에 반짝이는 나사 못대가리들이 드러나 보였다.

나는 한참 동안 비행기를 살펴보았다. 여자들의 목소리가 마치 바람 소리를 뚫고 들려오듯 먼 데서 들려왔다. 다음 순간 나는 눈을 들어 낯빛이 창백한 한 남자를 바라보았다. 남자의 붉고 멍한 눈이 줄곧 바닥 쪽으로 쏠렸다.

"저 사람이에요?" 내가 할머니에게 물었다.

할머니가 머리를 끄덕여 보였다.

할머니들은 커피를 홀짝이며 둘씩 짝을 지어 이야기를 나누었다. 때로 대화가 서로 뒤엉키기도 했다. 그들은 끊임없이 머리를 설레설레 흔들며 놀라움을 표시했고 비행기를 가리키며 손짓을 하다가 다시 전쟁이나 폭격 이야기를 했다. 그러나 창백한 얼굴을 한 남자는 여전히 침묵만 지켰다. 그의 시선이 나무 비행기에 못박힌 듯했다.

"얘야, 잘 봐두렴. 디노처럼 똑똑한 사람이 되어 우릴 영예롭게 해주려면 말이다." 할머니 한 분이 내게 말했다.

나는 할머니에게 몸을 더 바짝 기댔다. 왜 아무 기쁨도 느껴지지 않는 걸까. 기쁨이 수백 개의 작은 땀구멍으로 모두 흘러나가 버린 것 같았다. 하지만 그런 상태가 오래 이어진 건 아니다. 보이지 않는 이 구멍들을 통해 몸속 텅 빈 공간으로 난데없이 밀물처럼 밀려드는 것이 있었다. 슬픔이었다. 응접실 한복판에 자리한 저 흰 비행기가 문득 세상에서 가장 초라하고 덧없는 물건처럼 여겨졌다. 저런 모습으로 어떻게 날마다 우리 머리 위를 날아다니는 커다란 쇠붙이 비행기들에 맞설 수 있단 말인가. 귀가 먹먹해지도록 굉음을 내며 떠는, 폭탄을 가득 실은 무시무시한 회색 비행기들에. 그것들은 야수가 어린 양을 찢어발기듯 순식간에 이 흰 물체를 갈가리 찢어놓을 수도 있을 것 같았다.

할머니들은 잡다한 주제를 두고 계속 이야기를 나누었다. 안주인이 새로 커피를 내왔다. 창백한 얼굴을 한 남자는 자리에서 꼼짝도 하지 않았다. 나도 얼빠진 사람처럼 그 자리에 머물러 있었다. 그러자 서서히 슬픔이 가시고 무아지경에 이르렀다. 나는 할머니들의 얼굴에 새겨진 주름살을 관찰하기 시작했다. 그러다 차츰 이 하찮은 놀이에 완전히 몰입하게 되었다. 누군가의 주름살을 그렇게 찬찬히 관찰해보기는 처음이었다. 기이한 무언가를 보는 것 같았다. 그것들은 기다랗게 이어지며 턱과 목, 목덜미 그리고 얼굴 전체에 끝없이 구불대는 선을 그려넣었다. 겨울이 오면 할머니가 실타래에서 풀어내는 털실과도 흡사했다. 그걸로 긴 양말이나 심지어 스웨터까지 짤 수 있을 것 같았다. 졸음이 엄습해왔다.

우리가 밖으로 나왔을 때는 비가 그쳐 있었다. 젖은 도로들이 냉소를 머금은 듯 번들거렸다. 그것들은 무언가를 알고 있었다. 여자 둘이 각자 자기 집 창턱에 팔꿈치를 기대고 이야기를 주고

받았다. 조금 더 가니 그런 여자 셋이 또 보였다. 창과 창 사이가 멀어 그들은 소리를 질러대야 했다. 덕분에 나는 집에 도착하기도 전에 고사포대가 도시에 입성했다는 사실을 알게 되었다.

그 주의 오후에는 두 교회의 종이 평소보다 길게 울렸다. 거리도 더 북적댔다. 하릴라 루카가 이 집 저 집 대문을 두드리며 외쳤다.

"도착했대요. 도착했대요!"

"관두지 못하겠나?" 한 할머니가 큰 소리로 받았다. "벌써 들은 얘기야, 됐네."

"이제 비행기들은 끝장이야." 비도 셰리프가 단언했다. 그는 카페에서 포병대에 대한 이야기를 늘어놓는 아브도 바바라모와 한잔하는 중이었다. 카페에 와 있던 손님 절반이 호기심에 입을 벌린 채 귀를 기울였다.

"아! 포병대!" 아브도가 한숨지었다. "그런 일들 자넨 도저히 이해 못하네, 비도. 하긴 그런 얘길 누구랑 하겠나?"

오후 내내 사람들은 창가나 발코니에 나와 고사포대가 눈에 띄기를 고대했다. 사람들의 눈길은 대부분 성채를 향했다. 예전에 고사포가 있었던 자리에 포들이 자리할 거라고 확신했기 때문이다. 그러나 날이 저물 때까지 포신은 어디에서도 보이지 않았다. 고사포대는 도심 밖 아무도 모르는 곳에 배치되었다고 말하는 이들도 있었다. 사람들의 실망이 이만저만이 아니었다. 기다란 포신의 거대한 대포들이 도시 한복판에 자리잡기를 모두가 기대하고 있었으니까. 이 도시의 방어를 맡은 무기라면 응당 그래야 했다. 그런데 먼 언덕 뒤 덤불숲 속에 숨은 고사포대라니, 이게 웬 말인가.

"아! 내 소싯적에도 포병대가 있었지!" 아브도 바바라모가 카페에서 마지막 잔을 쳐들며 말했다.

그런데 애초의 실망이 가라앉자 그런 의혹은 오히려 고사포대에 대한 일부 사람들의 믿음을 더 공고히 하는 결과를 가져왔다.

이제 고사포대가 비행기들과 맞서 벌일 첫 결전이 보고 싶어 모두가 안달이 났다. 사람들은 날이 밝아 폭격이 가해질 순간을 학수고대했다.

월요일의 동이 텄다. 그런데 놀랍게도 그날 영국인들은 폭격을 가하지 않았다.

"더러운 놈들! 분명 우리한테 고사포대가 있다는 걸 알아챈 거야." 하릴라 루카가 거리를 쏘다니며 외쳤다. "알아낸 거야, 비겁한 놈들, 겁쟁이들⋯⋯"

"됐어, 입 닥쳐! 낑낑대지 좀 마!"

"촌놈들 같으니!"

그런데 화요일에 그들이 왔다. 늘 그렇듯 시끄러운 경보음이 하늘 가득 울려퍼졌다. 동네 사람들은 언제 그들을 그토록 애타게 기다렸냐는 듯 우리집 지하실 계단을 달려내려왔다. 하릴라 루카는 얼굴이 창백했다. 붕붕대는 엔진 소리가 귓전을 때렸다. 단조롭지만 암암리에 위협이 감지되는 소리였다. 하릴라는 비행기들이 자신을 찾는다고 여기는 것 같았다. 바로 전날 그 비행기들을 실컷 모욕하고 난 참이었으니까. 소리가 점점 가까워졌다. 사람들은 멍하니 입을 벌린 채 그 소리를 듣고 있었다.

"시작했어, 들리지?" 누군가가 말했다.

"입 다물어."

"자, 들어봐, 쐈어."

"그래, 맞아, 쐈어."

멀리서 으르렁대는 소리가 쉴새없이 들려왔다.

"고사포대다!"

"소리가 왜 저리 약하지?"

"조용해졌다."

"아냐, 다시 시작이야."

"왜 더 세게 쏘지 못하는 걸까?"

"그러게, 요즘 무기들이란!"

"옛날에 우리 고사포가 발사할 땐 땅이 흔들렸는데."

"그게 언젠데?"

"그때."

"조용히들 해!"

요란한 대포 소리가 한순간 윙윙대는 엔진 소리를 누르는가 싶
더니 엔진 소리가 다시 시끄럽게 우위를 점하며 한층 위협적이
고 사납게 들려왔다. 지하실에 모인 사람들 모두 숨을 죽였다. 이
젠 대포 소리가 들리지 않았다. 엔진이 난폭한 괴성을 질러댔다.
독실한 신자의 한숨 소리 같은 휘파람 소리들이 무자비하게 땅에
내리꽂혔다. 땅이 흔들렸다. 한 번. 두 번. 세 번. 늘 그렇듯이.

"떠나고 있어."

쉬지 않고 이어졌던 우리 고사포의 발포 소리가 다시 들렸다.
이제 막 치른 결투에서 우리 고사포대가 패했다는 낭패감에 잠
겨 앞으로도 달라질 게 하나도 없겠다는 생각을 하고 있는데 거
리에서 불쑥 사나운 외침이 들려왔다.

"불에 탄다, 불타고 있어!"

처음으로 사람들은 경계경보 종료 신호도 기다리지 않고 바깥
으로 달려나갔다. 거리와 마당과 창문마다 사람들의 얼굴이 흔
들렸다. 무슨 일이 났는지 보고, 보고, 또 보려는 사람들.

"저기다!"

바람에 장엄하게 펼쳐진 음산한 연기의 리본을 꽁무니에 길게
남기며 흰 물체가 떨어지고 있었다. 몇 초 후면 죽을 남자를 태

운 비행기가 하늘을 가로질러 아래로, 아래로 내려와 지평선 너머로 사라졌다. 한 차례 폭발음이 대기를 갈랐다.

도시 위로 불길한 잿빛 리본이 계속 떠다녔다. 사람들이 고함을 지르고 욕설을 퍼붓는 동안 북쪽에서 불어오는 산들바람이 거세지며 리본을 끊어 결국 산산이 흩어놓았다. 그 조각들이 도시 위를 한참 동안 떠다녔다.

거리와 광장을 메운 사람들의 무리가 곧 그쪽으로 이동하기 시작했다. 그들은 도시 북쪽, 비행기가 떨어졌음직한 장소로 달려갔다. 무리에 끼지 않고 남은 사람들은 창으로 내다보거나 마당 담벼락 혹은 지붕 위로 올라가 눈으로 무리를 좇았다. 무리는 이제 바로슈 거리를 지나 잘리 거리로 몰려가고 있었다. 잠시 뒤 행렬의 선두가 멀리 사라져 보이지 않았다. 행렬의 끝이 어딘지도 분간할 수 없었다.

점심식사 시간이었지만 사람들은 창문이나 담벼락에 모두 꼼짝 않고 남아 있었다. 순간 고함소리가 울려퍼졌다. "돌아온다, 돌아오고 있어!" 정말이었다. 그들이 오고 있었다. 처음에는 저만치 잘리 거리 맨 안쪽에 보이는가 싶더니 잇달아 공터에 보였고, 마침내 바로슈 거리에 모습을 드러냈다. 무리는 이제 무질서한 덩어리가 되어 도취 상태에 빠진 것처럼 걸어오고 있었다. 그 앞과 양옆에서 아이들이 달려오며 소식을 전했다.

"갖고 와요! 가져오고 있어요!" 아이들이 외쳤다.

"뭘 가져온다는 거지?" 사람들이 물었다.

"팔이요, 팔."

"뭐? 더 큰 소리로 말해봐."

"팔을 갖고 온다고요."

"팔이라니?"

"들었소? 무얼 가지고 온다는데, 뭐라는지, 원 참."

"팔이라네!"

"비행기 팔 말인가?"*

창과 발코니, 담벼락, 굴뚝, 지붕마다 더 자세히 보려고 몸을 앞으로 기울인 사람들로 우글댔다. 벌써부터 무어라 웅성이는 소리가 들렸다. 무리가 다가오고 있었다. 술렁임이 퍼지며 모든 걸 덮어버렸다.

마침내 무리가 도착했다. 굉장한 광경이었다. 선두에서 아키프 카샤흐가 머리카락이 흘러내리고 두 눈이 튀어나온 얼굴로 땀을 뻘뻘 흘리며 걸어왔다. 허공을 휘젓는 그의 손안에는 노르스름하고 뻣뻣한 무언가가 들려 있었다. 거리 한 끝에서 다른 끝까지 사람들의 함성이 울려퍼졌다.

---

* 알바니아어에서는 '비행기 날개'와 '사람의 팔'을 같은 단어로 쓴다.

"사람의 팔이다!"

"조종사의 팔이다!"

"영국인의 팔이야. 팔만 남았군!"

"폭탄을 투하한 손이야."

"아! 악당!"

"불쌍한 영국인!"

"끔찍해, 눈들 감아요!"

아키프 카샤흐는 잘린 손을 모두에게 보란듯이 줄곧 흔들어댔다. 펴진 손이었다.

"아, 반지를 끼었군."

"저것 봐, 손가락에 반지를 끼고 있어."

"정말이네. 반지야. 손가락에 반지를 꼈어."

이따금 아키프 카샤흐는 무시무시한 소리를 질러댔다. 그가 손에 든 걸 주변 사람들이 가로채려 했지만 그는 뺏기지 않았다.

창밖으로 이 광경을 지켜보던 그의 아내가 머리를 쥐어뜯으며 소리쳤다.

"아키프, 제발 그걸 버려요! 악마의 손이야. 버려요!"

실신하는 사람도 있었다.

"애들을 데려가요!" 한 목소리가 외쳤다.

"신의 가호가 있기를!"

"불쌍한 영국인!"

무리가 도심 쪽으로 멀어져갔다. 이 도시에 폭격을 가했던 조종사의 잘린 손이 무리의 머리 위에서 끔찍한 모습으로 흔들리고 있었다.

연대기의 일부

......함. 재산권. 폭격으로 인해 중단되었던 안고니와 카를라슈의 재판이 어제 재개되었다. 첫 비행기가 우리 도시 상공으로 내려왔다. 사람들이 영국인 조종사의 팔을 찾아냈다. 그런 음산한 광경은 우리 도시에서 처음이었다. 군중이 잘린 팔을 허공에 휘둘렀다. 며칠 동안 무자비하게 우리를 공격해온 잔인한 운명의 손, 포착할 길 없었던 저 악의 화신이 군중의 손에 들려 있었다. 자세한 보도는 다음 호에. 언어란欄. 우리 말을 과감히 훼손하는 신사분들이 도를 넘어섰다. 파렴치하게도 그들은 일부 아름다운 알바니아 말들을 외국 말로 대체해놓았다. 부끄러운 일이다. 지난번 폭격으로 인한 사망자 명단: L. 타쉬, L. 카다레, D. 지크, K. 드흐라미, E.

8

경보음은 울리지 않았다. 고사포대의 포들도 평소처럼 잠잠했고 낡은 고사포의 발포도 없었다. 하지만 하늘을 가득 메운 시끄러운 엔진 소리에 하늘이 무너져내릴 것 같았다. 사람들은 황급히 방공호로 몸을 숨기고 상황이 파악될 때까지 기다렸다. 비행기 소리가 점점 더 커졌다.

"무슨 일이지?"

"왜 폭탄을 투하하지 않는 거지?"

기다림이 한동안 이어졌다. 계단 위에서 들뜬 목소리가 들려오지 않았다면 얼마나 더 그렇게 기다리고 있었을지 알 수 없었다.

"나와서 봐요, 나와서 봐요!"

우리는 밖으로 나갔다. 눈앞에 전개된 광경에 우리는 곧 어안이 벙벙해졌다. 하늘이 비행기들로 새카맣게 덮여 있었다. 비행기들이 황새떼처럼 도시 상공을 맴돌다가 차례로 무리에서 떨어져내려와 비행장에 착륙했다.

나는 더 자세히 보려고 쏜살같이 삼층으로 달려올라갔다. 한쪽 눈에 안경알을 갖다대고 창가에 앉았다. 놀라운 광경이 벌어지고 있었다. 비행장에 비행기가 가득했다. 그것들이 일렬로 느릿느릿 자리잡는 동안 희고 반들반들한 날개들이 햇빛에 반짝였다. 그렇게 황홀한 광경은 난생처음이었다. 기가 막히게 아름다웠다.

아침나절 내내 나는 비행장에 비행기들이 오가는 모습을 눈으로 낱낱이 좇았다. 착륙과 규칙적인 이동, 활주로 위의 정렬.

오후에 일리르가 나를 보러 왔다.

"끝내줘. 우리한테도 우리 비행기가 생겼어." 일리르가 말했다.

"그래, 굉장할 거야."

"이제 우리는 막강해졌어. 지금까지 우리가 당해온 것처럼 우리도 다른 도시들을 폭격할 수 있을걸."

"그러면 진짜 끝내주겠다!"

"우리가 정말로 막강해진 거야." 일리르가 되풀이해 말했다. 며칠 전에 알게 된 그 말을 녀석은 무척 마음에 들어했다.

"그래, 그렇고말고!"

"넌 하늘 따윈 없는 게 낫겠다고 했잖아." 일리르가 말했다.
"그러면 우리가 무슨 손해를 봤을지 이제 알았지?"

"응, 네 말이 맞아."

우리는 비행장과 비행기들에 대해 한참 이야기를 나누었다. 하지만 냉랭한 분위기가 지배적이었던지라 우리가 맛본 기쁨도 다소 시들해졌다. 이상하게도 사람들 대부분이 기뻐하기는커녕 비행기가 비행장을 가득 메우는 것을 보며 언짢아하는 것 같았다. 이탈리아와 이탈리아인들에 대해 전보다 더 화를 내는 사람들도 있었다.

깜깜한 밤들이 이어졌다. 저녁식사 후에는 우리 모두 어둠을 응시하며 거실 창가에 머물러 있었다. 이따금 잘리 강 기슭에서 탐조등이 어둠 속의 도시를 찾아 민달팽이가 더듬이를 길게 뻗듯 빛줄기를 내뿜었다. 우리는 창턱 아래로 머리를 숙이고 우리 집 앞에 빛이 이르기를 조용히 기다렸다. 하지만 대개는 칠흑 같은 밤이어서 아무것도 분간되지 않았고 서로의 모습조차 보이지 않았다.

저녁이면 군용차들이 북에서 남으로 이어진 도로를 지나갔는데 아마도 전선을 향해 가고 있는 것 같았다. 아빠가 전조등 불빛을 세었고, 나는 122, 123, 124…… 하고 수를 세는 단조로운 소리에 귀기울이다 잠이 들었다.

최근 들어 나는 부쩍 기분이 울적했다. 폭격이 두려워 이제 어른들은 우리가 거리에서 노는 걸 허락하지 않았다. 아침마다 나는 커다란 창문 앞에 자리잡고서 지붕들 위에서 일어나는 일들을 주의깊게 관찰했다. 물론 지붕 위에서 무슨 일이 일어나는 경우는 드물었고, 하늘을 나는 까마귀떼가 풍경에 처량함을 더해주었다. 굴뚝에서 모락모락 피어나는 연기들의 미묘한 차이가, 특히 바람 부는 날 내 주의를 끌었는지도 모르겠다. 굴뚝에서 화재가 난다는 건, 그즈음에는 더더욱, 거의 실현 불가능한 꿈이었다. 사람들이 이제 집에 불을 지피기 시작하긴 했지만 굴뚝이 활활 타오른다고 할 만큼 그을음이 쌓이는 경우는 없었다.

낮 시간 동안 강변도로에는 사람의 왕래가 거의 없었다. 그래도 차도는 내 마음을 끌었다. 실제로는 오가지 않는 사람들을 나 스스로 만들어냈다. 모름지기 도로는 북적여야 하겠기에.

천년 전 '1차 십자군 원정대'가 그곳을 지나갔다는 말을 들은 적이 있었다. 지보 가보 영감이 연대기에 그렇게 기록해두었다고. 십자군 병사들의 끝없는 행렬이 이 길을 따라간 것이다. 손에 든 무기와 십자가를 흔들며 그들은 묻고 또 물었다. 그리스도의 무덤이 어디 있는지. 그 무덤을 찾아 그들은 이 도시에서 멈추는 일 없이 남쪽으로 계속 걸어 지금은 군용차들이 향해 가는 그 방향으로 멀어져갔다.

아주 먼 훗날, 같은 도로를 한 고독한 여행자가 지나갔다. 일주일 전 이 도시 박물관에 잘린 팔이 안치된 그 조종사처럼 그 사람도 영국인이었다. 그는 시를 지었고 다리를 절었다. 자기 나라를 떠나 멈추지 않고 세계를 유랑하는 사람이었다. 그는 절룩거리면서도 순식간에 길들과 도로들을 답파했다. 우리 도시 앞을 지나며 이곳을 돌아보긴 했지만 발길을 멈추지는 않았다. 그 사람 역시 십자군들과 같은 방향으로 떠났다. 그가 찾고 있었던 건 그리스도의 무덤이 아니라 자신의 무덤이었다고 한다. 나는 십자군들과 다리를 절었던 그 고독한 영국인으로 도로를 가득 채우고 무수한 사건들로 북적이게 했다. 또 십자군들로 하여금 왔던 길로 되돌아가게 만들고, 그들의 검과 십자가를 뒤섞고, 그들에게 사자를 보내 그리스도의 무덤을 찾아냈다는 소식을 갑작스레 전하게 했다. 연이어 이 무덤을 열려고 맹렬한 기세로 달려드는 그들의 모습이 보였다. 그들이 사라지자 곧 고독한 영국인이 나타났다. 영국인은 절뚝이며 걷고 또 걸었다. 잠시도 멈추지 않고.

그렇게 나는 도로와 십자군, 다리를 저는 영국인을 괴롭히며 몇 시간을 보냈다.

하지만 이젠 그 무엇도 생각나지 않았다. 내겐 비행장이 있었다. 그곳은 역동적이고, 활기가 넘쳤고, 하늘 높이 날아올라 죽음을 가져다주었다. 나는 첫눈에 그것에 반해버렸고 한때 암소들이 없어 아쉬워했던 일이 부끄러웠다.

날이 샜다. 그것은 세상 무엇과도 견줄 수 없을 만큼 번쩍거리며 그곳에 있었다. 수천 명의 피노 어멈이 몸단장을 시킨 것 같았다. 수백 마리 사자를 모아놓은 듯 무겁게 숨을 내쉬었고, 때때로 헐떡이는 소리가 하늘로 치솟았다. 얼이 빠진 듯한 안개 장막이 그 위에 드리워 있었다.

"이탈리아가 발톱을 드러냈어." 막내고모가 아빠에게 말했다. 막내고모는 심각해진 그 아름다운 눈으로 비행장을 응시했다.

저 비행장처럼 아름다운 것을 어떻게 사랑하지 않을 수 있는지 나는 이해할 수 없었다. 하지만 사람들이란 대체로 따분한 존재라는 걸 최근 들어 확신하게 된 참이기도 했다. 그들은 가계부나 빚, 식료품 가격 따위의 이야기는 몇 시간이고 질리지 않고 이어갔지만, 더 근사하고 마음이 끌리는 이야기를 꺼낼라치면 갑자기 귀머거리라도 된 듯한 표정이 되어버렸다.

나는 비행장을 욕하는 소리를 더 듣고 싶지 않아 밖으로 나갔다. 그즈음 나는 무언가에 사로잡힌 사람 같았다. 이젠 비행장에서 일어나는 일이라면 낱낱이 알고 있었다. 중폭격기와 경폭격기를 구별했고, 전투기도 구별할 수 있었다. 매일 아침 나는 비행기 수를 셌고 그것들이 이륙하거나 날고 착륙하는 모습을 눈으로 좇았다. 그러다 폭격기들은 절대 혼자 비행하지 않고 늘 전투기가 동행한다는 사실을 곧 알아차리게 되었다. 나는 마음속으로 다른 비행기들과 구별되는 몇몇 비행기들에 이름을 붙여주었고, 이미 내 총애를 받게 된 비행기들도 있었다. 전투기들을 대동하고 이륙한 폭격기가 계곡 깊숙이, 전투가 벌어지고 있다는 남쪽으로 사라질 때면 나는 머릿속에 잘 기억해두었다가 그것이 돌아올 날을 기다렸다. 내 총애를 받던 비행기의 귀환이 늦으면 걱정이 되었고 그 귀환을 알리는 엔진음이 계곡에서 들려오면 형언할 수 없는 기쁨을 맛보았다. 하지만 돌아오지 않는 비행기도 있었다. 그러면 나는 한동안 우울하게 지내다가 종내는 잊고 말았다.

하루하루가 그렇게 흘러갔다. 나는 비행장에 몰입해 있느라 그 밖의 일들은 전혀 안중에 없었다.

어느 날 아침, 거실 창가로 다가선 순간 색다른 무언가가 눈에 띄었다. 익히 아는 비행기들 한복판에 새 비행기 한 대가 보였다. 그렇게 큰 비행기는 처음이었다. 밤사이 도착한 듯싶은 이 방문객은 연회색 날개를 활짝 펼친 위풍당당한 모습으로 다른 비행기들 사이에 자리하고 있었다. 나는 즉시 그에게 매료당했다. 그의 곁에 있으니 너무도 왜소해 보이는 그의 동료들은 잊은 채 그에게 환영 인사를 보냈다. 천지를 통틀어 그 무엇도 내게 그보다 더 아름다운 선물을 보낼 수는 없었을 것이다. 나는 그를 절친한 친구로 삼았다. 나는 그와 함께 비행하고 그와 함께 붕붕 댔다. 그가 퍼뜨리는 죽음을 지휘하기까지 했다.

나는 자주 그를 생각했다. 그 누구도 낼 수 없는 천지를 뒤흔드는 굉음을 발하며 이륙해 남쪽으로 천천히 날아가는 그의 모습을 보는 게 자랑스러웠다. 다른 어떤 비행기를 두고도 귀환이 늦어진다고 그렇게까지 애를 태우지는 않았다. 나는 늘 그가 남쪽에 너무 오래 머물러 있다고 생각했다. 또 그가 돌아올 때면 그의 숨소리가 한층 무겁게 귓전에 와 닿는 것 같았다. 그는 지쳐 보였다. 아주 많이. 그때마다 나는 사람들이 서로 싸우는 남쪽으로 그가 두 번 다시 떠나지 않기를 바랐다. 그곳엔 더 젊은 다른 비행기들이나 가라지. 그에게는 휴식이 좀 필요했다.

하지만 그는 막무가내였다. 당당하고도 육중한 모습으로 하루가 멀다 하고 하늘로 날아올라 전쟁을 하러 갔다. 남쪽으로 함께 가서 그가 커다란 날개를 펼치고 내 머리 위를 날아다니는 모습을 볼 수 없는 게 안타까울 따름이었다.

"또 날아가는구먼, 빌어먹을 것들!" 어느 날 창 너머로 비행기 세 대가 이륙하는 모습을 지켜보던 할머니가 말했다. 그중에는 내 절친한 친구도 끼어 있었다.

"왜 저들에게 욕을 해요?" 내가 할머니에게 물었다.

"저것들이 천지를 피바다, 불바다로 만들 테니까."

"하지만 우리 도시를 폭격하진 않잖아요."

"다른 도시를 폭격하니까 마찬가지야."

"어떤 도시요? 어디 있는 건데요?"

"저 구름 너머, 먼 곳이다."

나는 할머니가 손으로 가리키는 쪽을 바라보다가 입을 다물었다. 저멀리 구름 너머에 서로 싸우는 도시들이 있구나, 상상하면서. 어떻게 생긴 도시들일까? 그곳 사람들은 어떤 식으로 전쟁을 하는 걸까?

북쪽에서 바람이 불어왔다. 큰 유리창들이 흔들렸다. 하늘에는 구름이 잔뜩 끼어 있었다. 비행장에서 고르고 단조로운 소리가 들려왔다. 즈즈즈즈! 소리가 골짜기 가득 울려퍼졌다. 물결처럼 끝없이! 즈즈즈즈. 소리가 하염없이, 하염없이 울려퍼졌다. 수자나! 공기처럼 가볍고 경쾌한 네 비밀은 대체 뭘까? 잠자리, 황새잠자리. 이 비행장에 대해 아무것도 모르는 너. 지금 네가 있는 그곳은 황량한 사막이다. 바람이 불고 또 분다. 비행기잠자리. 넌 그런 모습으로 어디를 날고 있는 걸까? 비행기들이 상공을 맴돌았다.

내 어깨에 와 닿는 할머니의 손길에 나는 퍼뜩 정신이 들었다.

"감기 걸리겠다." 할머니가 말했다.

내가 창턱에 머리를 기댄 채 깜박 잠이 들었던 것이다.

"고것들한테 단단히 홀려버렸구나!" 할머니가 말했다.

나는 정말로 마음이 사로잡혀 있었다. 불쑥 한기가 느껴졌다.

"또 날아가는구먼, 망할 것들!"

나는 더이상은 아무 말도 하지 않았다. 할머니가 그것들을 욕하고 있다는 걸 잘 알았지만 나는 상처받지 않았다. 저 큰 비행기를 두고 욕하는 게 아니라면 다른 비행기들은 아무래도 좋았다. 그것들에 대해선 할머니 말이 옳을지도 모르니까. 그것들이 저멀리 구름 너머 아무도 안 보는 곳에서 무얼 하고 있는지 알게 뭐람. 우리도 도시를 벗어나 들에 가면 옥수수 이삭을 서리하는 등 도시에서는 꿈도 못 꿀 망나니짓을 벌이지 않나.

하지만 납득이 안 되는 점도 있었다. 비행장이 가동되고 있다고 해서 폭격을 멈추게 할 수는 없다는 거였다. 오히려 폭격은 더 극성을 부렸다. 비행기들이 우리 도시에 와 폭격을 가하면 작은 전투기들은 곧 날아올랐지만 큰 비행기는 꿈쩍 않고 비행장에 남아 있었다. 이유가 뭘까? 때로 그런 생각을 하면 머리가 복잡해졌다. 그가 왜 그러는지 이해해보려고 애썼다. 겁을 먹어서라는 이유는 빼놓고. 그 비행기가 겁을 먹을 리는 없었다. 공습이 가해지면 우리는 지하실로 대피했지만 그는 텅 빈 비행장 한복판에 남아 있었다. 단 한 번이라도 그 비행기가 하늘을 차고 오르는 모습을 보고 싶었다. 그러면 영국 폭격기들이 줄행랑을 칠지도 모르잖나!

하지만 영국인들이 왔을 때 그는 절대 이륙하지 않았다. 우리 도시 상공을 절대 날지 않을 것 같았다. 그는 한 방향밖에 몰랐다. 사람들이 전쟁을 벌이고 있다는 남쪽.

하루는 일리르의 집에 갔다. 우리는 지구의를 손가락으로 이쪽저쪽 밀어보며 놀았는데 야베르가 이사와 함께 들어왔다. 그들은 화가 나 있었고 욕을 해댔다! 이탈리아인들과 비행장을 저주했고, 조만간 우리 도시에 올 예정인 무솔리니를 두고도 욕을 했다. 이상할 것도 없는 광경이었다. 모두 하나같이 이탈리아인들을 질책했다. 그들의 근사한 복장이나 번쩍이는 단추, 깃털도 소용없었다. 그들이 못된 인간들이라는 걸 우리는 일찌감치 알고 있었으니까. 그래도 그들의 비행기는 어떻게 생각해야 할지 우리는 아직 갈피를 못 잡았다.

"그럼 그들의 비행기는 어때?" 내가 물었다.

"똑같아, 개자식들." 야베르가 말했다.

"어떻게 설명할까? 너흰 아직 너무 어려서 이해 못해. 그런 질문은 안 하는 게 나을 거다." 이사가 거들었다.

우리 모르게 하고 싶은 말이 있을 때면 늘 그렇듯 그들은 외국어로 몇 마디 주고받았다.

야베르가 미소를 흘리며 잠시 나를 바라보더니 입을 열었다.

"네 할머니가 그러시던데, 너, 비행장에 홀딱 빠져 있다면서?"

나는 얼굴이 빨개졌다.

"비행기가 좋니?" 야베르가 조금 뜸을 들인 뒤 다시 물었다.

"응, 좋아." 내가 거의 성난 듯한 목소리로 대답했다.

"나도 좋아." 일리르가 끼어들었다.

그들은 우리가 모르는 언어로 서로 또 무어라 대화를 나눴다. 그들의 역정이 가라앉았다. 야베르가 한숨을 푹 내쉬었다.

"불쌍한 녀석들!" 야베르가 중얼댔다. "전쟁에 홀렸어. 끔찍하군."

"시대의 징후야." 이사가 받았다. "비행기들이 활개치는 시대야."

"들었어?" 일리르가 내게 속삭였다. "우리더러 끔찍하대."

"그래, 무지무지하게." 내가 덧붙였다. 그리고 호주머니에서 안경알을 꺼내 눈에 갖다댔다.

"그런 안경알, 나한테도 하나 구해줄 수 없어?" 일리르가 물었다.

오후 내내 나는 야베르가 한 말을 생각했다. 언젠가 그들이 비행기들을 '끔찍한 재앙'이라고 말한 걸 두고 일리르와 나는 나름대로 판단을 내렸지만, 그렇더라도 비행장에 대해서는 일말의 의심이 남아 있었다. 그 큰 비행기만 일체의 의혹으로부터 자유로웠다. 다른 비행기들이 모두 못돼먹은 게 사실일지언정 나의 비행기만은 그럴 리 없었다. 사실 나는 그 비행기를 변함없이 사랑했다. 그가 비행장 활주로에서 날아올라 골짜기 가득 굉음이 울려퍼질 때면 내 마음은 자부심으로 한껏 부풀어올랐다. 또 사람들이 서로 싸우고 있는 저 남쪽 나라에서 그가 지친 모습으로 돌아올 때면 나는 더더욱 애틋한 마음에 사로잡혔다.

다시 칠흑 같은 밤들이 이어졌다. 우리는 삼층 응접실에 머물렀고, 아빠는 전과는 반대 방향인 남쪽에서 북쪽으로 이동하는 군용차들의 전조등 수를 단조로운 목소리로 세었다. 전과 다름없이 내 시선은 먼 곳을 헤매고 있었지만, 그 순간에도 어둠에 잠긴 땅 어딘가 도시 발치에 그 큰 비행기가 날개를 펼친 채 잠들어 있다는 걸 나는 알고 있었다. 비행장이 있는 방향을 대충 가늠해보려 했지만 어둠이 너무 짙어 갈피를 잡을 수 없었다. 뭐가 뭔지 하나도 분간이 되지 않았다.

군용차들은 계속 북쪽으로 이동했다. 매일 저녁 요란한 대포 소리가 점점 더 가까이서 들리는 것 같았다. 창마다 거리마다 새로운 소식들이 넘쳐났다.

아침에 이탈리아 군대가 기다란 종대를 이루어 철수하는 모습이 보였다. 군인들은 이제 북쪽으로 느릿느릿 행군하고 있었다. 십자군도 절름발이 여행객도 걸어간 적 없는 방향이었다. 그들은 멜빵 달린 총을 메고 등에 군장을 짊어진 모습이었다. 때때로 군인들 사이로 군용 장비와 탄환을 실은 노새들의 긴 열이 끼어들었다.

북쪽이었다. 모두 북쪽으로 이동했다. 세상이 방향을 바꾸었다고나 할까. 내가 지구의를 한 방향으로 돌리고 있으면 이사가 나를 약 올리려고 반대 방향으로 돌리곤 했는데, 지금 눈앞에 벌어지고 있는 광경이 그것과 흡사했다. 패배한 이탈리아인들이 철수하고 있었다. 이제 그리스인들이 올 차례였다.

나는 유리창에 코가 뭉개지도록 도로 위의 움직임을 관찰하는 데 몰두했다. 바람에 날려 유리창에 부딪는 빗방울들로 인해 풍경은 더한층 처량했다. 행군이 아침나절 내내 이어졌다. 정오 무렵에도 행렬은 여전히 움직였다. 오후에 마지막 종대가 잘리 언덕 너머로 사라지고 도로에 인적이 끊기는가 싶었는데(절름발이 여행객이 다시 나타날 채비를 하는 시각이었다) 난데없이 우르릉대는 희미한 엔진 소리가 공간을 가득 채웠다. 나는 소스라치듯 몽상에서 깨어났다. 무슨 일이지? 이유가 뭘까? 졸음이 싹 달아났다. 용납할 수 없는 일이 벌어지고 있었다. 그것들이 모두 하늘로 날아오르고 있었다. 전투기를 대동한 비행기들이 둘씩 셋씩 짝을 지어 비행장을 떠나 북쪽으로, 그 가증스러운 방향으로 날아갔다. 비행기 세 대가 짝을 이루어 이륙하기 무섭게 잇따르는 무리가 동체를 떨며 날아오를 준비를 했다. 구름이 차례로 그들을 집어삼켰다. 비행장이 차츰 비워지고 있었다. 이윽고 그 큰 비행기의 굉음이 들려오자 내 심장박동이 느려졌다. 끝장이 었다. 돌이킬 수 없는 종말이 닥친 것이다. 그는 무겁게 날아올라 기수를 북쪽으로 돌리고 날개를 활짝 펼친 채 사라져갔다. 영원히. 숨막히는 안개가 그를 집어삼켰다. 안개 자욱한 지평선에서 마지막으로 한 차례 헐떡이는 그 친숙한 소리가 전해져왔다. 이미 아득히 낯설어져버린 숨소리. 그게 전부였다. 갑자기 세상이 침묵 속에 잠겨버렸다.

내가 강 쪽으로 시선을 돌렸을 때는 이미 아무것도 남아 있지 않았다. 가을비 아래 펼쳐진 평범한 들판뿐. 비행장은 더이상 존재하지 않았다. 내 꿈도 끝장이었다.

"무슨 일이냐, 애야?" 창턱에 머리를 박고 있는 나를 보고 할머니가 말했다.

나는 입을 열지 않았다.

아빠와 엄마도 다른 방에서 건너와 내게 같은 질문을 했다. 나는 대답하고 싶었지만 입과 혀와 목구멍이 말을 듣지 않았다. 나는 대답 대신 흑흑, 주체할 길 없는 오열을 터뜨렸다. 부모님이 기겁을 하고 얼굴을 찡그렸다.

"차마 입에 올리지도 못할 그 망할 것 때문이구나." 할머니가 팔을 뻗어 비행장을 가리키며 말했다. 그곳에는 이제 물웅덩이만 무수한 상처처럼 곳곳에 패어 있었다.

"비행장 때문에 우는 거냐?" 아빠가 엄한 목소리로 물었다.

내가 그렇다고 고개를 끄덕이자 아빠는 얼굴을 찌푸렸다.

"멍청한 녀석! 난 또 어디가 아프다고!" 엄마가 말했다.

가족들은 한참 동안 거실에 남아 침묵으로 나를 괴롭혔다. 나는 오열을 삼키려 애썼지만 소용이 없었다. 아빠는 찌푸린 얼굴이었고, 엄마는 완전히 넋이 나간 표정이었다. 할머니만 내 등뒤에서 오가며 쉴새없이 중얼댔다.

"원, 세상이 어떻게 돌아가는 건지! 저 날아가는 것들 때문에 애녀석들이 눈물을 다 흘리고! 흉조야!"

빗물 가득한 이 공간에 웬 그리움이 퍼져 있는 걸까? 저기 황량한 벌판은 작은 물웅덩이들로 숭숭 뚫려 있었다. 간혹 그의 소리가 들리는 것 같았다. 창가로 뛰어가 보면 지평선에는 하릴없이 구름만 떠다녔다.

어쩌면 그는 누군가의 손에 격추당해 양날개가 배 밑에 접힌 몰골로 어느 고원에서 신음하고 있는지도 모른다. 언젠가 들판에서 죽은 새의 길쭉한 사체를 본 적이 있다. 새의 가느다란 뼈가 빗물에 씻겨 있고, 사체 한쪽은 진흙투성이였다.

대체 그는 어디에 있는 걸까?

한때 하늘과 잇닿아 있던 들판 위로 이제 드문드문 조각구름이 떠다녔다.

어느 날, 그곳에 사람들이 소들을 다시 데려왔다. 조용한 갈색 반점들이 콘크리트 활주로 가장자리를 따라 아직 남아 있는 풀을 찾아 느릿느릿 움직였다. 그 짐승들에게 증오심을 느껴보기는 처음이었다.

우울하고 지친 이 도시는 주인이 여러 번 바뀐 참이었다. 이탈리아인들과 그리스인들이 번갈아 이곳을 차지했다. 무관심이 만연한 가운데 깃발과 화폐가 바뀌었다. 그게 전부였다.

연대기의 일부

……환전. 알바니아 레크와 이탈리아 리라는 더이상 통용되지 않는다. 그리스 드라크마만 합법적인 화폐가 될 것이다. 환전은 한 주 내로 끝내야 한다. 어제 감옥 문이 열렸다. 수감자들은 그리스 정부에 감사의 마음을 전한 뒤 저마다 제 갈 길로 갔다. 오늘부로 등화관제 폐지를 명한다. 계엄령을 선포한다. 저녁 여섯시부터 아침 여섯시까지 통행금지. 도시사령관: 카탄차키스. 출생. 결혼. 사망. D. 카소루호, I. 그라프쉬가 득남의 기쁨을 고했다.

연대기의 일부

……명한다: 도시 전체에 등화관제 재실시. 계엄령 폐지를 명한다. 감옥의 재운영을 명한다. 수감자들은 모두 감옥으로 복귀해 남은 형을 마칠 것을 촉구한다. 도시사령관: 브루노 아르치보찰레. 환전을 서두를 것. 그리스 드라크마는 이제 통용되지 않는다. 알바니아 레크와 이탈리아 리라만이 합법적인 화폐다. 어제의 폭격으로 인한 사망자 명단: B. 도비, L. 막수티, S. 칼리보풀리, E. 피초, Z. 자자니, L.

9

11월 첫 주, 비행장이 철수되고 나흘째 되는 날, 마지막까지 남아 있던 이탈리아인들이 도시를 떠났다. 도시는 그 누구의 지배도 받지 않았고, 그 상황이 사십 시간 동안 지속되었다. 새벽 두시에 그리스인들이 도착했다. 그들은 칠십 시간을 머물렀지만 그들을 본 사람은 거의 없었다. 집집마다 덧문이 모두 닫혀 있었다. 아무도 거리로 나오지 않았다. 그리스인들은 야간에만 움직이는 게 분명했다. 목요일 오전 열시, 찬비가 내리는 와중에 이탈리아인들이 돌아왔다. 삼십 시간을 머문 뒤 그들은 다시 떠났다. 여섯 시간 뒤 그리스인들이 다시 나타났다. 11월 둘째 주에도 이런 일들이 계속되었다. 이탈리아인들이 돌아왔다. 이번에는 육십 시간 남짓 머물렀다. 그리스인들이 달려오자 이탈리아인들이 곧 물러갔다. 금요일, 낮 시간과 저녁 시간 내내 그들이 이동하는 모습이 보였지만 토요일 아침에 도시는 완벽한 적요 속에 눈을 떴다. 모두 떠나고 없었다. 왜 이탈리아인들은 돌아오지 않는 걸까? 그리스인들도 마찬가지였다. 토요일과 일요일이 그렇게 지나갔다. 월요일 아침, 며칠 인적이 끊겼던 거리에서 누군가 걷고 있는 소리가 들렸다. 길 양쪽에서 여자들이 조심스레 덧문을 열고 내다보았다. '어둠의 친구' 루칸이 걸어가고 있었다. 낡은 갈색 담요를 어깨에 두르고 빵과 치즈를 감싼 손수건을 손에 들고 있었다. 집으로 돌아가는 길인 것 같았다.

"아니, 루칸이잖아?" 비도 셰리프의 아내가 창밖을 내다보며 그에게 말을 걸었다.

"저기 갔었어." 루칸이 손으로 성채를 가리키며 말했다. "거기 출두했지만 괜한 짓이었지! 감옥이 제 역할을 못하고 있어."

그의 목소리에 비애라 할 만한 감정이 묻어났다. 정권이 자주 바뀌면서 자신의 복역이 중단된 것이 유감인 듯했다.

"이젠 그리스인도 이탈리아인도 없으니까."

"그게 그거 아니겠어." 루칸이 신경질적인 투로 받았다. "내가 아는 건 감옥이 제 역할을 못한다는 것뿐이야. 안에 쥐새끼 한 마리 안 보인다니까. 문들이 활짝 열려 있다고. 통탄할 일이야."

누군가 무어라 또 물었지만 그는 대꾸하지 않았다. 그저 욕설만 퍼부어댔다.

"더러운 세상, 더러운 나라야! 감옥 하나 제대로 살피지 못하니. 저 성채에 매일같이 기어올라갔다가 그냥 내려오니, 내가 뭐 그렇게 할 일 없는 놈인가. 세월만 가고 형기는 끝나지 않고. 무슨 계획을 세워봤자 다 물거품이 되고 말아. 이탈리아 놈들은 아무짝에도 쓸모없는 치사한 것들이야. 아! 스칸디나비아 감옥에 대해 한 친구가 그러더군. 그곳 감옥이야말로 진짜 감옥이라고! 들어가고 나오는 게 질서정연하다고. 형기가 정해지고 정식 서류도 갖춘다지. 갈봇집처럼 시도 때도 없이 문이 열리지도 않고!"

여자들이 차례로 덧문을 닫았다. 루칸이 음탕한 말을 늘어놓기 시작했기 때문이다. 아키프 카샤흐의 귀머거리 모친만이 창가에 남아 그의 말을 대충 짐작해 맞장구쳤다.

"그래. 자넨 화낼 만하이. 행복했던 날이 하루도 없었으니까. 평생을 감옥에서 썩는구먼. 이 정부 저 정부 왔다갔다하는 사이에도 자넨 어둠 속에만 남아 있으니."

루칸이 떠나간 거리에는 다시 적막이 감돌았다. 나조의 커다란 고양이가 잽싸게 거리를 가로질렀고, 피노 어멈의 새 암고양이가 현관 위로 기어올라가 그 모습을 바라보았다. 정오 무렵에는 낯선 개 한 마리가 지나갔다. 오후에는 암탉 한 마리를 제외

하고는 쥐새끼 한 마리 보이지 않았다.

다음날 아침, '어둠의 친구' 루칸이 여전히 어깨에 담요를 두르고 손수건에 싼 빵을 든 모습으로 욕을 주절대며 걸어오자 사람들은 모두 확신하게 되었다. 바야흐로 일체의 권력이 부재하는 시기로 접어들었다는 것을.

첫번째 문들이 열렸다. 거리가 차츰 활기를 띠었다. 시가지까지 나가보는 사람들도 있었다. 카페 '아디스아바바'가 다시 문을 열었다. 광장에는 찢어진 신문 조각들이 바람에 이리저리 쓸려 다녔다. 여기저기 통조림 깡통이 흩어져 있었다. 문과 창문이 모두 닫힌 시청 건물은 침울해 보였다. 길에서 어슬렁거리던 사람들은 그리스어와 라틴어 글자가 쓰인 굴러다니는 빈 상자들 주위를 맴돌았다. 벽보들은 반쯤 찢겨 있었다. 옷깃을 세운 한 남자가 몇몇 글자를 조합해보려고 애썼다. 줄곧 머리를 절레절레 흔드는 품새가 단어를 완전히 맞추지 못해 기분이 상한 것 같았다. 찬바람이 그의 손에 들린 벽보 조각을 낚아채 갔다.

비바람에 찢겨 너덜대는 벽보들이야말로 불안정한 시절이 남긴 유일한 증거물이었다. 이제 도시는 어떤 정권의 지배도 받지 않았다. 비행기들과 고사포대를 비롯해 경계경보와 갈봇집과 탐조등과 수녀들, 그 모두가 도시에서 무기한으로 사라지고 없었다.

한때 모험에 끌려 하늘에 맛을 들이고 국제적인 위험을 즐기

192

느라 넋을 잃었던 도시가 이제 오래된 돌들 속에서 은거하고 있었다. 하늘과의 관계는 완전히 결렬된 상태였다. 도시는 예리한 신경이 비바람에 무뎌져 얼이 빠진 모습이었다. 상공을 나는 이름 모를 비행기들 역시 이 도시를 더는 알아보지 못하거나 아니면 못 본 체했다. 그들은 꽁무니에 우르릉대는 건방진 소음만 남긴 채 하늘 높이 날아가버렸다.

어느 날 아침, 피노 어멈이 조심스레 문을 닫고 거리로 나왔다.

"어디 가나, 피노 어멈?" 비도 셰리프의 아내가 창가에서 물었다.

"결혼식에."

"결혼식? 요즘 같은 때 누가 결혼할 생각을 한단가?"

"하고말고. 결혼하는 데 때가 어디 있나."

피노 어멈이 결혼식에 간다는 건 이 도시가 권력의 부재에 적응하고 있다는 암시였다. 하지만 모든 과도기가 그렇듯 지금은 불확실한 시기였다. 삶의 규범들이 뒤죽박죽이었다. 법원은 역할을 다하지 못했다. 신문도 발간되지 않았다. 시청 담벼락에 무슨 통보나 게시물이나 지시 사항이 나붙지도 않았다. 나라 안팎의 소식들은 오로지 입에서 입으로 전달되었다. 주요 소식통은 미지의 한 노파였는데, 정체불명의 이 시기에 노파의 이름은 순식간에 퍼져나갔다. 소세라는 이름의 이 노파를 대다수 사람들

돌의 연대기　193

이 '소식통 할머니'라 불렀다.

　감옥에서 나온 수감자들과 미심쩍은 산골 주민 몇몇을 포함해 처음 보는 얼굴들이 도시를 배회했다. 만사가 혼란스럽고 손에 잡히지 않았다. 광장도 골목도 전신주도 저마다 제 비밀을 꼭꼭 숨겨두고 있었다. 집집마다 문에 불신의 흔적이 뚜렷했다. 춥고 변덕스러운 날들이 이어졌다. 굴뚝들만 활기찬 삶을 이어갔다. 이런 상황에서 제조가 우리집에 다시 나타났다. 문 두드리는 소리가 마치 내 머리에 대고 망치질을 해대는 느낌이었다. 나는 몸을 숨겨 사라지고 싶었지만 불가능했다. 제조는 힘겹게 숨을 몰아쉬며 계단을 올라왔다. 온갖 근심거리와 쑥덕공론과 새로운 소식을 작은 검정고양이들처럼 앞세우고서. 나는 걸려들고 말았다.

　"이런, 제조 아닌가!" 할머니가 말했다.

　"어서 오세요!" 엄마도 반겼다.

　"어떻게 지내세요?" 아빠가 물었다. "근래 어디 계셨어요?"

　제조는 대답하지 않았다. 늘 그렇듯 할머니에게만 이야기했다.

　"봤나, 셀피제, 신께서 우리에게 무얼 보냈는지 봤나? 내가 말했지. 땅에서 검은 물이 솟을 거라고. 이제 그 물이 솟았네. 하즈무라트의 포탄 구멍들을 봤나? 메시테와 팔로르토는 또 어떻고.

　사방에서 검은 물이 솟고 있어."

194

"검은 물이라는 게 뭐예요?" 내가 엄마에게 소곤댔다.

"폭탄이 땅에 큰 구멍을 내면 검은 물이 나온단다."

"그런데도 이 나라 백성들은 당최 깨닫질 못하는구먼." 제조가 위협적인 쉰 목소리로 말했다. "자네들도 들었나? 영국인의 팔을 도난당했다네. 그 어디더라, 박…… 박……"

"박물관요." 아빠가 말했다.

"그래, 그걸 누가 훔쳐갔다는구먼, 셀퍼제. 다른 건 다 놔두고 고것만 쏙."

"누가 그랬을까요? 뭐하려고?" 엄마가 물었다.

"내 말이 그 말일세." 제조가 한숨을 내쉬었다. "마귀가 들지 않고서야. 마귀가 지배하는 시대야. 모든 게 뒤죽박죽이지. 신께서 우리한테 영국인의 팔 한 쪽을 던져놓으셨으니, 이제 우리 머리 위로 독일인들의 머리털과 중국인들의 수염과 그리스인들과 유대인들의 손톱이 떨어져내리는 걸 보게 될 게야……"

제조는 지치지도 않고 말을 이어갔다. 나는 거리를 두고 서서 귀를 쫑긋 세우고 들었다. 손톱과 머리털과 수염과 코가 어떻게 눈송이처럼 떨어질지 상상해보려고 했다. 제조가 가고 나면 곧바로 할머니에게 물어볼 작정이었다.

막수트가 거리를 지나갔다. 나도 알 것 같은 머리통 하나를 옆구리에 끼고서. 그의 아름다운 아내를 본 게 언제 적 일인지. 봄이 되어야 그녀는 문 앞에 모습을 드러내겠지. 지금쯤 그들 집에는 칭기즈칸이 쌓아올린 머리통들처럼 잘린 머리통들이 피라미드처럼 쌓여 있겠지…… 가리타는 대체 무얼 하고 있을까? (그녀의 모습, 얼굴, 이름이 쥐들이 갉아먹은 빵덩이처럼 군데군데 삭제된 채 머릿속에 떠올랐다.)

제조가 떠났다. 도난당한 영국인의 팔을 두고 사람들은 우선 차니 케케지를 의심하다가 연대기 사가 지보 가보에게 미심쩍은 눈길을 돌렸다. 바로슈 거리의 밀매꾼을 의심하는 이들도 있었다. 그가 반대편 산비탈에 있는 한 수도원에 그걸 팔아넘겼다는 소문도 떠돌았다.

도시는 사소한 일들로 분주했다. 건달 라메 스피리는 갈봇집을 그리워하며 술에 취해 거리를 헤매고 다녔다.

"문을 닫았구나, 문을 닫았어!" 그는 울먹이며 말했다. "내 따스한 보금자리, 내 작은 잠자리! 이젠 갈 수 없게 되었군! 이제 어쩌지? 이 겨울, 밤마다 어디다 몸을 숨긴다지?"

때로 루칸 부르가마드히가 그와 함께했다.

"내 따스한 보금자리, 내 작은 잠자리!" 루칸이 기계적으로 따라 했다.

"썩 꺼져버려! 창피하지도 않나?" 노파들이 그들을 질책했다.

"오, 잃어버린 내 작은 잠자리여! 오 솔레 미오!" 라메 스피리가 노파들에게 손을 뻗어 입맞춤을 보내며 정신 나간 표정으로 중얼댔다.

"돼먹지 못한 놈, 뒈져라. 벼락이나 맞고 이 땅에서 꺼져!"

"별들이 불덩이라는 걸 의심하고, 태양이 움직인다는 걸 의심한대도!"*

"태양이 움직인다는 걸 의심한대도!" 루칸이 되뇌었다.

"두 놈 다 벼락이나 맞고 뒈져라!"

정말이지 무력감이 만연한 시절이었다. 사람과 사물이 모두 기어다니는 느낌이었다. 비행장에서는 소들이 다시 풀을 뜯기 시작했다. 디노 치초는 연구를 그만두었다. 상상력이 고갈됐기 때문이었다.

이런 반수 상태에서 도시는 또 한번 세상과의 접촉을 시도했다. 성채에 자리한 그 오래된 고사포의 힘을 빌려서.

왕정 때부터 성채 서쪽 탑에 존재해온 대포는 이 도시 어디서나 눈에 띄었다. 좀 지쳐 보이는 기다란 포신이 변함없이 하늘을 겨냥하고 있었다. 인근의 다른 탑에 고정된 낡은 추시계와 더불어 대포는 이 도시 시민 누구나 아끼고 친근감을 느끼는 대상이었다. 하지만 세월이 흐르면서 사람들은 그 발치에 장착된 톱

---

* 셰익스피어의 『햄릿』 2막 2장에 나오는 대사.

니바퀴 장치나 기다란 포신, 핸들과 기어가 무엇에 쓰이는지 거의 잊은 상태였다. 제막식이 있던 날 이후로(노인들은 시에서 마련한 잔치와 애국심을 고취하는 연설, 팡파르, 맥주병을 기억했고, 술을 잔뜩 마신 집시 람체가 성벽 위에서 도로로 뛰어내려 죽은 일 역시 또렷이 기억했다) 단 한 번도 발포를 한 적이 없었으니까.

폭격이 시작되었을 무렵 사람들이 애초의 동요를 추스르고 지하실에 몸을 숨겼을 때, 이 무기는 그들의 의식 깊숙한 곳에서 한줄기 희망의 섬광처럼 반짝였다. 그 길쭉한 금속 포신과 레버, '고사포'라 불리는 메커니즘이 바로 그런 날들을 대비해 만들어졌다는 사실을 그들은 떠올렸다. 그건 일말의 계시와도 같았다. 너나없이 의문을 품기 시작했다. 어떤 이는 놀라고 어떤 이는 화가 나서.

"한데 우리 고사포는? 왜 발포하지 않는 거지?"

"그러게. 우리 시에도 대포가 있는데, 왜 소리가 들리지 않는 걸까?"

우리 고사포의 결함이 처음 야기한 실망은 씁쓸한 것이었다.

무엇보다 우리 아이들에게 그랬다. 지하실에서 나온 사람들은 서쪽 탑으로 시선을 돌렸다. 우리 대포의 포신이 늘 그렇듯 피곤하고 심각한 모습으로 하늘을 향해 또렷이 모습을 드러내고 있었다.

오후에 우리는 그 침묵의 이유를 알게 되었다. 무언가 결함이 있었던 것이다. 바로 그날 저녁, 도시의 기계공들이 수리 작업에 들어갔다. 다음날 아침에는 여자들이 창가로 나와 서로 물었다.

"해결됐대요?"

"아뇨, 아직이래요."

"대체 왜 그런 거죠?"

이런 물음이 사람들의 입에서 입으로 나돌았다. 심각한 결함인 듯했다. 그 무렵, 첫 영국 비행기를 격추하게 될 고사포대가 도착했다. 이틀 뒤에는 우리 대포가 처음으로 발포를 했다. 모두가, 특히 아이들이 형언할 수 없는 기쁨을 느꼈다. 이 오래된 고사포는 포병대의 발포 소리와 달리 고립되고 강력한 음향으로 으르렁댔다. 장엄한 무언가가 느껴지는 소리였다.

하지만 그날은 물론이거니와 이어지는 날들 역시 대포는 어떤 비행기도 격추하지 못했다. 사람들이 지하실에 다시 모였을 때 일리르가 내게 말했다. "막강한 대포야. 오늘은 한 대 격추하고 말 거야." 하지만 예상은 빗나갔다. 지하실에서 나올 때 우리는 매일 비감에 사로잡혔다. 어른들 곁으로 가 그들이 하는 말에 귀를 기울였다. 실망스러운 내용이었다. 그들은 우리 대포를 신뢰하지 않았다. 매번 새로운 폭격이 있고 나면 그들은 원망에 찬 목소리로 말하곤 했다.

"요즘 비행기들을 격추하기엔 너무 구식이야."

마지막 몇 주 동안 도시의 주인이 수차례 바뀌는 사이 우리 대포는 목표물을 한 번도 명중시키지 못했다. 도시가 이탈리아인들의 수중에 넘어가면 대포는 영국 비행기를 향해 발포했다. 그러다 그리스인들이 도시를 점령하면 네 차례나 이곳을 폭격하러 온 이탈리아 비행기들이 과녁이 되었다. 그러나 도시를 떠나며 이 대포에 손을 댄 교전국은 하나도 없었다. 철수는 한바탕 소동을 벌이며 잽싸게 이루어졌던지라 도시를 떠나는 이들이 성채 꼭대기에서 그 무거운 대포를 끌어내린다는 것은 만만찮은 일임이 틀림없었다. 어쩌면 혼란의 와중에 그들은 그것을 잊었거나 잊은 체했는지도 모른다. 이곳에 다시 왔을 때 그 선량한 늙은이를 그 모습 그대로 되찾게 될 거라 확신하면서.

도시가 그 누구의 수중에도 들어 있지 않던 그즈음의 어느 날, 정체불명의 비행기 한 대가 하늘에 모습을 드러냈다. 비행기가 오는 걸 한 번도 본 적이 없는 방향에서였다. 일주일 전 도시 상공에 '함부르크 시민들'에게 보내는 독일어로 된 전단을 뿌렸던 그 정신 나간 조종사인지도 몰랐다.

최근 들어 이 도시 상공에 비행기들이 나타나 헤매는 건 흔히 볼 수 있는 광경이었다. 전투를 치른 다음 길을 잃었거나 적군이 있는 쪽으로 날아가며 길을 잃은 체하는 건지도 몰랐다. 그들은 기회를 포착하기 무섭게, 특히 악천후에, 정해진 항로에서 벗어나 아군으로부터 멀어졌고 임무를 완수해야 하는 시간 내내 하릴없이 상공을 맴돌았다. 우리도 이와 비슷하게 학교를 빼먹고 놀러 다니다가 점심시간이 되어서야 귀가한 경험이 있지 않은가.

정체불명의 비행기가 난처하고 지친 기색으로 천천히 날고 있었다. 어디서 온 것인지는 장담할 수 없었지만 전투에 참여했던 게 분명했다. 그런데 그 정신 나간 조종사는 왜 난데없이 우리 머리 위로 폭탄을 투하한 걸까. 그 이유를 따져보던 사람들은 다음과 같이 결론지었다. 우리 도시 상공을 날던 조종사가 수중에 폭탄 하나가 남은 걸 보았고 그걸 이름도 모르는 이 도시에 떨어뜨리자는 생각이 든 거라고(길 잃은 조종사들은 보통 폭탄을 숲속 멀리 혹은 산 위에 투하하곤 했지만). 그렇게 해서 폭탄이 투하된 거였다.

하지만 이번에는 도시도 참지 않았다. 긴긴 무기력한 나날을 견디면서 고사포의 기다란 포신은 도시의 상상력에 부채질을 했다. 또 한번 하늘을 상대해보겠다는 욕구가 자신 안에서 졸다가 깨어날 순간을 기다렸다. 정체불명의 비행기들이 상공을 날면 그 침입자들에게 일격을 가하고 싶은 욕구가 한층 강하게 일었다.

그날은 우리가 밖에 나가 놀아도 되는 흔치 않은 날 중 하나였다. 멀리까지 나가 놀던 우리는 성채 발치까지 이르렀다. 그 외진 곳에 포병 아브도 바바라모의 집이 있었다. 지하실이나 카페에서 아브도 영감은 종종 전쟁 이야기를 했다. 그의 손에 들린 거라곤 호박이나 오이가 전부였고 포탄이 들려 있는 건 한 번도 본 적이 없지만, 그래도 그는 우리 모두의 존경을 한몸에 받고 있었다.

그의 집 문 앞에서 놀고 있었는데 갑자기 윙윙대는 엔진 소리가 들렸다. 지나가던 행인 몇이 멈춰 서서 손차양으로 햇빛을 가리며 눈으로 비행기를 찾기 시작했다.

"저기다! 저기 있다!" 누군가가 외쳤다.

"이탈리아 비행기 같은데."

아브도 영감과 그의 아내가 창문에 모습을 드러냈다. 다른 행인들도 발길을 멈추고 쳐다보았다.

비행기는 천천히 날았다. 무겁게 우르릉대는 소리가 저만치서 파도처럼 우리에게 전해졌다. 거리에 있던 사람들은 가만히 보고만 있었다. 그때 갑자기 누군가가 아브도 바바라모가 있는 창문 쪽을 돌아보며 그를 불렀다.

"아브도 영감님, 왜 저 위에 있는 우리 대포를 쏘지 않죠? 저기 맴도는 더러운 자식을 날려버려요!"

사람들 사이에 웅성임이 일었다. 우리 아이들은 기뻐서 가슴이 두근거렸다.

"그래요, 발사해요, 아브도 영감님!" 두세 목소리가 합세했다.

"그래서 어쩌게!" 아브도 영감이 창문에서 정색을 하며 대꾸했다. "저 갈 데로 가게 둬."

"발사해요, 아브도 영감님!" 우리 모두 한목소리로 외쳤다.

"입 닥쳐, 못된 것들!" 누군가가 말했다. "법석 떨지 마!"

"왜 입을 닥쳐야 하지! 저이들 말이 옳잖아."

"아브도! 비행기를 쏴요! 대포가 저기서 기다리고 있잖아요. 아무짝에도 쓸모없이."

"뭣 땜에 싸움을 걸어?" 무리 사이에 있던 하릴라 루카가 끼어들었다. "그냥 가게 놔둬. 화만 부추길 거야. 우릴 몽땅 쓸어버릴 수도 있을걸."

"이봐, 우리는 당할 만큼 당했어."

처음에 어두워지는가 싶던 아브도 바바라모의 얼굴이 차츰 환해졌다. 그의 이마에 가느다란 푸른 정맥 하나가 불거졌다. 그는 담배에 불을 붙였다.

"떨어뜨려버려요, 아브도 영감님!" 일리르가 울먹이는 목소리로 외쳤다.

그 순간 비행기 동체 밑에서 검은 형체 하나가 떨어져나오더니 몇 초 뒤 폭발음이 들렸다.

그러자 도저히 있을 법하지 않은 놀라운 광경이 벌어졌다. 화가 난 무리가 한 목소리로 외쳐대기 시작한 것이다.

"발사해요, 아브도 영감님, 저 개자식을 쏴버려요!"

아브도 영감은 자기 집 문 앞에 나와 있었다. 두 눈을 반짝이며 쉴새없이 침을 삼켰다. 그의 뒤에 불안한 기색이 역력한 그의 아내가 보였다. 비행기는 느릿느릿 도시 상공을 날았다. 어느새 아브도 영감은 무리 한복판에 나와 섰고 무리가 그를 성채로 향하는 오르막길로 데려갔다.

"발사해요, 어서!" 사방에서 외치는 소리가 들렸다.

고사포가 있는 망루가 도로를 굽어보고 있었다. 아브도 영감은 이제 행렬의 선두에 서서 성채 정문을 통과했다.

우리 아이들도 덩달아 외쳤다.

"어서요, 아브도 영감님. 어서요, 비행기가 달아나요!"

하지만 아이들은 성채 안으로 들어갈 수 없었다.

우리는 안달이 나 손뼉을 치며 성채 밖에 남아 있었다. 비행기가 산 쪽으로 멀어져갔다. 그걸 보며 모두 입을 모아 외쳤다.

"비행기가 달아나요, 달아나요!"

그런데 난데없이 비행기가 선회하더니 우리를 향해 다가왔다. 정말이지 목표 없이 날고 있는 것 같았다.

그 순간 먼 데서 사람들의 다급한 목소리가 들렸다.

"안경 가져와! 안경!"

"아브도 영감님의 안경!"

누군가 미친듯이 길 아래로 내닫더니 잠시 뒤 아브도 영감의 안경을 손에 쥐고 쏜살같이 되올라왔다.

"발사한다!" 누군가가 외쳤다.

"가까이 온다!"

"도살장의 새끼양처럼 다가오고 있어."

"어서요, 아브도 영감님, 끝장을 내버려요!"

고사포 포탄이 발사되었다. 우리의 함성도 포성 못지않게 힘차게 울려퍼졌다. 우리는 기뻐서 심장이 터질 것 같았다. 모두가, 할머니들까지 이제 소리를 지르기 시작했다.

고사포가 또 한 차례 포탄을 발사했다. 우리는 첫번째 발사에 비행기가 격추될 것을 기대했지만 사정은 달랐다. 비행기는 도시 위를 그대로 유유히 날고 있었다. 조종사가 졸고 있는 듯한 인상을 주었다. 그는 서두르지 않았다.

세번째 포탄이 발사된 순간 비행기는 중앙 광장 상공에 와 있었다.

"이번엔 격추시켜버릴 거야." 쉰 목소리 하나가 내뱉었다. "코앞에 와 있어."

"저 못된 놈을 쏴버려!"

"망할 놈을 쏴버려!"

"쏴버려, 어서!"

하지만 비행기는 무사했다. 북쪽으로 점점 멀어져갔다. 대포는 몇 번이고 계속 포격을 가했지만 비행기는 급기야 시야에서 완전히 사라져버렸다.

"아! 아브도 영감이 포를 다룰 줄 몰랐던 거야." 누군가 말했다.

"저이 잘못이 아니야. 옛날 대포에 익숙해서 그래."

"터키 대포요?" 일리르가 물었다.

"아마도."

우리는 한숨을 내쉬었다. 목이 칼칼했다.

포탄이 또 한 차례 발사됐지만 이제 비행기는 너무 멀리 있었다. 그 비행의 자태에서 가증스러운 무심함이 전해져왔다.

"가버리는군, 몹쓸 것!" 누군가가 말했다.

일리르의 눈에 눈물이 글썽였다. 나도 그랬다. 대포가 마지막 포탄을 발사하고 사람들이 뿔뿔이 흩어지기 시작하자 여자아이 하나가 울음을 터뜨렸다.

망루 위로 올라갔던 무리가 도로 내려왔다. 아브도 바바라모가 선두에서 걸었다. 안색이 창백했다. 손수건으로 이마를 훔치는 그의 손이 떨렸다. 퀭한 두 눈이 주변을 두리번거렸지만 어느 한 곳에 가 멎지는 않았다. 그의 늙은 아내가 무리를 헤집고 그의 곁으로 와 섰다.

"집에 갑시다, 여보." 그녀가 다그쳤다. "가서 좀 누워요. 녹초
가 되었구려. 당신처럼 심장이 약한 사람은 해선 안 될 일이지.
갑시다!"

그는 무어라 말하려 했지만 할 수 없었다. 입안의 침이 말라
있었다. 그는 그의 집 문지방을 넘고서야 고개를 돌려 어색한 미
소를 지어 보이며 간신히 내뱉었다.

"해낼 수 있었는데!"

사람들이 발길을 돌렸다.

"해낼 수 있었어." 노인이 되뇌었다. 거기 모인 사람 하나하나
에게 그의 시선이 가 멎었다. 그들이 모두 떠난 뒤 혼자 실패를
곱씹으며 남겨지기 전에 그들의 동의를 끌어내려는 듯.

"상심하지 마세요, 아브도 영감님." 한 청년이 말했다. "언젠
간 우리가 대포를 쏠 겁니다. 절대로 빗나가지 않을 겁니다."

아브도 영감은 문을 닫았다.

사람들이 흩어졌다.

소세 할머니의 증언
(연대기를 대신하여)

삭신이 쑤시는구먼. 혹독한 겨울이 될 거야. 사방이 전쟁, 끔찍한 전쟁이야. 황인종이 사는 천황의 나라까지도 말일세. 영국인들이 모든 나라에 지폐와 황금을 보내고 있어. 붉은 수염 스탈린은 파이프를 피우며 머리를 굴리고 또 굴린다네. '이보게, 영국인, 자넨 아는 게 많군. 하지만 나도 자네 못지않아' 하고 그는 말하지. 그저께 마이누르 하눔이 가엾은 노파에게 말했다네. "아, 한체 어멈! 그리스와의 전쟁은 언제나 끝이 나겠나? 이오안나 호수의 뱀장어가 먹고 싶어 못 견디겠네." 그러자 상대가 받았지. "이 몹쓸 할망구 같으니. 내 새끼들은 배가 고파 죽어가는데 마님께선 이오안나 호수의 뱀장어가 뭐 어째!" 두 여자는 서로 욕을 퍼부었어. 거지발싸개니 이탈리아 년이니 하면서.

아브도 바바라모는 시청 업무가 재개되면 행정 당국의 허가 없이 대포에 손을 댄 죄로 곧 벌금형을 받게 될 게야. 산 위에 첫눈이 내리기 전에 그리스하고는 전쟁이 끝날 거라고들 해. 칼라이 댁 며느리가 또 임신을 했다는군. 푸세 댁 며느리 둘도 합의라도 본 것처럼 같이 임신을 해 이제 구 개월째야. 하바 할멈은 병석에 누웠네. '난 가을을 넘기지 못해' 하고 말한다지. 가엾은 차지메는 결국 세상을 떴어. 흙이 그이를 위로해주기를!

10

　다음날은 온종일 비가 내렸다. 전날의 패배 이후 도시는 비에 흠뻑 젖어 늘어진 처마들과 지붕들로 인해 더한층 얼빠진 모습이 되어 드러누워 있었다. 돌기와들 위로 서글픔이 흘러내렸다. 단조롭고 막막한 잿빛 하늘의 가세로 이 끈질긴 잿빛 서글픔은 끊임없이 되살아났다.

　다음날 아침, 잠에서 깨어난 도시는 새로운 정복자의 손에 들어가 있었다. 그리스인들이 입성한 것이다. 이번에는 그들의 노새와 대포, 무기가 어딜 가나 눈에 띄었다. 감옥 탑 위, 쇠 깃대에는 이탈리아 삼색기 대신 이제 그리스 국기가 걸려 펄럭였다. 처음에는 그리스 국기인지 분간하기가 어려웠다. 줄곧 바람이 불긴 했어도 깃발이 정면으로 펼쳐지는 방향으로는 불지 않았기 때문이다. 그런데 정오경에 풍향이 바뀌고 다시 비가 오기 시작하자 축 늘어진 비단천에 크고 하얀 십자가가 뚜렷이 모습을 드러냈다.

"오래 살다보니 그리스인들의 군화도 보게 되는구먼." 할머니가 한탄했다. "지난겨울에 죽었어야 했는데!"

거실에는 우리 두 사람뿐이었다. 할머니의 눈과 표정에서 그런 절망감을 읽어내기는 처음이었다. 나는 무슨 말을 해야 할지 알 수 없었다. 호주머니에서 작은 안경알을 꺼내 눈에 갖다댔다. 저 위 감옥 탑 꼭대기에 커다란 십자가가 역정이 난 모습으로 우뚝 서 있었다. 당당하고 거만한 자태였다. 비단천 조각에 그려진 물체 하나. 어떻게 그럴 수 있다지? 한 조각 천에 열십자 모양으로 그어진 선 두 개가 어떻게 그런 근심을 불러일으킨단 말인가. 바람에 펄럭이는 천조각 하나가 도시 하나를 송두리째 비탄에 잠기게 하다니. 이상한 일이었다.

그날 저녁은 집집마다 온통 그리스인들에 대한 이야기뿐이었다. 사람들은 무시무시한 일들을 예상했다. 아주 오래전, 왕정 이전에, 공화정이 존재하기도 전에, 이 도시는 그리스인들의 손에 수주 동안 넘어간 적이 있었다. 끔찍한 학살이 자행되었다. 그때도 지금처럼 흰 십자가가 그려진 국기가 감옥 탑에 게양되었다. 그런데 이 국기가 되돌아왔다는 건 나머지 일들도 잇따르

리라는 걸 의미했다.

　지보 가보의 집 작은 창문은 밤늦도록 환히 밝혀져 있었다. 이 연로한 연대기 사가의 이웃들은 그가 그리스인들의 입성에 대해 기술하는 중이라고 생각했다. 그런데 뒤이어 알게 된 사실은 이와 딴판으로, 그가 연대기에 적어넣은 글이라고는 단 한 문장이었다. '11월 18일 G가 이 도시에 입성했다.' 그런 대재앙을 두고 어쩌면 그렇게 말을 아꼈는지 아무도 납득할 수 없었다. 그 많은 그리스인들을 G라는 한 글자로 표기한 건 더더욱 이해가 가지 않았다.

　아침에도 십자가는 여전히 저 위에서 도시를 굽어보았다. 악의 상징이 보란듯이 모습을 드러낸 것이다. 사람들은 최악의 상황을 기다렸다.

　카키색 군복을 입은 그리스인들이 거리를 활보하기 시작했다. 도시 광장에 카탄차키스라고 서명된 포고문이 다시 등장했다. 카페마다 그리스 말들이, 면도날처럼 예리하고 서슬이 퍼런 말들이 넘쳐났다. 군인들은 모두 단검을 차고 있었다. 배신의 그림자가 대기 중에 감돌았다. 살육이 예상되었다. 불의 창들로 도시를 씻어내야 하리라. 하지만 비가 내리고 있었다. 그렇게 씻어낼 필요가 없는지도 몰랐다.

　첫날은 대학살의 광경이 벌어지지 않았다. 둘째 날도 마찬가지였다. 광장 벽에 '보리오 에피레'*라고 적힌 큼직한 벽보가 나붙었다. 카탄차키스 사령관은 몇몇 부유한 기독교 집안에 점심과 저녁 식사를 하러 갔다.

한 그리스 중사가 장총을 몇 발 쐈지만 맞은 사람은 없었다. 이 도시에 하나뿐인 동상의 허벅지에 총알이 명중했을 따름이다. 왕정기에 중앙 광장에 세워진 커다란 청동상이었다. 그전까지 동상이라고는 존재하지 않았던 도시였다. 인간의 모습을 한 조형물은 강 너머 펼쳐진 들판의 허수아비들이 전부였다. 고사포를 열광적으로 환영해 마지않았던 그 많은 시민들이 동상이 세워질 거라는 발표가 났을 때는 왠지 미심쩍은 태도를 드러냈다. 금속으로 만든 인간이라니! 그런 걸 만들어 뭣에 쓰려고? 괜스레 혼란만 야기하게 되는 건 아닐까? 신의 명령에 따라 천지가 잠든 시각에도 동상은 그렇게 서 있을 것이었다. 밤낮없이, 계절을 불문하고. 사람들이 웃고 울고 명령을 내리고 자는 동안에도 그 동상은 꿈쩍도 않겠지. 벙어리처럼 그곳에 남아 있겠지. 수상

---

* Vorio Epire, 북(北) 이피로스. 발칸반도 서부에 자리한 이피로스 지방의 일부로, 지금의 알바니아 남부에 해당한다. 주로 이 지역에 사는 그리스인들과 관련해 그리스인들이 사용한 고토회복주의의 함의가 담긴 말. 그러나 1987년 그리스와 알바니아 간 전쟁이 종식되면서 그리스는 공식적으로 알바니아에 어떤 영토도 요구하지 않게 된다.

쩍은 침묵이 분명해. 동상의 받침대를 세울 장소를 시찰하러 티라나에서 온 조각가는 하마터면 큰 봉변을 당할 뻔했다. 시 일간지를 통해 격렬한 토의가 이루어졌다. 결국 시민 다수의 탄원에 힘입어 동상의 건립이 결정되었다. 동상은 큰 유개트럭에 실려 운반되었다. 겨울이었다. 동상은 밤사이 중앙 광장에 설치되었다. 제막식은 소요 사태를 피하기 위해 생략되었다. 사람들은 권총에 손을 갖다댄 이 청동 전사를 놀란 눈으로 응시했다. '왜 당신들은 나를 원치 않았지?' 하고 묻는 듯 동상은 준엄한 표정으로 광장을 지켜보았다.

그러던 어느 야밤에 누군가가 청동으로 된 이 남자의 어깨에 담요를 걸쳐두었다. 그 일이 있은 뒤 도시는 이 청동상에 호감을 갖게 되었다.

그리스 중사가 저격을 가한 것도 바로 이 동상이었다. 총알에 뚫린 구멍을 보려고 사람들이 중앙 광장으로 몰려들었다. 어떤 이들은 넋 나간 눈빛이었고, 자신이 다리를 저는 듯한 느낌을 받았다. 정말로 허벅지에 총알을 맞은 것처럼 다리를 저는 사람들도 있었다. 광장이 사람들의 동요로 술렁였다. 그때 카탄차키스가 몇몇 남자의 호위를 받으며 다가오는 모습이 보였다. 그는 광장을 가로질러 걸어와 그리스군 사령부가 주재하는 시청 건물로 들어갔다.

한 시간 뒤, 공지 사항이 나붙는 자리에 동상을 저격한 중사에 대한 구속령이 게시되었다. 그리스어와 알바니아어로 작성된 공고문에는 카탄차키스의 서명이 들어 있었다.

오후에 제조가 찾아왔다.

"아! 이보게들. 우리한테 무슨 일이 닥친 줄 아나?" 집안에 발을 들여놓자마자 제조가 떠들었다. "바실리키가 왔다는 것 같아."

"바실리키라고?" 되묻는 할머니의 얼굴에서 핏기가 가셨다.

"바실리키요?" 엄마도 겁먹은 목소리로 물었다.

우리가 하는 말을 듣고 아빠가 들어왔다.

"뭐라고요? 바실리키가 돌아왔어요?"

침묵이 흘렀다. 제조의 무겁고 가쁜 숨소리만 들렸다.

"지난겨울에 죽지 못한 게 한이구먼! 그랬으면 이 꼴을 안 볼 텐데." 할머니가 한숨을 내쉬었다.

"아무렴, 그렇다마다." 제조가 동의를 표했다.

"무슨 일이 닥치든 각오가 돼 있지만, 바실리키만은 절대 안 돼." 할머니가 말했다. 끔찍한 체념이 서린 목소리였다.

아빠가 긴 손가락 마디를 꺾는 소리가 났다.

"옛날보다 더 포악해졌다는구먼." 제조가 덧붙였다. "소름 끼치는 일이 벌어지겠어."

"어쩌면 좋죠!" 엄마가 탄식을 터뜨렸다.

"그 여자가 어디 있는데요? 언제 보게 될까요?" 아빠가 물었다.

"지금은 파샤* 쥐아우르의 집에 갇혀 지낸다네. 그 여자를 밖으로 내보낼 기회를 엿보고 있다고들 해."

문 두드리는 소리가 났다. 사람들이 차례로 들어오는 게 보였다. 비도 셰리프의 아내, 피노 어멈, 나조의 예쁜 며느리(이 모든 처참한 상황에서도 그녀는 얼마나 아름다운지). 그리고 마네 보초의 아내가 일리르의 손을 잡고 들어왔다.

"바실리키라고?"

"정말 그 여자가 왔나?"

"끔찍한 일이야."

이 늙은 여자들은 하나같이 초췌한 얼굴이었다. 얼굴의 주름살이 심하게 요동쳐 바닥에 떨어져내릴 것만 같았다. 나는 벌써부터 그물에 걸린 듯 그것들에 옭매이는 느낌에 사로잡혔다.

"그렇다네, 셀피제." 제조가 가슴에 두 손을 포개며 말했다.

"무슨 그런 불길한 소식을 가져왔나, 제조?"

"끔찍해!"

바실리키라면 나도 들은 바가 있었다. 이십 년도 더 전에 우리 도시를 공포로 몰아넣었던 그 여자의 이름은 내 머릿속에서 '흑

* 옛 터키에서 장군, 총독, 사령관 등 신분 높은 사람에게 주던 영예의 칭호.

사병'이나 '콜레라', '재앙'이라는 말과 동일시되었다. 이런 말들처럼 사람들이 서로에게 퍼붓는 저주에도 걸핏하면 등장하는 이름이었다. 세월이 흘러도 그 이름은 머리 위에 줄곧 드리운 위협처럼 사람들의 뇌리에서 떠나지 않았다. 그런데 이제 그것이 말의 영역에서 빠져나와 우리를 덮치며 어느새 검게 차려입은 여자의 몸과 눈, 머리, 입의 모양새를 갖춰갔다.

이십 년도 더 전에 그 여자는 점령국인 그리스 군대와 함께 우리 도시에 왔다. 그녀는 여차하면 총을 쏠 태세인 그리스 헌병대의 호위를 받으며 이 도시의 거리들을 쏘다녔다. "저 남자 눈매가 안 좋아, 체포해요." "저 청년, 뭔가 수상해. 그리스도를 좋아하지 않는 게 분명해. 붙잡아서 사지를 잘라 강물에 던져버려요." 그녀가 이렇게 말하면 헌병들은 지목된 남자에게 다짜고짜 달려들었다.

그녀는 도시 이곳저곳을 돌아다니며 카페에 들어가기도 하고 중앙 광장에서 꼼짝 않고 사람들을 관찰하기도 했다. 그리스군은 그녀를 성녀처럼 받들었다. 거리에 인적이 끊겼고 카페도 텅 비어갔다. 그녀는 두 차례나 총격을 받았지만 멀쩡히 살아남았다. 그녀의 명령으로 백 명도 넘는 사람들이 살해되었다. 그러던 어느 날 그녀는 군대와 함께 자신이 왔던 남쪽으로 가버렸다.

하지만 도시는 그녀를 잊지 않았다. 그녀의 이름은 구체적인 현실의 굴레를 벗어던지고 추상적인 언어의 왕국 안에 받아들여졌다. 늙은 여자들이 퍼붓는 악담 중에는 '바실리키 눈에나 걸려라!'라는 말까지 있었다. 그러다 그녀는 차츰 멀어져 흑사병만큼의 거리를 두게 되었고(흑사병 역시 한때는 코앞에 있는 존재였다), 급기야 죽음만큼이나 먼 존재가 되었는지도 모른다. 그런 그녀가 이렇게 오래 부재하다보니 돌연 기분이 상했는지 언어의 세계에서 돌아와 잽싸게 구체적인 삶을 되찾게 된 것이다.

어둠이 내렸다. 바실리키가 이 도시에 있었다. 파샤 쥐아우르의 집 창문은 모두 담요로 가려져 있었다. 언제 그녀가 모습을 드러내려나? 왜 그녀를 집밖으로 내보내지 않는 걸까? 무얼 기다리는 거지?

도시는 바실리키 생각에 잠을 이루지 못했다.

아침나절에 제조가 다시 나타났다.

"거리가 텅텅 비었네." 그녀가 알려주었다. "장이 서는 쪽으로 올라가는 제르지 풀라만 봤어. 그 사람, 또 이름을 바꾼 것 같더구먼."

"어떤 이름으로?" 할머니가 물었다.

"요르고 풀로스!"

"비열한 놈!"

그는 옆 동네에 살았다. 이탈리아인들이 처음 우리 도시를 점령했을 때는 자신을 조르조 풀로라고 부르게 한 남자였다.

누가 문을 두드렸다. 비도 셰리프의 아내였다. 나조의 며느리가 뒤따라 들어왔다.

"제조가 들어오는 걸 봤네. 새로운 소식이라도 있나?"

"아! 차라리 죽었으면 이런 꼴을 안 볼 텐데!" 제조가 말했다. "부프 하산에 대해 하는 말 들었나?"

할머니가 내 쪽으로 고개를 돌렸다. 나는 듣고 있지 않는 척했다. 부프 하산의 이름이 입에 오를 적마다 할머니는 나를 멀리 떼어놓으려 했다.

"그 사람, 그리스 군인하고……"

"철면피 같은 인간!"

"마누라가 제정신이 아니야. 울며불며 말하더라고. '이탈리아인들이 떠나고 그 빌어먹을 페페도 내빼고 말았을 땐 살았구나 싶었어요. 스무 발짝 떨어진 곳에서도 포마드 냄새가 나는 놈이었거든요. 한데 쓰레기 같은 내 남편이 이번에 또 그런 인간 하나를 낚았지 뭐예요. 그리스 남자, 글쎄, 그리스 남자라고요!'"

나조의 며느리의 아몬드 같은 두 눈에 관심의 빛이 어렸다. 비도 셰리프의 아내는 양볼을 쥐어뜯어 얼굴에 밀가루 자국이 생겼다.

"그 사람이 뻔뻔스럽게도 말한다는구먼. 도시에 군대가 들어올 때마다 거기서 애인을 만들겠다고. 독일군이 들어오면 독일 남자, 일본군이 들어오면 일본 남자."

"그런데 바실리키는 어찌됐나?"

제조가 몸을 부르르 떨었다.

"지금은 갇혀 지내지. 저것들이 무슨 꿍꿍이속인지 알 게 뭔 가!"

오후에는 일리르가 왔다.

"이사 형과 야베르 형이 권총을 갖고 있어." 녀석이 말했다. "내 눈으로 똑똑히 봤어."

"권총이라고?"

"응, 아무한테도 말하면 안 돼."

"그걸로 뭘 하려는 걸까?"

"사람들을 죽일 건가봐. 누굴 먼저 죽일까를 두고 둘이 다투는 걸 열쇠 구멍으로 봤어. 명단을 만들고 있었어. 지금도 이사 형 방에서 서로 다투고 있어."

"누굴 죽이려고 하는데?"

"일순위는 바실리키야, 밖으로 나오기만 하면. 야베르 형은 제 르지 폴라를 두번째로 지목했는데 이사 형이 찬성하지 않아."

"이상하네!"

"또 무슨 말을 하는지 문 뒤에서 들어보자."

"좋아."

"어디 가니?" 엄마가 내게 물었다. "너무 멀리 가지 마라. 혹시 모르니까. 바실리키가 나올지 몰라."

이사와 야베르는 방문을 반쯤 열어두었다. 우리는 방안으로 들어갔다. 두 사람은 이제 다투고 있지 않았다. 야베르는 콧노래를 불렀다. 둘이 합의를 본 것 같았다. 이사의 안경이 평소보다 더 커 보였다. 안경알이 번쩍이며 빛을 발했다. 그들이 우리 쪽을 돌아보았다. 그들 손에는 죽음의 명단이 들려 있었다.

낌새로 보아 그렇다는 걸 알 수 있었다.

"우리, 밖에 나가 놀아도 돼?" 일리르가 물었다. "바실리키와 마주치는 건 아닐까?"

이사가 꼼짝 않고 우리를 바라보았다. 야베르는 이맛살을 찌푸렸다.

"그 여자를 밖으로 내보내진 않을걸." 야베르가 말했다. "그 여자의 시대는 끝났어."

한참 동안 침묵이 흘렀다. 창밖으로 도로가 보이고, 더 먼 곳에 비행장 한 귀퉁이가 보였다. 소들이 아직 거기 있었다. 불현듯 그 큰 비행기가 떠올랐다. 가끔씩 그러듯, 군데군데 잘려나간 희미한 추억이 되어. 부프 하산의 부끄러운 행동과 바실리키에 대한 따분한 이야기 너머로, 안타깝도록 먼 곳에서, 반들거리는 알루미늄 동체가 갑자기 빛을 발했다. 그는 어디에 있는 걸까? 접은 날개를 깔고 죽어 있는 새의 이미지가 이제 내 머릿속에서 수자나의 길고 투명한 사지와 뒤섞였다. 비행기, 새, 수자나. 이 셋이 소녀의 몸과 알루미늄 합금과 깃털, 삶과 죽음을 서로 나누며 기발한 실체를 만들어냈다.

"그 여자의 시대는 끝났어." 야베르가 되뇌었다. "무서워 말고 돌아다녀도 돼."

우리는 밖으로 나왔다. 제조가 말한 것만큼 거리가 적막하지는 않았다. 체초 카일과 아키프 카샤흐가 포장된 길을 터벅터벅 걸어내려왔다. 체초 카일의 적갈색 머리칼이 바람에 흔들리는 불길 같았다. 최근 들어 둘이 함께 다니는 모습이 자주 눈에 띄었다. 두 사람 다 딸 때문에 충격을 받은 터라 동병상련의 처지였다. 어느 날 여자들이 하는 말을 일리르가 들었는데, 남자한테 안긴 딸이나 수염이 난 딸은 아버지에게는 피차일반이라고 했다.

두 남자는 침울한 표정이었다. 마이누르 부인은 손에 꽃박하를 들고 창밖으로 몸을 내밀고 있었다. 나란히 이어진 다른 여자들의 집들은 창문이 굳게 닫혀 있었다. 큼직한 철대문이 달린 카를라슈의 집(손 모양의 노커가 영국인 조종사의 잘린 팔을 생각나게 했다)은 조용했다.

"광장에 가서 동상에 뚫린 상처나 볼까?" 일리르가 제안했다.

"그래."

"저기, 그리스인들이다!"

군인들이 영화 포스터 전용 게시판 앞에 서 있었다. 살결이 몹시 가무잡잡했다.

"그리스인들은 집시일까?" 내가 나지막한 소리로 일리르에게 물었다.

"난들 알아? 아마 아닐 거야. 아무도 바이올린이나 클라리넷을 갖고 있지 않잖아."

"저길 봐, 바실리키가 갇혀 있는 곳이야." 일리르가 파샤 쥐아우르의 노란 담벼락 집을 손으로 가리키며 말했다. 집 앞에는 헌병 몇 명이 보초를 서고 있었다.

"손가락으로 가리키지 마." 내가 말했다.

"괜찮아." 일리르가 받았다 "그 여자의 시대는 끝났어."

술집 '아디스아바바'는 문을 닫았다. 이발소들도 마찬가지였다. 몇 미터만 더 가면 광장을 가로지를 것이었다. 조각상 발치에 바람에 찢겨 나뒹구는 벽보들이 멀리서도 보였다. 스스스 즈 즈즈. 나는 발길을 멈추었다.

"들어봐." 내가 말했다.

일리르가 입을 헤벌린 채 귀를 세웠다.

멀리서 우르릉대는 엔진 소리가 어렴풋이 들려왔다. 보도에서 있던 누군가가 하늘을 향해 고개를 쳐들었다. 그리스 군인 한 명이 이마에 손차양을 하고 올려다보았다.

"비행기들이다." 일리르가 말했다.

우리는 광장 한복판에 있었다. 우르릉대는 소리가 더 크게 들렸다. 난데없이 광장이 확장되는 느낌이었다. 그리스 군인이 비명을 지르더니 걸음아 날 살려라 하고 내뺐다. 하늘이 온통 뒤흔들리며 산산조각이 날 것 같았다.

다름 아닌 그였다. 그의 소리였다. 그가 으르렁댔다.

"어서 와! 어서!" 일리르가 내 옷소매를 잡아끌며 소리쳤다.

하지만 나는 꼼짝할 수 없었다.

"그 큰 비행기야." 나는 기어들어가는 목소리로 말했다.

"엎드려!" 호된 고함소리가 들렸다.

아우성이 점점 커졌다. 시끄러운 소음이 하늘을 가득 메움과 동시에 허공에 발사된 낡은 고사포 포탄이 터지는 소리도 들렸다.

"엎드려어어어!"

귀청이 찢어질 듯한 소리가 멀리서 들리는가 싶더니 난데없이 지붕들 너머에서 폭격기 세 대가 나타나 우리 머리 바로 위를 미치광이처럼 돌진했다. 그 비행기도 거기 있었다. 틀림없는 그였다. 커다란 회색 날개를 활짝 펼친 그는 전쟁에 눈이 멀어 인정사정없이 포탄을 투하했다. 하나, 둘, 셋…… 하늘과 땅이 충돌했다. 나는 맹목적인 힘에 의해 바닥에 내동댕이쳐지는 느낌이었다. 대체 그가 무슨 짓을 하는 거지? 무슨 짓을? 귀가 먹먹했다. 그만해. 더는 아무것도 보이지 않았다. 내 귀가 어디 있는지, 내 눈이 어디 있는지도 알 수 없었다. 나는 죽은 게 분명했다.

고요가 다시 찾아들자 흑흑 흐느끼는 소리가 들렸다. 다름 아닌 내가 우는 소리였다…… 나는 몸을 일으켰다. 놀랍게도 광장은 평소의 모습 그대로였다. 방금 전에는 모든 게 돌이킬 수 없이 뒤틀리고 뒤집힌 것 같았는데. 몇 발짝 떨어진 곳에 일리르가 반듯한 자세로 누워 있었다. 곁으로 다가가 녀석의 어깨를 잡고 흔들었다. 일리르는 흐느껴 울고 있었다. 녀석이 머리를 힘없이 늘어뜨린 채 몸을 일으켰다. 이마와 손의 살갗이 벗겨져 있었다. 내 몸에서도 피가 났다. 우리는 아무 말 없이 눈물을 펑펑 쏟으며 참담한 심정으로 집을 향해 잰걸음을 옮겼다. 장터 거리에 이르니 이사와 야베르가 보였다. 두 사람은 사색이 되어 우리 쪽으로 달려왔다. 둘은 우리를 보고는 외마디소리를 지르며 덥석 안아 들고 우리 둘의 집 쪽으로 다시 미친듯이 달려갔다.

이탈리아인들이 이 도시에 다시 왔다. 어느 날 아침, 노새와 대포, 끝없이 이어지는 군인들의 행렬이 도로를 가득 메웠다. 흰 십자가가 그려진 그리스 국기가 감옥 탑에서 내려지고 대신 파시즘의 표장이 있는 삼색 국기가 걸렸다.

　이번에는 일시적인 귀환이 아니라는 걸 분명히 느낄 수 있었다. 군인들에 이어 경보 사이렌과 탐조등, 고사포대를 비롯해 수녀들과 매춘부들도 차례로 도착했다. 비행장만 텅 비어 있었다. 그곳에는 전투기들 대신 야릇한 오렌지색 비행기 한 대가 착륙했을 뿐이다. 주둥이가 크고 날개가 짧은 '불도그'라는 이름의 아주 못생긴 비행기였다. 비행장에 덩그러니 혼자 있는 모습이 고아처럼 보였다.

11

그리스가 패했다. 눈이 내렸다. 유리창들이 성에로 덮였다. 나는 피란민들로 우글거리는 도로를 멍하니 바라보았다. 누더기를 걸친 사람들. 눈송이와 넝마. 세상이 그것들 천지인 것 같았다. 어디선가 그리스가 조각조각 잘려 깃털과 살점이 겨울바람에 날려가고 있었다. 이제 그들은 유령처럼 사방을 배회했다.

피란민들이 이 도시 거리마다 끝없는 행렬을 이루었다. 추위에 얼어붙은 굶주린 군인, 민간인, 요람을 든 아낙네, 노인, 계급장도 없는 장교 들이 초췌한 행색으로 집집마다 문을 두드리며 빵을 구걸했다.

"프소미! 프소미!"

도시는 도도한 자세로 이 패자들을 내려다보았다. 집들의 문

턱은 높고 창문들은 접근할 수 없었다. 길게 끄는 애원의 목소리가 죽음의 변방에서 들리는 아우성처럼 밑에서 올라왔다.

"프소미!"

이것이 한 국가가 패망한 광경이었다. 지하실에서 오간 대화를 엿들은 바로는, 우리가 우표를 통해 알게 된 나라들 중에서 지금까지 패전한 것은 프랑스와 폴란드뿐이었다. 그렇다면 그 나라들 역시 누더기와 프소미라는 말 천지일 게 틀림없었다(일리르는 프랑스와 폴란드에서도 빵이 프소미일 리는 없다고 했지만, 나는 패전국은 모두 빵을 그런 식으로 부른다는 주장을 굽히지 않았다).

눈이 온 세상을 뒤덮었다. 날씨가 추웠다. 굴뚝들은 쉬지 않고 연기를 토해냈다. 묵직한 지붕들 아래서는 최근에 일어난 사건들로 어수선해진 삶이 조용히 원래의 흐름을 되찾고 있었다. 카를라슈와 안고니, 두 집안 사이에 중단되었던 재판이 재개되었다. '어둠의 친구' 루칸이 등에 담요를 두른 모습으로 손수건에 싼 빵을 들고 동네를 가로지르며 좌우로 인사를 건네면서 감옥을 향해 발걸음을 옮겼다. 라메 스피리 역시 예의 호사를 되찾았다. 피노 어멈은 두나바트에서 열리는 결혼식에 초대되어 갔다. 나조의 암고양이는 사라지고 없었다.

정상적인 삶이 다시 자리잡았다고 할 수 있었다. 눈 위를 걷는 수녀들의 모습이 더 새카매 보였다. 탐조등 빛줄기의 광채가 사뭇 달라져 있었다. 비행장만이 황량한 모습 그대로였다. 이제 그곳은 텅 비어 있었다. 소들도 보이지 않고 쌓인 눈뿐이었다. 나는 그곳에 십자군 병사들(피란민들 틈에 섞여 있는)을 풀어놓을 작정이었다. 잇달아 절름발이 시인도. 그런데 바로 그날, 삶이 다시 예전의 리듬을 되찾게 된 것 같던 순간, 다시 폭격이 시작되었다.

한동안 잊고 있던 지하실에 또다시 사람들이 가득찼다. 겨울인데도 지하실 안은 더웠다.

"어미 닭을 둘러싼 병아리들처럼 이렇게 우리가 또 모였구려." 여자들이 서로 인사를 건네며 말했다. 그들은 활기찬 몸짓으로, 심지어 희열을 맛보며, 매트리스와 담요를 정리했다. 피노 어멈, 비도 셰리프의 아내, 일리르의 엄마, 늘 그렇듯 코를 틀어쥔 마이누르 부인, 나조와 아름다운 며느리 등 늘 모이던 사람 모두가 그 자리에 와 있었다. 아직 눈에 띄지 않는 제조만 예외였다. 체초 카일도 여전히 그곳에 발을 들이지 않았다. 아키프 카샤흐는 이제 아들들만 그곳에 보냈는데, 비도 셰리프는 왠지 그들을 겁먹은 얼굴로 응시했다. 아키프와 귀가 먹은 그의 모친, 아내와 딸은 집에 남아 있었다.

이젠 눈이 내려 비행기 소리와 으르렁대는 대포 소리가 한층 희미하게 들려왔다. 낡은 고사포가 발하는 포성은 어김없이 다른 소리들과 구별되었다. 하지만 사람들은 눈곱만큼의 기대도 하지 않았다. 눈먼 노인처럼 여겼다고나 할까. 아이들이 짓궂게 괴롭히면 돌맹이를 던져 응수하지만 절대로 목표물을 맞히지는 못하는.

영국 비행기들은 매일 규칙적으로 우리를 방문했다. 그것들은 거의 정해진 시각에 나타났으므로 사람들은 일정표에 짜인 불쾌한 일과에 적응하듯 폭격에도 웬만큼 적응해갔다. 내일 폭격이 끝나고 카페에서 보자든지, 내일은 새벽같이 일어나 폭격이 시작되기 전까지 집안 청소를 마칠 거라든지 하는 말들이 오갔다. 자, 이젠 지하실로 내려가자, 폭격이 시작될 시간이야, 라고도 했다.

그러나 지하실에서 보내야 하는 날도 얼마 남지 않았다는 건 아무도 짐작하지 못했다. 지하실 시대도 막을 내리고 있었다.

어깨에 검정 외투를 두른 남자가 지하실 계단을 내려왔다.

"누구지?"

"무얼 찾으러 온 거야?"

"비켜들 서세요. 외국에서 온 기술자요. 이 지하실을 점검할 거요."

"기술자라고?"

통역관이 환자들과 임신부들이 누워 있는 매트리스와 담요 사이로 앞장서서 걸었다. 검정 외투를 두른 감정관이 뒤를 따라왔다. 그는 의자를 하나 갖다달라고 했다.

"원, 세상에, 어디서 굴러온 인간이야!"

"그래도 그런 식으로 쳐다보지 마요."

"손에 든 단도로 뭘 하려는 거지? 하느님 맙소사!"

검정 외투를 두른 남자는 사람들이 가져다준 의자 위에 올라섰다. 그는 서류가방에서 손에 든 단도보다 더 날카로운 또다른 단도와 귀여운 망치 하나를 꺼냈다. 그리고 통역관에게 서류가방을 맡긴 뒤 오른손을 들어 천장 여기저기를 몇 번씩이나 두드려보았다. 그런 다음 통역관에게 망치를 내주고 단도 하나를 잡고는 불쑥 팔을 쳐들더니 날쌘 동작으로 천장에다 칼날을 찔러넣었다. 모두 숨을 죽였다. 남자가 천천히 칼날을 뺐다. 작은 석고 덩이들이 후드득 바닥으로 떨어져내렸다. 단도 끝이 허여스름했다. 의자에서 내려온 남자는 의자를 조금 떨어진 곳으로 밀어놓은 뒤 그 위에 다시 올라서서 이번에는 단도 두 개로 같은 행동을 또 한번 반복했다. 이젠 두 칼날이 하얬다. 의자에서 내려온 그가 통역관에게 무어라 속삭였다.

"이 지하실은 방공호로 쓰기에 충분한 요건을 갖추고 있지 않습니다." 통역관이 크고 무덤덤한 목소리로 통역을 했다. "누가 이 집 주인이오?"

아빠가 불려나갔다.

"이 집 지하실은 방공호로 쓰기에 적합하지 않아요." 통역관이 좀전처럼 무덤덤한 어조로 아빠에게 같은 말을 되풀이했다. 그는 마치 대본을 읽고 있는 사람처럼 상대방의 머리 너머 벽 쪽을 바라보았다.

아빠가 어깨를 으쓱했다.

감정관이 무어라 덧붙였다.

"감정관께서 지하실을 당장 비우라고 하네요. 여기 있으면 위험할 수 있다고."

모두 입을 다물었다. 천장을 꿰뚫는 감정관의 칼이 거기 모인 모두의 살갗을 찢어놓았다는 걸, 그들의 주름살이 펴졌다 쭈그러들었다 하는 힘겨운 모양새로 미루어 짐작할 수 있었다.

검정 외투를 두른 남자는 입구 쪽으로 성큼성큼 걸어갔다. 다시 계단을 오르는 남자의 등뒤 외투 자락이 부풀어올랐다. 밖에서 새어드는 희미한 빛이 한순간 외투에 가려지는가 싶더니 다시 새어들어왔다.

"이럴 수가!" 신경통을 앓는 이웃 여자가 탄식했다. "이제 우리는 어디에 숨는담?"

여자들 몇이 울기 시작했다.

"우리는 어디로 가죠?"

"그만해요." 비도 셰리프가 소리쳤다. "피신할 장소를 꼭 찾아낼 거요. 그만 좀 울어요!"

"그래요, 다른 방공호를 꼭 찾아낼 겁니다."

"주민들에게 성채를 개방한다던데요."

"성채요?"

"안 될 것도 없지. 가능한 일이야. 자, 어서 담요를 들어요." 비도 셰리프가 우선 자기 아내에게 말했다.

사람들이 하나둘씩 떠나기 시작했다. 지하실이 비워졌다. 오후에는 환자들과 임신부들로 이루어진 마지막 무리가 떠나갔다. 삐걱대는 문소리가 구슬프게 들려왔다. 우리만 남겨졌다.

깊은 정적이 감돌았다. 나는 위층으로 올라갔다. 벌레들이 목재를 갉아먹는 소리가 들렸다. 벌레 울음소리까지 들리는 정적. 단조로운 벌레 울음소리가 한참 동안 들려왔지만 정확한 위치를 가늠할 수는 없었다. 벌레 울음소리까지 들리는 정적이라는 표현이 마음에 들어 나는 몇 번이고 이 말을 되뇌어보았다.

아래층으로 내려왔다. 복도에는 아무도 없었다. 램프가 거기 있었고, 타다 남은 양초도 검게 그을린 심지 끝을 처량하게 늘어뜨리고 있었다. 나는 양초에 불을 붙여 손에 들고 지하실로 통하는 계단을 내려갔다. 밑에서 사람의 체취가 훅 끼쳐오는 것 같았다. 불빛이 하얀 지하실 벽을 치며 일렁였다. 검정 외투를 두른 남자의 단도가 천장에 남긴 작은 상처가 군데군데 눈에 띄었다.

그즈음에는 어딜 가나 검은 옷을 입은 기술자 이야기뿐이었다. 그는 사방에 모습을 드러냈고, 사방에서 그곳 지하실이 방공호로 쓰기에 부적합하다는 판정을 내렸다. 우리집에서 그랬던 것처럼 그는 우선 의자를 갖다달라고 했고, 그다음에는 예기치 못한 날쌘 동작으로 낡은 천장에 치명타를 가했다. 나흘 만에 크거나 작은 지하실 173곳이 비워졌다. 닷새째 되는 날 감정관은 티라나로 돌아가기 전 라키를 마시고 몹시 취한 상태로 자동차에 오르며 고백했다. 파괴될 운명인 도시를 뒤로하고 떠나게 되어 유감이라고, 하지만 자기도 어쩔 수 없다고, 자신은 최선을 다했고 사실 요 며칠은 자신에게 몹시 힘겨운 날들이었다고, 하지만 그 누구도 운명에 저항할 수는 없는 노릇이며, 때로는 도시는 물론 왕국이나 제국조차 종말을 맞게 되지 않느냐고.

감정관의 말을 입증이라도 하듯 영국인들의 폭격이 갑자기 드세졌다. 나흘 동안 49명이 죽었다. 시청에서는 시민들에게 성채를 개방할지 말지를 두고 줄곧 회의가 열렸다. 사흘째 되는 날 두나바트 아랫동네 주민들은 시의 결정을 끝내 기다리지 못하고 성채의 서문을 부쉈다. 같은 날 동문은 '구舊시장' 주민들에 의해 열렸다.

그날은 아침부터 저녁까지 성채를 향한 긴 이주 행렬이 이어졌다.

우리가 사는 거리에도 밤새도록 문 여닫는 소리가 울려퍼졌다.

"거기로 가나?"

"그래, 그쪽은?"

"우리는 오늘 저녁에 결정을 내릴 걸세."

"우리 모두가 들어갈 자리가 있을지 모르겠군."

"있을 거야. 성채 지하실은 아주 넓으니까."

피노 어멈이 우리와 의논을 하러 왔다.

"어쩌면 좋겠나? 말세야."

"내일까지 기다려보죠." 아빠가 말했다.

뒤이어 비도 셰리프가 들어왔다.

"내일까지." 아빠는 이렇게 되뇌며 내게 말했다. "마네 보초의 집에 가서 어떻게 할 건지 물어보고 오너라."

나는 길에서 마네와 마주쳤다. 그는 우리집에 오는 길이었다.

잠시 뒤, 나조와 그의 며느리도 우리집 문을 두드렸다.

"그럼 내일 만나는 걸로?"

"그래, 내일. 해 뜨기 전에."

내 생애 최고로 행복한 저녁이었다. 문소리가 끊임없이 들렸다. 아무도 잠자리에 들 생각을 하지 않았다. 우리는 커다란 옷

보따리를 싸서 안전하게 지하실에 갖다두었다. 비도 셰리프와 나조, 피노 어멈, 마네 보초도 보따리를 가져왔다. 지하실이 쓰임새를 되찾은 것이다.

"가서 자거라." 할머니가 두세 차례 거듭 내게 말했다.

하지만 그럴 수 없었다. 내일이면 성채 안으로 들어갈 테니까. 우리집의 창과 문, 계단 그리고 익숙한 대화를 떠나 미지의 세계로 들어갈 것이었다. 모든 게 근사하고 경이롭고 비범한 곳. 맥베스가 살던 곳도 그런 곳이었다.

아침이 되었다. 춥고 음산했다. 가랑비가 내리고 있었다. 문 두드리는 소리가 들렸다.

"준비들 됐나?" 비도 셰리프가 문밖 거리에서 물었다.

"됐어요." 아빠가 대답했다.

"자, 이제 작별을 고하자꾸나." 할머니가 말했다.

나는 어안이 벙벙해 입이 헤벌어졌다.

"왜요? 우리랑 같이 안 가세요?"

할머니는 내 머리를 쓰다듬었다.

"그래, 난 여기 남을 거다."

"안 돼요, 안 돼!"

"조용히 해." 아빠가 말했다.

"울지 마라, 난 괜찮을 거야."

"그래도 안 돼요!"

문 두드리는 소리가 여전히 들렸다.

"서둘러요." 아빠가 다그쳤다. "우릴 기다리고 있어."

"왜 할머니를 여기 혼자 남겨둬요?" 내가 힐책의 목소리로 소리쳤다.

"당최 말을 들으셔야지. 밤새도록 얘기해봤지만 할머니가 고집을 피우시는구나." 아빠는 할머니를 돌아보며 애원했다. "마지막으로 한번 더 애원하는데, 우리와 함께 가세요."

"집을 두고 갈 순 없다." 할머니가 한 치도 흔들림 없는 차분한 목소리로 대답했다. "내가 평생을 살아온 집이다. 여기서 죽을 거야."

문 두드리는 소리가 다시 들렸다.

"조심해 가거라!" 할머니는 이렇게 말하며 우리를 차례로 품에 안았다.

문이 도로 닫혔다. 우리는 거리로 나와 있었다. 가랑비가 계속 내렸다. 우리는 길을 떠났다. 도중에 다른 사람들이 우리 무리에 합류했다. 안개 속에서 성벽이 어렴풋이 분간되었다. 서문 앞에 수백 미터나 되는 긴 행렬이 늘어서 있었다. 보따리와 담요, 작은 트렁크나 여행가방, 책, 냄비, 의자, 양탄자, 대야, 병, 요람, 막자사발, 그릇을 든 사람들이 천천히 앞으로 나아가다가 멈춰 서더니 한참 동안 꼼짝 않고 있다가 다시 움직였다. 문까지는 한참을 가야 했다. 빗물에 모든 게 흠뻑 젖었다. 사람들은 기침을 해댔고, 행렬의 선두에서 무슨 일이 벌어지고 있는지 보려고 까치발을 하며 '왜 멈춰 선 거지?' 하고 묻고선 다시 기침을 해댔다.

정오 무렵, 드디어 문이 지척에 보였다. 사방에 빗물이 줄줄 흐르는 낡은 성벽이 솟아 있었다. 문은 높고 좁았다. 문안으로 들어서자(이제 내 기쁨은 사라졌다) 칠흑 같은 어둠이 우리를 감쌌다. 발소리가 무시무시하게 울려퍼졌다. 아이들이 놀라 울음을 터뜨렸다. 아무것도 보이지 않았다. 우리는 장님처럼 서로 밀치며 나아갔다. 한 차례 새된 고함소리가 터져나왔다. 눈앞 어딘가에 모난 하늘 한 자락이 선명히 드러났다. 우리는 그쪽으로 걸음을 옮겼다. 터진 틈새가 점점 더 벌어지더니 머리 위로 다시 빗방울이 떨어지는 게 느껴졌다.

"이리로! 이리로 와요!" 누군가 성마른 목소리로 외쳤다.

우리는 몇 계단을 올라 비교적 편편한 공간을 가로질러갔다. 천장이 둥근 긴 통로를 잇달아 지나 좁은 옥상에 이르렀다.

"이쪽이에요!"

우리는 칠흑처럼 어두운 또다른 통로로 안내되었다. 지면이 가팔라 서 있기가 힘들었다. 어둠 속에서 또 한 차례 하늘 한 조각이 드러났다. 우리는 총안을 낸 성벽이 양쪽으로 이어진 노천 광장 같은 곳으로 나왔다. 눈앞에 하늘을 집어삼킬 듯한 기세로 높이 솟은 감옥이 나타났다.

"이쪽이에요!"

우리는 그곳을 가로지른 다음 또다시 천장이 둥근 통로를 지나갔다. 발밑이 감옥이라는 걸 짐작할 수 있었다. 앞쪽 어디선가 소리 죽인 부산한 움직임이 느껴졌다. 우리는 그리로 발길을 옮겼다.

마침내 우리 눈앞에 기이한 광경이 펼쳐졌다. 빗물이 드는 높고 당당한 궁릉 아래 보따리와 담요, 요람을 비롯한 온갖 잡동사니 물건들이 널려 있고, 그 사이사이에 무수히 많은 사람들이 모여 있었다. 몸을 심하게 뒤척이는 사람이 있는가 하면 꼼짝하지 않는 사람도 있고, 입을 꼭 다물고 있는 사람, 시끄럽게 떠벌리는 사람, 기침이나 재채기를 하는 사람, 우는 사람도 있었다.

우리는 짐을 풀 자리를 찾기 위해 무리 사이를 한참 동안 헤맸다. 높다란 궁릉 아래서 와글대는 소리가 확대되어 귀가 먹먹했다. 빈자리가 하나도 없었다. 누군가가 우리더러 두번째 방으로 가보라고 방향을 일러주었다. 우리는 그리로 갔다. 첫번째 방과 거의 똑같이 생긴 방이었다. 우리 작은 무리를 인솔하던 마네 보초가 마침내 좁은 자리 하나를 찾아냈다. 갈라진 벽에서 찬바람이 새어들어 아무도 차지하지 않은 자리인 듯했다. 우리는 옷가

지를 내려놓고 돗자리와 두꺼운 모직 담요를 깔았다. 갈라진 벽
틈새로 도시 한 귀퉁이가 보였다. 저 아래 아주 낮은 곳에 거만
하고도 당당한 모습의 도시가 잿빛 심연에 잠겨 있었다.

"땅콩이요, 땅콩!"

정말로 한 아이가 땅콩을 팔고 있었다. 곧 다른 행상인들도 눈
에 띄었다. 그들은 무리 사이를 요리조리 뚫고 다니며 '로쿰*이
요!' '할바**요!' '담배요!' 하고 외쳤다. 신문팔이도 있었다.

첫날 밤은 춥고 소란스러웠다. 사방에서 터져나오는 기침 소
리 때문에 커다란 돌 궁륭이 흔들렸다. 담요가 뒤척이고 요람이
삐걱댔고, 모든 게 끙끙대며 마찰을 일으켰다. 곁에서 줄곧 발소
리가 들려왔다. 우리는 서로 바싹 다가붙어 있었다. 우리 몸 위
로 물방울이 떨어졌다.

자정 무렵 나는 잠에서 깨어났다. 단조롭고 쉰 목소리 하나가
중얼대고 있었다.

"나가시오…… 우리는 덫에 걸렸어…… 밤중에 사람들이 문
을 전부 걸어잠그고 우릴 양떼처럼 도살할 거야. 나가야 해……
무슨 일이 있어도. 너무 늦기 전에…… 그러고 보면 여긴 성채

---

* 터키 전통 젤리 과자.

** 곱게 간 견과류를 시럽으로 굳혀 만든 달콤한 터키 과자.

야…… 중세야…… 중세…… 내 말 듣고 있소?…… 서기 천년의 암흑이야. 변한 게 하나도 없어. 변한 게 있다고 믿지만…… 사실은 느슨해진 게 아무것도 없어."

"아! 대체 누가 저리 주절대는 거지?" 아직 잠에서 덜 깬 비도 셰리프의 아내가 말했다.

"물러가라, 적그리스도!" 피노 어멈이 중얼댔다.

목소리가 잠잠해졌다.

새벽녘에 엄청난 폭격이 있었다.

우울한 하루가 밝았다. 아침 햇빛이 성벽의 좁다란 총안과 갈라진 틈새로 비실비실 새어들었다. 일곱시경이 되자 성채가 활기를 띠기 시작했다. 사람들이 방과 통로와 입구를 오갔다. 그들은 점점 많은 지인들과 마주쳤다. 도시 전체가 같은 지붕 밑에서 잠을 깬다는 사실에 모두가 당혹감을 느꼈다. 서로 다른 가족들이 지위나 신분을 불문하고 나란히 공존했다. 동네들이나 집들의 규모와 공간 배치가 뒤죽박죽이 되어버렸다. 도저히 한데 모일 수 없을 것 같은 남자들과 여자들이 한지붕 아래 모이게 되었다. 카를라슈와 안고니, 이슬람교도와 기독교도, 수녀와 매춘부, 지체 높은 가문과 도로 청소부, 집시가 함께했다.

성채로 피란을 오지 않은 가족들도 있었다. 상을 당했거나 집안에 무언가 비밀을 숨겨둔 경우가 대부분이었다. 왕할머니들 역시 모두 집에서 꼼짝하지 않았다.

둘째 날, 첫번째 방에서 우리는 집시 무리에 끼어 있는 외할아버지와 사촌들을 만났다. 외할아버지는 옷가지와 함께 가져온 긴 의자에 앉아 있었다. 주변 사람들의 비참한 심경은 아랑곳 않고 터키어로 쓰인 책을 읽고 있었다. 수자나는 어디에도 보이지 않았다.

"중세라는 게 뭐지?" 일리르가 내게 물었다.

"나도 몰라. 너도 한밤중에 그 미친 남자가 하는 말을 들었구나?"

"응."

"야베르 형에게 물어보자."

이사와 함께 가끔씩 사라지는 야베르를 우리는 다시 찾아냈다.

"중세는 인류에게 가장 암울했던 시대야. 네가 읽은 『맥베스』도 그 시대의 얘기지."

몇몇 사람들의 대화에서 성채는 점점 더 중세와 연관되어 언급되었다. 요새는 오래된 것이고, 요새가 도시를 낳은 것이었다. 이 도시의 집들이 성채를 닮은 건 아이들이 어머니를 닮은 것과 비슷한 이치였다. 수세기를 지나오며 도시는 엄청나게 성장했다. 성채는 누가 봐도 견고하고 보존 상태가 좋았으며, 전화선이 시市 전화국에 닿아 있었다(서탑의 한 총안에서 선들이 튀어나온 모습이 어디서나 보였다). 그렇긴 해도 성채가 자신의 피조물인 이 도시의 보호자로 자처할 힘을 과시할 거라고는 아무도 상상하지 못했다. 거기에는 끔찍한 퇴보라 할 만한 무언가가 있었다. 그런데 이제 그 일이 벌어지고 말았고, 사람들은 그 결과를 기다렸다. 성채의 도움을 수락한 만큼 그 수락에 따르는 후유증도 겪어야 할 것이었다. 중세 시대의 질병들이 재발할지도 몰랐다. 과거의 범죄들이 고개를 쳐들 수도 있었다. 지보 가보의 연대기는 온통 살인과 흑사병으로 가득하지 않은가.

어느 날 아침, 우리가 성채에 온 지 닷새째 되던 날, 일리르와 나는 혼잡한 사람들 무리 틈을 정처 없이 배회하고 있었다. 이미 여러 차례 우리는 방에서 나가 성채의 다른 곳들도 가보고 싶은 유혹을 느꼈지만 겁이 나서 실행에 옮기지 못한 상태였다. 이곳에는 지하 묘지나 미로를 포함해 발을 들여놓는 순간 영원히 길을 잃고 말 수수께끼 같은 장소가 수없이 많다는 얘기를 들은 적이 있었다. 어두컴컴한 입구 앞에 서 있는 남자들은 멀리서 보면 우리한테 관심이 없는 것 같았지만 가까이 다가가서 보면 보초를 서고 있다는 걸 쉽사리 짐작할 수 있었다.

우리는 첫번째 방에서 방황하고 있었는데 떠들썩한 소음 사이로 몇 마디 말이 불쑥 귓전을 때렸다. 키가 크고 창백하며 목에 숄을 두른, 나이가 지긋한 두 남자가 이야기를 나누고 있었다.

이상하리만큼 단조로운 목소리였다. 우리는 만사를 제쳐두고 얌전히 두 남자를 따라가기 시작했다. 그들의 포로가 된 것이다. 그들이 나누는 대화가 우리의 손과 발을 묶은 사슬이 되어 달그락거렸다.

"사형선고가 담긴 칙령이 월요일에 도착했던가?"

"아니야, 토요일에 이미 도착했어. 월요일은 사형이 집행된 날이지. 궁정 근위병이 머리를 자루에 담아 가져갔어. 몸통은 동탑 꼭대기에서 까마득한 아래로 던져졌다네. 근위병은 그날 저녁 수도를 떠났지."

"참수될 당시 독을 마신 상태였나?"

"아니, 그저 취해 있었어. 관행대로 머리는 이스탄불의 돌담에 안치됐지……"

"나도 봤네, 그 돌담."

"머리는 거기 열하루 동안 놓여 있었어. 그 머리가 치워지자 카라 라지의 머리가 놓였지. 관행에 따라 그 돌 벽감엔 단 하나의 머리만 둬야 하니까."

두 남자는 말을 멈추지 않았다. 우리는 그들을 따라갔다. 어느새 방을 벗어나 전망대에 이르러 있었다. 비가 내렸다. 만물이 쓸쓸하게 젖어 있었다. 그들은 좁은 복도로 들어서서는 돌계단을 몇 칸 내려갔다가 다시 몇 칸 올라가 좁고 기다란 빈방을 지나갔다. 우리는 얼어붙은 개처럼 떨었다.

　방 천장이 낮아 우리 발소리가 발밑이 아니라 머리 위에서 울렸다. 한순간 그들이 나누는 말소리가 변형되는가 싶더니 엄청나게 부풀어오르고 늘어졌다. 우리는 이제 아무것도 이해할 수 없었다. 방 끄트머리에 이를 때까지 그런 상태가 이어졌다. 그러다 둥근 천장을 인 커다란 구덩이 앞에 이르렀다. 그 지점에서 그들이 고개를 돌렸다가 우리를 알아보았다. 회색 눈으로 한참 동안 우리를 지켜보았다. 우리는 계속 몸을 떨었다. 이윽고 그들이 우리한테서 시선을 떼었는데 그중 한 명이 벽에 고정된 쇠사슬을 손으로 가리키며 말했다.

　"구르 체르치즈가 바로 이곳에 던져졌지. 저기 쇠사슬이 있군. 오른쪽에서 세번째. 그는 죽은 뒤에도 한참 거기 묶여 있었어. 사람들이 시신을 치우러 왔을 땐 이미 절반은 쥐들이 갉아먹은 상태였다더군."

　"그럼 카라필리는? 그도 체르치즈와 함께 수감되었다고 하던데."

　"그래, 카라필리도 쇠사슬에 묶여 있었지. 다섯번째야. 그는 사면을 허가하는 황제의 칙령이 도착한 시각까지만 해도 살아 있었어. 사람들이 그를 성채 꼭대기로 데려갔어. 난간이 없는 망루 같은 곳이었어. 그는 얼빠진 사람처럼 앞으로 걸어나갔지. 모두들 그가 기뻐서 제정신이 아닌 거라고 생각했어. 그가 걸어가는 걸 보며 누군가가 분명히 말했어. 저 사람, 눈이 먼 것 같다고. 하지만 모두가 그 말을 건성으로 들었지. 그는 계속 걸어서 벼랑 끝에 이르렀어. 사람들은 그가 멈춰 서서 발아래 펼쳐진 풍경을 관조하며 무어라 짧은 소견을 말하거나 아니면 그저 자신을 사면해준 황제를 칭송하려니 예상했어. 한데 바로 그 순간 그가 한 걸음을 더 내디뎌 벼랑 밑으로 굴러떨어진 거야. 그러고 나서야 사람들은 그가 정말로 시력을 잃었다는 걸 깨닫게 되었지."

우리는 이제 몇 계단을 올라갔다. 돌들이 반들거렸다.

"바로 이 계단을 따라 파샤 후르시드의 머리통이 굴러떨어졌지. 그렇게 떨어질 때 오른쪽 눈이 뭉개졌는데 그걸 수도로 가져간 근위병은 벌을 받았어. 가져가는 동안 조심스럽게 다루지 않은데다 정해진 규칙대로 소금을 뿌리지 않았다는 죄목이었지."

"그 원칙은, 내 기억이 틀리지 않는다면, 티무르타슈의 머리통을 두고 의혹이 고개를 쳐든 뒤 병원장 부그라한이 처음으로 공식화한 거였지. 안 그런가?"

"아니야, 벨드렘의 머리 때문에 생겨난 의혹이었어. 참수 이후에 몰라보게 변해버려서 그게 정말 그의 머리통인지 의심하는 사람들이 생겨났거든. 그래서 그런 원칙이 만들어진 거라네."

그들은 한참 동안 머리통에 대한 이야기를 나누었다. 우리는 정말이지 홀린 사람처럼 그들의 뒤를 쫓아갔다. 검정 숄이 두 남자의 목을 빈틈없이 감싸고 있었다. 머리통(오래전에 잘린)이 떨어져내리지 않도록 이 숄이 떠받치고 있는 건 아닐까, 한순간 그런 생각이 들었다.

나는 토하고 싶었다. 그들은 위로 올라갔다. 공기가 서늘해졌다. 우리는 밖으로 나왔다.

"땅콩이요! 땅콩이요!"

이젠 살았다 싶었다. 우리는 커다란 방을 가득 채운 사람들 무리에서 부모님을 찾으며 미친 사람처럼 뛰어다녔다.

"어디들 갔었니? 왜 그렇게 얼굴이 창백해?" 우리의 두 엄마가 거의 한 목소리로 물었다.

"왜 그렇게 몸을 떨어?"

"추워요."

엄마가 큰 모직 담요로 우리를 감싸주었다. 일리르의 엄마는 일리르와 나의 빵에 마멀레이드를 발라주었다. 이렇게 살아 있는 사람들 사이에 있으니 기분이 좋았다. 여자들이 우리를 보러 와 있었다. 아빠와 비도 셰리프는 심각한 낯빛으로 이야기를 나누었다. 나조의 며느리는 턱을 괸 채 슬픈 눈으로 앞을 응시하고 있었다. 피노 어멈은 화장 도구를 담은 노란 가방 주위를 분주히 오갔다. 성채로 피란을 온 첫날, 왜 그 가방을 가져왔느냐고 묻는 사람에게 피노 어멈은 대답했다. 결혼식은 늘 있기 마련이라오. 언제 어디서든, 세상 끝날 때까지. 나조의 며느리는 한숨을 쉬었다. 정말이지 사람들 사이에 있으니 삶이 아름다웠다.

오후 내내, 그리고 그 이튿날에도 일리르와 나는 자리를 뜨지 않았다. 우리는 거기 남아 일리르의 엄마와 나의 엄마를 보러 온 여자들이 하는 말에 귀를 기울였다. 우리는 검은 숄을 두른 낯선 두 남자를 다시 만나게 될까봐 겁이 났다. 무리 속에서 그들을 또 만나게 되더라도 그들이 하는 말은 안 듣겠다고, 당장 귀를 틀어막겠다고 결심한 터였다.

밤중에 엄청난 폭격이 있었다. 줄곧 할머니 생각이 났다. 이제 혼자가 된 할머니의 발소리가 커다란 집안에 울려퍼지고 있겠지. 계단을 오르내리는 소리, 목재와 노년의 한숨. 전투기들에 대고, 그들의 나라와 정부에 대고 할머니가 '뒈져라!'라고 내지르는 소리.

나는 일리르와 함께 구석에 앉아 성채의 지속적인 웅성거림 속에서 깜박 잠이 들었는데 난데없이 이 소음을 뚫고 '잡았다!'라는 말이 귓전을 때렸다. 짧고 활기찬 움직임 같은 말. 우리 발 위로 기어드는, 아직 우리가 눈치채지는 못한 뱀 같은 말. 사람들이 목을 빼고 응시한다. 무언가가 걸어온다. 뚜벅 뚜벅 뚜벅 뚜벅, 장홧발 소리가 다가온다. "체포한다." 헌병 한 명이 호주머니에서 수갑을 꺼낸다. 키가 큰 한 남자를 향해 수천 개의 글자가 수천 마리 개미처럼 달려들어 그 얼굴과 머리털과 손에, '체포한다, 체포한다, 체포한다'라는 말을 후다닥 새겨넣는다. 남자는 상대가 자신에게 수갑을 채우는 모습을 바라본다.

"저것 봐, 수갑을 채우고 있어." 일리르가 내게 말했다.

"그러네."

체포된 남자의 아내로 보이는 여자의 입에서 나지막이 외마디 비명이 새어나온다.

"걱정 마요." 남편이 말했다.

헌병 하나가 그의 팔을 붙잡자 작은 무리가 술렁인다.

"더러운 파시스트 놈들!" 누군가가 내뱉었다.

"쉿! 첩자가 있을지도 몰라."

"상관없어! 더러운 파시스트 놈들!"

"감옥이 발 디딜 틈 없게 됐어."

모여들었던 사람들이 조용히 흩어졌다. 정오에 또 한 차례 폭격이 있었다.

다음날, 우리 앞을 쉴새없이 오가는 사람들 중에서 알 것 같은 얼굴 하나가 눈에 띄었다. 그가 나를 뚫어지게 바라보았다. 언젠가 본 적이 있는 금발과 불안한 눈매였다. 마침내 그가 기억났다. 폭격이 있던 당시 우리집 지하실에서 아키프 카샤흐의 딸을 품에 안았던 남자였다.

잠시 우리 주위를 맴돌던 그가 내게 신호를 보냈다. 나는 어깨를 으쓱했다. 그가 손짓으로 따라오라고 했다. 그는 가까이 오고 싶지 않은 것 같았다. 나는 일어서서 그의 뒤를 바싹 쫓아갔다. 우리는 넓은 전망대로 나갔다. 날씨가 추웠다.

"이름이 뭐니?" 그가 마침내 입을 열었다.

내가 이름을 댔다. 우리는 총안이 있는 흉벽 앞에 이르렀다. 찬바람이 얼굴을 휘갈겼다. 발밑 까마득한 곳에 도시가 보였다.

"날 알아보겠니?" 그가 물었다.

"네."

"그럼 됐어. 바로 너희 집 지하실에서 일어난 일이니까. 무슨 일인지 알지?" 이렇게 물으며 그가 내 두 어깨를 덥석 잡았다. "말해봐. 알아, 몰라?"

"알아요."

그는 심호흡을 했다.

"그럼 그녀를 봤니?" 그가 물었다.

"아뇨."

그는 이를 악물었다.

"이 도시에서 사랑은 금기야." 그가 목소리를 낮춰 말했다. "너도 크면 언젠가 경험할 테지만……"

"(……가리타!)"

그는 신발코로 흙벽을 계속 쳤다.

"난 말이다." 그가 말했다. "사람들이 그녀를 죽였을까봐 두려워. 넌, 네 생각은 어때?"

나는 어깨를 으쓱했다.

"이 도시에선 처녀가 임신을 하면 해치우는 방법이 두 가지야. 유크에 싸서 질식시키거나 우물에 빠뜨리는 것. 네 생각은 어때?"

나는 또 한번 어깨를 으쓱했다. 몹시 추웠다.

"그녀를 동네 어디에서도 못 봤니?"

"못 봤어요."

"그녀를 본 사람이 없어?"

"없어요."

"동네에 우물이 많이 있니?"

"몇 개 있어요."

그는 손톱을 물어뜯기 시작했다.

"시신이라도 찾을 수 있었으면." 그가 들릴락 말락 하는 목소리로 말했다.

바람이 불었다. 나는 몸이 얼어붙는 것 같았다.

"온 도시를 모조리 뒤져서라도 그녀를 찾아낼 거야." 그가 덧붙였다.

그는 손가락이 유난히 길었다. 잠시 그는 잿빛 공간을 응시했다. 도시의 무수한 지붕들이 안개 속에서 희부옇게 드러났다.

그가 중얼댔다.

"여기서 못 찾으면 지옥까지 가서라도 찾을 테다."

나는 그게 무슨 말이냐고 묻고 싶었지만 차마 입을 떼지 못했다.

그는 더이상 말을 않고 잰걸음으로 전망대를 가로질러 사라져버렸다.

그들은 날개를 활짝 펴고 천천히 날았다. 한순간 텅 빈 비행장 위로 착륙할 것 같더니 갑자기 방향을 틀어 도시를 향해 갔다. 햇빛에 반짝이는 날개가 불길한 인상을 주었다. 그들은 이제 우리 머리 가까이, 평소 급강하하곤 하던 높이에 와 있었다. 마지막 활공이 끝나자 그들은 하나씩 수직으로 도시를 내리덮쳤다.

봄이 왔다. 나는 삼층에 난 창으로 황새들이 돌아오는 모습을 지켜보았다. 황새들은 이슬람교 사원들의 첨탑 꼭대기와 높다란 굴뚝 주변을 날아다니며 옛 둥지를 찾고 있었다. 그렇게 그들이 창공에 그려놓은 타원은 그들이 느끼는 슬픔과 놀라움을 쉽사리 짐작하게 해주었다. 이제막 물러간 겨울비와 바람, 그리고 폭발로 인한 기류의 변화로 둥지가 손상되어 있었다. 황새들은 자신들이 부재하는 겨울 동안 한 도시에 무슨 일이 닥칠 수 있는지 상상도 못할 테지, 하고 생각하면서 나는 그들을 바라보았다.

12

일요일이었다. 밑에서 이웃집 곡괭이질 소리가 올라왔다. 마이누르 부인이 자기 집에 만든 것과 비슷한 현대식 방공호를 이웃집 역시 마당에 만드는 중이었다. 봄이 시작되면서 폭격이 멎었다. 이미 오래전에 우리는 집에 돌아와 있었다. 맨 먼저 집에 현대식 방공호를 지어 성채를 떠난 건 카를라슈와 안고니 일가였다. 뒤이어 군대가 수녀들과 매춘부들에게 방공호를 마련해주었다. 그러고 나자 자기 집에 대피소를 지을 만한 돈이 있는 사람들은 모두 차례로 떠났다. 그러나 우리는 영국인들의 폭격이 뜸해지고서야 성채를 떠났다. 집에 돌아왔을 때 맨 처음 눈에 띈 건 '90인 수용 방공호'라고 명시된 함석판이 사라진 것이었다. 우리가 집을 비운 사이 누군가가 그 판을 떼어낸 것이다. 그 자리에 직사각형의 희미한 자국만 남아 있어 그곳에 시선이 갈 때마다 마음 한구석이 텅 비는 느낌이었다.

이웃집의 곡괭이질 소리가 단조롭게 울려퍼졌다.

일요일이 도시 위로 고르게 퍼져 있었다. 해가 땅에 곤두박질쳐 산산조각났다고나 할까. 거리와 유리창, 물웅덩이, 지붕을 포함해 사방에 축축한 빛조각들이 떨어져 있었다. 할머니가 커다란 생선의 비늘을 벗기던 오래전 일이 떠올랐다. 할머니의 팔뚝이 비늘로 뒤덮여 있었지. 할머니의 온몸이 일요일처럼 여겨졌더랬다. 반면 아빠가 화를 낼 때는 화요일이었다.

다른 방에서 할머니와 제모 왕고모의 목소리가 들렸다. 아침부터 두 사람은 어젯밤에 일어난 사건을 두고 이야기했다. 동네 여자들이 우리집에 와 무수한 가설을 내놓으며 아침나절을 보낸 다음 점심을 준비하러 집으로 돌아간 뒤였다. 이제 두 사람만 남아 이야기를 계속 이어갔다. 지난밤 누군가가 우리집 수조 안으로 내려간 터였다. 군데군데 축축한 발자국이 뚜렷이 나 있었다. 남자는 수조에서 나온 뒤 뚜껑을 도로 닫지도 않고 가버렸다. 아직 석유 냄새가 나는 양동이에 든 재도 발견되었다. 침입자는 수조 안을 밝히기 위해 그걸 횃불처럼 사용한 게 틀림없었다.

이미 얼마 전부터 한 남자가, 유령이, 밤이면 동네 우물들 속으로 내려간다는 소문이 나돌았다. 동네에 우물이 몇 개나 되지? 처음에 할머니들은 주아노의 망령이 하는 짓이 아닐까 의심했다. 소유권 분쟁을 벌이다가 암살당한 그의 망령이 숨겨둔 자신의 황금을 찾는 거라고. 그런데 늘 뜬눈으로 밤을 지새우는 아키프 카샤흐의 모친이 동트기 직전 우물에서 나오는 남자를 직접 보았다고 맹세했다. 여기서 못 찾으면 지옥까지 가서라도 찾을 테다. 노파는 그에게 말을 걸었다고 했다. 노파의 말대로라면, 상대의 입술이 움직이며 대답을 했지만 자기는 귀가 먹었던지라 아무 말도 듣지 못했다는 것. 무엇보다 기이한 대목이 아닐 수 없었다.

그 남자였을까?

지붕들이 햇빛에 멍해진 것 같았다. 나는 침구가 쌓여 있는 곳으로 다가갔다. 매트리스, 누비이불, 쿠션, 레이스 달린 시트. '유크'라 불리는 이 희고 부드러운 더미는 무슨 올가미처럼 말이 없었다. 이 도시에선 처녀가 임신을 하면 해치우는 방법이 두 가지야. 유크에 싸서 질식시키거나 우물에 빠뜨리는 것.

그 남자였을까?

하루하루가 아무 사건 없이 일렬로 이어졌다. 한 사람이 일찍이 품에 안았던 다른 이의 몸을 찾고 있었다. 그 일은 땅속 깊은 곳 어디선가 진행되고 있었다. 땅 위에서는 모든 게 예전 그대로 였다. 갑갑하고 끈적끈적한 날들이었다. 그날이 그날이었다. 날들을 구분짓는 마지막 보루, 껍질처럼 날들을 감싼 월요일, 화요일, 목요일이라는 이름마저 여차하면 제거될 판이었다.

아무 사건도 일어나지 않았다. 수요일과 목요일이 지나갔다. 뒤이어 금토일요일이. 하루하루가 끈적끈적한 덩어리처럼 들러붙었다. 그러다 화요일, 마침내 특기할 만한 일이 일어났다. 비가 온 뒤 하늘에 작은 무지개가 모습을 드러냈다. 우리 도시에서는 봄이 돌의 지배를 받는 땅을 통해 오지 않았다. 돌은 계절의 차이를 몰랐으니까. 봄은 하늘에서 왔다. 구름이 얇아지고 새들이 나타나고 드문드문 무지개가 뜨면 사람들은 봄이 왔음을 알았다. 무지개가 도시 위로 내려앉았다. 기이하게도 그 한 끝은 갈봇집에, 다른 한 끝은 제모 왕고모가 이 도시에서 가장 존경받아 마땅한 집이라 자처하는 그녀의 집에 걸려 있었다.

"피노 어멈, 나와서 좀 보구려!" 비도 셰리프의 아내가 소리쳤다.

"말세야." 피노 어멈이 말했다.

"셀피제, 나와서 저것 좀 보게, 어서."

할머니는 머리를 절레절레 흔들며 바라보았다.

무지개 사건 이후 한 주 동안은 별 특별한 사건이 없었다.

"이사 형과 야베르 형이 무언가 일을 꾸미고 있어." 어느 날 일리르가 내게 말했다.

"무슨 일?"

"몰라. 야베르 형이 하는 말을 들었어. 이 프티 부······부르······

의 안일을 깨뜨려야 해, 라던가. 정확한 말은 기억나지 않지만."

"아마 아닐걸."

"왜?"

"형들이 죽이려고 한 사람들의 명단 기억해? 하지만 아무도 쏴 죽이지 않았잖아."

"왜 그랬는지 알 게 뭐야."

"아무 짓도 안 할 거야. 이번에도 그럴걸."

"난, 형들이 행동에 나설 거라고 확신해."

"요르고 풀로스가 다시 조르조로 이름을 바꿔 쓰고 있잖아. 그런데 왜 그 사람을 쏘지 않지?"

"이번엔 무슨 일이 일어날 거야. 내기할래?"

"좋아."

"프랑스와 스위스 두 개를 걸어. 난 마다가스카르를 걸게."

"그래."

사흘 뒤 나는 프랑스와 스위스 둘을 잃었다. 정말로 중대한 사건이 일어났기 때문이다. 시청에 화재가 난 것이다. 아주 이른 아침, 불길이 탁탁 튀는 소리가 들리더니 거리에서 함성이 올라왔다. "시청이 불탄다! 시청이 불탄다!" 집들의 덧문이 화닥닥 열렸다. 소식을 더 잘 잡아보려는 것처럼, 사람들이 머리며 손이며 팔을 창밖으로 내밀었다. 정말이었다. 시청이 불에 타고 있었다. 육중한 건물 위로 짙은 연기가 흑마떼처럼 바람에 마구 흩날리며 치솟았다. 시커먼 배경 위로 군데군데 솟은 불길이 붉은 혀처럼 날름거렸다. 거리에 발소리가 울려퍼지더니 쉰 목소리가 들렸다.

"부동산 등기증서가 불에 탄다!"

"등기증서라고?" 한 여자가 창에서 소리쳤다.

쉰 목소리가 계속 되뇌었다.

"시민들이여, 일어나시오. 등기증서가 불에 타요."

"등기증서가 뭐죠?" 내가 작은 소리로 물었다. 아무도 대답하지 않았다.

거리에서 들리던 발소리는 요란한 노성으로 변했다. 나는 혼란을 틈타 밖으로 나갔다. 마네 보초의 집은 우리집에서 아주 가까웠다. 일리르가 문을 열어주었다.

"프랑스랑 스위스 두 개 가져왔어?" 내가 문 안에 발을 들여놓자마자 녀석이 물었다.

"걱정 마, 줄 테니까. 그건 그렇고, 대체 무슨 일이 일어난 거지?"

"불에 타버렸어. 끝장이지."

"둘의 소행일까?"

"뻔하지. 아니면 누구겠어?"

262

"지금 어디 있는데?"

"방에. 놀란 척, 아무것도 모르는 척하고 있어."

"등기증서가 뭐지?"

"몰라."

"들어와서 문 닫아라." 일리르의 엄마가 위쪽에서 소리쳤다.

우리는 계단을 올라갔다. 일리르가 형의 방문을 두드렸다.

"잠깐 들어가도 돼?" 일리르가 물었다.

일리르가 먼저 들어가고 내가 뒤따라 들어갔다.

야베르도 거기 있었다. 두 사람은 창문 앞에 서서 불이 난 광경을 지켜보고 있었다. 그리고 외국어로 몇 마디 주고받았다.

"모를 일이야!" 야베르가 말했다. "누가 불을 지른 걸까? 너희 집에선 뭐라고 해?" 그가 내 쪽을 돌아보며 물었다.

"그래, 정말 모를 일이야." 이사가 받았다.

"멋진 꿈을 꾸다가 총소리를 듣고 깼지 뭐야." 야베르가 말했다.

"나도 그랬는데. 꿈에서 꽃을 봤어."

거리에서 함성이 올라왔다.

"등기증서라는 게 뭐야?" 일리르가 물었다.

"아! 등기증서." 야베르가 받았다. "저 사람들이 그것 때문에 징징대는 소리 들리지? 등기증서란 재산의 소유권을 증명하는 문서야. 집이나 마당이나 땅이 누구 것인지. 이해가 되니?"

우리가 이해하기에는 어려운 말들이었다. 두 사람이 잠시 설명해주었다.

"말하자면 재산에 대한 모든 정보가 담긴 서류라고 할 수 있어. 그 한도나 대대로 이어지는 소유주 등등. 그래서 소유권 관련 재판이 열리면 곧 그 서류를 참조하게 되지."

거리에서 함성이 점점 고조되었다.

"저들이 외치는 소리가 들리지." 이사가 말했다. "소유권이라는 엄청난 문제가 걸렸거든."

웅성대는 소음 속에서 한 차례 새된 절규가 솟아올랐다.

"저런! 마이누르 부인이잖아!" 야베르는 이렇게 말하며 더 자세히 보려고 창밖으로 고개를 뺐다.

마이누르 부인이 모자도 쓰지 않은 채 거리에 나와 있었다. 검은 삼각 숄 밖으로 비어져나온 머리카락이 보기에도 무시무시했다. 그녀는 악을 써대다가 사이사이 침을 튀기며 무어라 횡설수설했다.

"채무자들이야…… 그래, 채무자들이 증서를 태운 거야…… 공산주의자들…… 악당들……"

"짖어대라! 마녀야! 짖어라, 늙은 창녀야!" 야베르가 중얼댔다.

나는 유리창에 얼굴을 바싹 갖다댄 채 인파로 들끓는 거리에서 시선을 떼지 못했다. 간간이 유리창이 부옇게 흐려졌다. 부동산 등기증서로부터 해방된 땅과 집들이 서로 떨어져 움직이기 시작했다. 집과 집 사이의 거리가 사라지고 벽들이 지반에서 튀어나오려 했다. 발밑의 무언가가, 그것들을 지탱하는 몇백 년 된 닻이 부서지고 만 것이다. 석재 가옥들이 이동하며 아슬아슬하게 접근하다 충돌해 허물어질 것 같았다.

"불에 탄다! 불에 타!"

모든 사람의 것인 거리만이 그 혼돈 속에서 비교적 질서를 유지하려고 했다.

혼란은 한참 동안 지속되었다. 화재가 난 건물 위로 연기만 점점 더 한가로이 피어올랐다. 조금 전까지도 불길이 활활 타오르던 창들이 이제 검게 변하기 시작했다.

"독일 의사당도 불타버렸지." 야베르가 지구의를 손가락으로 밀며 말했다.

"누가 불을 질렀는데?" 일리르가 물었다.

"누구냐고? 그야 방화범들이지." 야베르가 받았다.

"세상 어느 도시에나 불타 없어져야 할 건물이 있기 마련이거든." 이사가 거들었다.

야베르가 미소를 지었다. 잠시 뒤 그는 하품을 했다. 그의 눈가가 거무스레했다. 이사도 거듭 하품을 했다. 이제 거리는 원래의 한적함을 거의 되찾아갔다. 나는 밖으로 나갔다.

그날 밤 우리가 사는 거리에서 누군가가 체포되었다. 쿵쿵 문 두드리는 소리가 들렸다. 평소에 듣던 소리와는 다른 그 소리에 동네 한 귀퉁이가 잠에서 깼다.

"누굴 데려간 건가?" 할머니가 거리로 난 덧문을 열고 물었다.

"아직 아무것도 몰라." 나지막한 목소리가 대답했다. "메진네 아들들 중 하나가 아닌가 싶은데."

다음날 사람들은 도시 전역에서 사람들이 체포되었다는 사실을 알게 되었다. 시 광장에는 방화범을 찾는 데 일조하는 사람에게 4만 레크의 보상금을 지급한다는 내용의 공고문이 큼직하게 나붙었다.

사흘째 되던 밤, 경찰이 한 낯선 남자를 체포했다. 남자는 체포당하기 전 잠시 경찰의 추적을 받았다. 그는 손에 석유병을 들고(멀리서도 냄새가 났다) 어깨에는 밧줄을 두른 채 정신 나간 모습으로 걷고 있었다. 자정이 가까운 시각이었다. 의심할 나위 없는 방화범이었다. 남자의 호주머니 속에서 성냥 한 갑과 재가 담긴 작은 자루가 나왔다.

다음날, 아키프 카샤흐의 딸을 포옹했던 청년이 붙잡혔다는 소문이 나돌았다. 도시는 지난겨울에 그런 고초를 겪고도("아! 그런 겨울을 다시 보내지 않을 수만 있다면!" 하고 노파들은 말

266

했다) 그 금발머리 청년을 잊지 않았던 것이다. 이제 어딜 가나 그 청년에 대한 이야기뿐이었다. "아키프의 딸을 안았던 그 청년이 예심에서 자백했다는 말 들었나?" "아니. 시청에 방화를 한 게 그 사람인가?" "아냐, 그 사람이 아니야. 몸에 지닌 석유와 재는 다른 용도로 썼다더군." "그래?" "처녀를 찾으러 밤에 우물 속으로 내려가곤 했다나." "밤에 우물 속으로? 아! 사랑을 위해 못할 일이 없군!" "청년의 말로는, 처녀가 가족의 손에 살해됐다는 거야. 오늘 정오 무렵에 예심판사가 카샤흐의 집을 방문했다더군. 처녀와 직접 얘기해보겠다고. 한데 처녀가 없었대. 청년은 처녀가 살해됐다고 계속 주장하고." "그러고 보니 그 포옹 사건 이후로 그 처자를 못 봤구먼." "그것 봐. 자네뿐이 아냐. 아무도 그 처자를 못 봤어." "자네 말이 맞아. 계속해보게." "어디까지 말했지? 아! 그래. 아키프 카샤흐는 딸을 먼 사촌 집에 방문차 보냈다고 우겼다는군." "아! 사촌 집에……"

"몸이 야위었구나." 할머니가 내게 말했다. "며칠 외할아버지 댁에 다녀오렴."

내가 기다리던 충고였다.

연대기의 일부

……바야흐로 한 테러리스트 집단이 이 도시에서 암약하고 있다는 게 분명해졌다. 경찰이 한밤중에 석유와 밧줄을 소지한 청년을 체포했다는 소식에 사람들 모두가 드디어 이 도시의 네로를 붙잡은 거라고 생각했다. 그런데 그는 네로가 아니라 우리 네 마당 우물 속에서 에우리디케를 찾는 오르페우스였음이 밝혀졌다. 재판. 집행 조치. 부동산 관련 재판 일체가 화재로 인한 지적부 소실 탓에 잠정적으로 중단되었다. 영화. 내일: 유명 여배우 그레타 가르보 주연의 〈그랜드 호텔〉. 밤 아홉시부터 새벽 네시까지 산파를 제외한 모든 이의 통행을 금지한다. 도시 사령관 브루노 아르치보찰레. 빵값. 의사 S. 추베리. 성병.

13

　매년 그렇듯 외할아버지 집의 주변 지형이 또 한번 달라져 있었다. 얼핏 보면 똑같은 풍광 같았다. 그러나 자세히 살펴보면 길 몇 개가 사라지고 다른 길들도 임종을 맞고 있다는 걸, 풀과 흙먼지 속에서 아직 가늘고 여려도 고집스러운 새 길들이 형성되고 있다는 걸 알 수 있었다.

　늘 그렇듯 외할아버지는 그 긴 의자에 앉아 책을 읽었다. 외할머니는 세탁한 빨래를 널어 말렸다. 시원한 바람이 커다란 흰 시트를 잔뜩 부풀렸다. 주위에는 작은 관목이 무성했다. 관목들은 지난봄의 폭격으로 인한 혼란을 틈타 집을 마구 공략하고 있었다.

　쉴새없이 펄럭이며 바람에 저항하는 흰 시트들과 철삿줄이 아주 평화로운 느낌을 전해주었다. 시트들을 공격하는 바람에서는 발톱을 감춘 고양이만큼의 악의도 느껴지지 않았다.

바람은 줄곧 한 방향으로 불었다. 어쩌면 이 바람이 수자나를 실어와줄지도.

외할머니가 시트를 다 널었다.

"그래, 네 아빠 엄마는 어떻게 지내냐? 셀피제 할머니는?" 외할머니가 집게로 빨래를 마저 고정하며 물었다.

"모두 잘 계세요."

시트들이 서걱대는 소리 너머로 또다른 소리가 감지되었다.

"좀 멍해 보이는구나." 외할머니가 말했다. "그럴 만도 하지. 폭격에다 공습에다, 그 난리를 겪었으니."

나지막한 경보음이 들렸다. 그녀가 날개를 파닥이는 소리였다. 하얀 날개가 햇빛에 반짝였다. 구름 사이로 드러난 한 조각 하늘에서 그녀가 한순간 모습을 드러내는가 싶더니 다시 사라졌다.

나는 마당 밖으로 나왔다. 그녀가 거기 있었다. 머리를 살짝 모로 기울인 채, 연회색 알루미늄빛 원피스 차림으로.

"수자나!"

그녀가 고개를 돌렸다.

"아! 너 왔구나!"

"응."

272

그사이 그녀는 키가 더 자라 있었다.

"언제 왔어?"

"오늘."

그녀는 다리도 날씬하게 길어져 있었다.

"폭격 때 어디로 피신해 있었어?" 내가 물었다.

"저기, 동굴 속에."

"우리는 성채에 가 있었어. 하루는 널 찾았더랬어."

"정말? 내 생각은 이제 안 하는 줄 알았는데."

"아냐, 무슨 소리야."

그녀는 고개를 옆으로 돌려 핀으로 머리를 고정했다.

"날 잊지 않았대도 소용없어!" 그녀는 이렇게 불쑥 내뱉고는 달아나버렸다.

그녀의 집으로 이어지는 길의 나무들 사이로 알루미늄빛 원피스가 또 한번 눈에 띄었다. 그녀는 발길을 돌려 내게로 왔다.

"그럼, 나한테 이야기 들려줄 거야?" 그녀가 짐짓 엄숙한 목소리로 물었다.

"응, 해줄게."

그녀의 두 눈이 기쁨으로 빛났다.

"내게 해줄 얘기가 많지?"

"무지하게."

"시작해봐, 어서." 그녀가 다그쳤다.

우리는 길가의 풀 위에 앉았고, 나는 이야기를 시작했다. 쉬운 일이 아니었다. 할말이 너무 많아서 머릿속이 온통 뒤죽박죽이었다. 그녀는 눈을 동그랗게 뜨고서 내 말을 주의깊게 들었다. 내가 여러 사건의 내막이나 순서를 뒤섞어놓거나 그 심각성을 제대로 인지하지 못한다 싶으면 그녀는 마치 통증을 느끼는 듯 이맛살을 찌푸렸다. 이야기에 스스로 도취되어 사건을 내 마음대로 왜곡했다. 예컨대 아키프 카샤흐가 화가 나 이따금 조종사의 잘린 팔을 물어뜯곤 했는데 그럴 때마다 군중의 환호성이 터져나왔다는 식이었다. 그녀는 이 모든 얘기를 하나도 놓치지 않고 들었다. 나는 이름이 잘 기억나지 않는 한 남자를 맥베스라는 사람이 저녁식사에 초대했다는 이야기도 해주었다. 맥베스가 그 손님의 목을 베었는데 잘린 머리통에 소금을 치는 방법을 모른다는 걸 깨닫게 되었다고. 그러자 그녀는 손을 내 입에 갖다대며 애원하듯 말했다.

"좀 덜 참혹한 얘길 들려줄 순 없니?"

그래서 나는 시청에 화재가 나던 날 길에서 울부짖던 마이누르 부인과 바실리키에 대해 이야기했다. 할머니는 그 마녀가 왔다는 걸 알고 당신이 아직 죽지 못한 걸 한탄했다는 말도. 또 제모 왕고모가 지난번에 다녀간 이야기와 그리스가 패해서 물러간

이야기도 들려주었다. 바로 그때 큰이모가 점심을 먹으라고 나를 부르는 소리가 들렸다.

모두가 식탁에 모여 있었다. 무슨 다툼이 있었던 게 분명했다. 작은이모의 얼굴이 잔뜩 찌푸려져 있었다.

"그 건달 녀석, 이곳에 얼씬도 못하게 할 거다, 알았지?" 외할머니가 우리 접시에 음식을 덜어주며 말했다.

"그냥 친구예요. 내게 책도 빌려주고요." 작은이모도 지지 않았다.

"책이라고! 부끄럽지도 않니? 온통 정신을 쏙 빼놓는 사랑타령뿐인데."

"사랑타령이 아니에요, 정치에 관한 이야기지."

"갈수록 태산이구나. 나중에는 집에 헌병을 불러들일 작정이냐?"

"그만들 해." 외할아버지가 말했다.

잠시 침묵이 흘렀지만 오래가지는 않았다.

"넌 다 큰 처녀야." 외할머니가 다시 입을 열었다. "네 친구들은 수틀에서 머리를 들지 않아. 조만간 너도 네 남편 집으로 가서 살게 될 거다."

혼사 얘기만 나오면 그렇듯 작은이모는 혀를 날름 내밀었다.

다음날 나는 수자나를 다시 만났다. 그녀는 생각에 잠긴 표정이었다.

"그 영국인이 끼었던 반지는 어떻게 생겼어?" 그녀가 물었다.

"아주 예뻐. 햇빛을 받아 반짝였어."

"네 생각엔, 그걸 누가 준 것 같아?"

나는 어깨를 으쓱했다.

"약혼녀가 줬을까?" 그녀가 말했다.

"아마 그럴 거야."

수자나가 내 팔을 잡았다.

"근데 말이야." 그녀가 내 귀에 입을 갖다대고 소곤댔다. "네가 들려준 얘기 중에 가장 인상적이었던 건 아키프 카샤흐의 딸에게 일어난 일이야. 그 얘기 한번 더 해줄 수 있어?"

나는 고개를 끄덕였다.

"부탁인데, 세세한 장면까지 남김없이 떠올려봐."

나는 잠시 기억을 더듬었다.

"서두르지 말고 잘 생각해봐."

나는 소소한 세부 사항까지 기억해내려 애쓰는 사람처럼 몰두하는 표정을 지었지만, 사실은 나도 모르게 서로 무관한 단편적인 일들을 떠올리고 있었다.

"이제 말해봐."

이렇게 말하며 그녀는 귀를 쫑긋 세웠다. 눈이고 머리카락이고 가느다란 팔이고 할 것 없이 그녀의 온몸이 꼼짝 않고 귀를 기울였다.

내가 이야기를 마치자 그녀는 깊은 한숨을 내쉬었다.

"세상엔 참 묘한 일들도 많지!"

"내 친구 하나는 마분지로 된 작은 지구를 갖고 있어." 내가 거들었다. "손가락으로 돌릴 수도 있어."

그녀는 더이상 내 말을 듣고 있지 않았다. 넋이 나간 모습이었다.

"우리, 동굴에 가볼래?"

나는 딱히 내키지 않았다. 지하실이나 축축한 장소라면 지긋지긋했다. 그래도 그녀에게 싫다는 말은 하지 않았다.

동굴 안은 서늘했다. 우리는 각자 커다란 돌 위에 조용히 앉아 있었다.

"저 말이야." 그녀가 불쑥 말을 꺼냈다. "비행기들이 날아와 폭탄을 떨어뜨린다고 상상해봐. 소리가 들리지? 폭탄이 무더기로 떨어져내려. 사이렌이 시끄럽게 울려. 이제 사람들이 내려가. 근처에 폭탄이 떨어졌어. 언제 등불이 꺼지지?"

"지금."

그녀는 팔을 뻗어 내 목에 둘렀다. 그녀의 매끄러운 뺨이 내 뺨에 찰싹 와 붙었다.

"이렇게?" 그녀가 물었다.

"응."

그녀의 팔은 알루미늄처럼 차가웠다. 그녀의 목에서 향긋한 비누향이 났다.

"누군가 등불을 켰어." 잠시 뒤 그녀가 말했다. "사람들이 우릴 볼 거야."

나는 목을 빳빳이 세우고 있었다. 수자나가 갑자기 내게서 몸을 뗐다.

"이제 사람들이 내 머리채를 끌고 가, 보이지? 어떻게 할래?"

"지옥으로 내려갈 거야." 내가 큰 소리로 대답했다.

그녀는 웃음을 터뜨렸다.

그날, 또 다음날, 우리는 이 시시한 놀이를 몇 번이나 되풀이했다. 그녀가 긴 팔로 나를 감싸안고 있는 동안 나는 꼼짝 않고 있는 데 이제는 재미를 느꼈다. 그녀의 목에서는 변함없이 향긋한 비누향이 났다. 어느 날(우리 동네가 그렇듯 이곳 역시 목요일도 화요일도 없었고, 있는 거라고는 아침, 점심, 저녁뿐이었다) 우리는 우리 식으로 서로 부둥켜안고 점점 더 맹렬한 기세로 떨어져내리는 폭탄의 수를 세고 있었다. 그때 동굴 입구에 그림자 하나가 불쑥 나타났다. 그걸 먼저 본 사람은 나였지만, 손을 쓸 겨를도 없이 일어난 일이었다.

"수자나!" 그녀의 엄마가 불렀다.

수자나는 내 목에 두른 팔을 얼른 치우더니 망연자실한 채 그 대로 있었다. 여자가 다가오는데 역광을 받아 알아보기가 힘들 었다.

"온종일 여기 박혀 있었구나." 여자가 낮고 모진 목소리로 말했다. (아키프 카샤흐는 한마디도 하지 않았다는 게 생생히 기억났다.) 이제 그녀의 머리채를 잡아끌고 갈 차례였다. "일어서." 여자가 고함을 지르며 내 여자친구의 팔을 낚아챘다. 수자나의 손이 여자의 억센 손안에 바이스로 조여진 듯 움켜쥐어 곧 부러질 것만 같았다.

여자가 거칠게 수자나를 내몰았다. 수자나의 몸이 흐느적대는 것 같았다. 졸지에 상체가 앞으로 쏠리게 된 그녀는 흐트러진 균형을 되찾기 위해 두 다리를 부산히 움직였다.

"일찍도 시작하는구나." 여자가 입속말로 투덜댔다. 그러다 동굴에서 나가기 직전에 나를 돌아보며 말했다.

"너 같은 꼬맹인 코 푸는 법이나 배우는 게 낫겠다……"

여자는 깔보는 투의 엇비슷한 호칭들을 끌어대며 나를 애송이 취급했는데, 하나같이 가시 돋친 말들이었다.

두 여자는 그렇게 가버렸다. 이제 무슨 일이 일어날까? 내가 우물 속으로 내려가야 하는 걸까?

바깥은 빛과 정적이 지배했다. 새 한 마리가 하늘을 날았다. 야비한 욕설과 분노가 동굴의 어스름 안에 남아 있었다.

사람들이 내 머리채를 끌고 가. 이제 어떻게 할래? 나는 천천히 걸었다. 머릿속이 온통 굳어버린 느낌이었다. 우리집 수조 입구 언저리에 놓여 있던 젖은 밧줄이 뇌리에서 떠나지 않았다. 양동이 바닥의 타고 남은 검은 재에서는 아직 석유 냄새가 났더랬다. "연애 행각이 남긴 자취가 이거로구먼." 할머니가 말했다. "아, 셀피제, 이 시절에 우리가 아직 겪지 않은 마지막 재앙이구려. 이런 사랑을 하느니 차라리 죽는 게 낫겠어. 우리에게 신의 가호가 있기를."

……머리채를 끌고 가. 어떻게 할래?……

나는 지붕 위로 기어올라갔다. 수자나의 집이 눈에 띄었다. 밖에는 흰 시트들이 널려 있었다. 유크.

나는 미지근한 돌기와 위에 누워 하늘을 올려다보았다. 작은 구름이 북쪽으로 떠가고 있었다. 구름의 모양이 시시각각으로 변했다. "우리는 웬만한 일은 다 견딜 수 있네, 셀피제. 그래도 이런 사랑이 퍼져나가는 건 막아야 해. 차라리 흑사병이 낫지."

할머니는 조심조심 양동이를 들어올려 그 안을 비웠다. 그러고는 검고 축축한 재를 한참이나 주시한 다음 고개를 저었다. 왜 그렇게 고개를 젓는지 묻고 싶었지만 그 한 줌의 검은 재를 보자

묻고 싶은 마음이 싹 가셨다.

하늘에 떠가는 작은 구름은 술에 취한 듯 가던 길을 계속 갔다. 구름이 길고 가느다래졌다. 여름 하늘에서의 삶은 한없이 지루할 테지. 거기에는 사건이랄 게 별로 없으니까. 정오의 열기 아래 인적이 드문 광장을 지나가는 사람처럼 그곳을 지나는 작은 구름은 북녘에 다다르기 전에 흩어져버렸다. 나는 구름의 수명이 몹시 짧다는 사실을 주목한 바 있었다. 그 유해가 하늘에 한참을 떠다녔다. 죽은 구름과 산 구름을 분간하는 건 쉬웠다.

다음날 바로 수자나를 보게 되어 나는 적잖이 놀랐다. 그녀는 아버지를 대동하고 우리집 문 앞을 지나갔다. 다 큰 처녀처럼 아버지와 팔짱을 끼고 있었고, 고개를 돌려 나를 보려고도 하지 않았다. 완전히 낯선 여자 같았다. 저녁 무렵에 그녀가 우리집 앞을 다시 지나갔는데, 이번에는 문 앞에 서 있는 나를 보자마자 고개를 꼿꼿이 세우더니 아버지 쪽으로 몸을 더 밀착했다. 그녀의 아버지가 곁눈으로 나를 보았다. 아주 잘생긴 남자였다.

그후 며칠 동안 그녀는 어머니를 대동하고 다녔다. 어머니와 팔짱을 끼고 다니는 모습이 요조숙녀 같았다. 그녀의 어머니는 나를 미친개 보듯 바라봤다. 몹쓸 욕을 얼마나 많이 아는 여자인지. 마귀할멈 같으니.

나는 여름 한 철과 초가을을 외할아버지 댁에서 보냈다. 내 생애 가장 긴 여름이었다. 나는 무기력한 상태에 빠져 있었다. 하루하루가 아무 사건도 이름도 없이 이어졌다. 수요일과 일요일과 금요일은 낮과 밤에서 비워낸 시간들을 태산처럼 쌓아 이제 쓸모없는 상자처럼 쓰레기통에 던져넣었다.

그런 날들이 하염없이 이어졌다. 날씨가 쌀쌀해지기 시작했다. 지평선 너머 어딘가에서 으르렁대는 첫 천둥소리가 들렸다. 집안에도 어둠이 드리웠다. 외할머니와 작은이모 사이에 오가는 말다툼도 점점 더 잦아졌다. 작은이모는 명랑한 얼굴로 집안을 오가며 자기 어머니는 안중에 없다는 듯 노래를 흥얼거렸다. 새로 나온 노래인 것 같았다.

> 굶주림과 비참함으로
> 농부들과 시민들은……

외할머니는 노래를 듣다가 수심에 잠겨 고개를 저었다. 쟤가 내 마음을 찢어놓네, 하고 말하는 듯.

첫비가 내렸다. 집으로 돌아가야 할 날이 되었다. 날씨가 흐렸다. 북쪽 협곡에서 바람이 불었다. 나는 성채 거리를 내려와 다툼의 다리를 건넜고 이제 도심지를 걸어갔다. 양옆으로 늘어선 회색 돌담 사이를 내가 다시 걷고 있다는 사실이 놀라웠다. 거리는 이상할 정도로 한산했다. 시장 부근의 작은 광장에서만 몇몇 사람들이 모여 한 남자의 장황한 연설을 듣고 있었다. 나는 사람들 무리 쪽으로 가보았다. 연설을 하는 남자는 모르는 사람이었다. 중키에 머리가 희끗희끗한 그는 연설하는 도중에 시시때때로 양팔을 내뻗었다.

"이런 혼란기엔 서로간의 사랑을 간직해야 합니다. 사랑이 우릴 지켜줄 거요. 동족상잔으로 얻는 게 뭐요. 자녀가 아비에게 반기를 들고, 형제들끼리 싸울 거요. 피가 철철 흐를 거요. 이 도시에서 이런 전쟁을 몰아냅시다. 이곳에 죽음이 스며들지 못하게 합시다. 우리 불쌍한 알바니아인들은 수세기 전부터 무거운 쇳덩이를 등에 지고 다녔소. 다른 이들은 먹을 것을 걱정할 때 우리는 서로 싸울 생각만 했어요. 형제들이여, 이 쇳덩이를 내던집시다. 쇠는 불화를 불러요. 우리에게 필요한 건 화합이오. 동족상잔은……"

우리 동네 거리로 들어서자 쥐새끼 한 마리 눈에 띄지 않았다. 문들이 수상쩍었다. 나는 걸음을 재촉했다. 사람들은 어디 있는 걸까? 나는 뛰다시피 했다. 돌바닥에 부딪는 내 발소리가 무섭도록 크게 울려퍼졌다. 문들이 꼭꼭 닫혀 있었다. 사람 손 모양의 금속 노커. 완벽한 공모였다. 우리집 문은 반쯤 열려 있었다. 문이 기다리고 있었다. 나는 문을 밀고 들어갔다.

"하필 오늘 같은 날 돌아올 게 뭐니?" 엄마가 말했다.

"왜요?"

엄마는 아무 설명도 해주지 않았다. 할머니와 아빠가 나를 품에 안았다.

"왜 엄마가 저더러 돌아올 날을 잘못 잡았다고 하는 거죠?" 내가 할머니에게 물었다.

"누가 총에 맞았단다. 부상을 입었어."

"누군데요?"

"제르지 폴라."

"아! 누가 쐈는데요?"

"모른다. 경찰에서 조사중이야."

"아키프 카샤흐의 딸은요? 다시 나타났어요?" 내가 물었다.

"아키프 카샤흐의 딸 얘긴 왜 꺼내누?" 할머니가 나무라다시피 말했다. "그앤 사촌 집에 다니러 갔다잖느냐."

유격대원. 도심에 사는 한 청년이 잡목숲에 숨었다. 한 주 전만 해도 여느 청년과 다름없는 청년이었다(집도 있고, 사람들이 그 집 문을 두드리기도 했던 청년. 졸음이 오면 하품도 하는 청년이었다. 그는 비도 셰리프의 가장 나이 어린 조카였다). 그러던 그가 갑자기 유격대원이 되었다. 그리고 지금은 산속에 들어가 있었다. 그는 걷고 또 걸었다. 산속은 악몽 속에서처럼 계곡을 휘감아도는 겨울 안개가 자욱했다. 유격대원 청년은 그곳에 있었다. 모두가 여기 있는데, 그 청년 혼자 거기 올라가 있었다.

　"왜 '잡목숲에 숨었다'고들 해요?"

　"아! 그 지긋지긋한 질문 좀 그만해."

그 겨울, 그때까지 한 번도 경험한 적이 없었던 비와 바람이 도시에 몰아닥쳤다. 구름은 품고 있던 천둥과 우박과 빗물을 한시바삐 비워내려는 듯 사방으로 달렸다. 어디를 둘러봐도 지평선은 안개에 잠겨 있었다.

그게 엄마의 눈에 띈 건 어느 추운 아침이었다. 엄마는 수조의 물을 길러 일층에 내려가 있었다. 우리는 불가에서 몸을 녹이고 있었는데 계단을 급히 올라오는 발소리가 들렸다.

"에미가 수조에 양동이를 빠뜨렸나보네." 할머니가 말했다.

엄마가 걱정스러운 낯빛으로 들어왔다. 엄마의 손에 종이나 헝겊처럼 보이는 작은 뭉치가 들려 있었는데 잘 보이진 않았다.

"저주일까요? 다시 시작됐는지도……"

"버려라, 에미야. 어서 버려." 할머니가 말했다.

엄마가 뭉치를 떨어뜨렸다. 아빠가 벌떡 일어나 뭉치를 집어 들고 신경질적인 손가락으로 풀어헤쳤다. 나는 눈이 휘둥그레져 그 소름 끼치는 뭉치에서 손톱과 머리카락, 재와 옛 터키 동전이 바닥에 떨어져내릴 순간을 마음 졸이며 기다렸다.

하지만 아무것도 떨어지지 않았다. 펼쳐보니 구겨진 종잇장에 불과했다. 아빠가 손에 들고 이리저리 뒤집어본 뒤 거기 쓰인 내용을 읽기 시작했다.

"뭐예요?" 엄마가 물었다.

"무슨 차용증서겠지." 할머니가 말했다.

아빠는 대답하지 않았다. 나는 아빠의 어깨로 다가가 종이를 들여다보았다. 타자기로 친 글자였다. 아랫부분에 뭐라 덧붙은 말이 있었다. 손으로 쓴 그 두 줄에 내 시선이 멈췄다. 비와 바람을 가를 것 같은, 앞으로 기울어진 글자들. 아는 글씨였다. 야베르의 글씨.

"뭐예요?" 엄마가 다시 물었다.

아빠가 구겨진 종이를 다시 뭉치며 말했다.

"아무것도 아냐. 아무한테도 말하지 마요."

오후에 여자들 여럿이 우리집을 찾아왔다.

"누가 집에 전단을 뿌리지 않았나?"

"뿌렸어. 그쪽 집도?"

"마이누르 부인은 경찰에 신고했다더라고."

"말세야."

"'공산당'이라니, 무슨 말이지?"

"낸들 아나!"

"예사롭지 않은 일들이야." 할머니가 받았다.

도시가 속박에서 벗어나 길길이 날뛰었다. 굴뚝들이 미친 여자들처럼 바람에 씩씩댔다.

"이 무슨 끔찍한 바람이람?"

머리가 희끗희끗한 남자가 사람들의 마음을 진정시키기 위해 연설을 했다. 남자는 쇳덩이에 대해 언급하는 것을 결코 잊지 않았다.

초겨울. 나는 세상을 뒤덮은 첫서리를 응시하며 자문했다. 겨울 바람이 이곳을 갈가리 찢어놓으면 어떤 모습이 될지.

14

유형수들을 태운 트럭 두 대가 그날 오후에 떠날 채비를 했다. 중앙 광장에 사람들이 새카맣게 모여들었다. 헌병들이 무리 속을 오갔다. 트럭 뒤쪽에 발 붙일 틈 없이 올라탄 이들은 낡은 외투 깃을 세웠다. 보따리를 든 사람들이 많았지만 빈손인 사람도 더러 있었다. 대부분 입을 열지 않았다. 그들을 둘러싼 무리의 웅성임이 희미하게 들려왔다. 우는 여자들도 있었다. 다른 여자들, 특히 연로한 노파들은 식구들에게 이런저런 충고를 했다. 남자들은 나지막한 목소리로 말했다. 유형수들은 침묵으로 일관했다.

"저들이 무슨 짓을 했는데? 왜 데려가는 거지?" 누군가가 물었다.

"반대하는 말을 했어."

"뭐라고?"

"반대하는 말을 했다고."

"그게 무슨 말이야? 뭘 반대해?"

"반대하는 말을 했다니까."

상대는 등을 돌리고 다시 물었다.

"왜 저들을 데려가냐고? 무슨 짓을 했는데?"

"반대하는 말을 했다니까."

이 도시의 주둔군 사령관이 일군의 장교들을 대동하고 광장을 가로질러갔다. 시청에서 회합이 열릴 예정이었다.

트럭들의 엔진은 한참 전부터 가동되고 있었다. 광장에서 웅성대는 균일한 소음이 갑자기 확대되더니 첫번째 트럭이 차체를 떨었다. 부릉대는 둔탁한 소리 사이로 높은 목소리와 고함소리와 울부짖음이 끼어들었다. 두번째 트럭도 움직이기 시작했다. 유형수들이 손짓을 했다.

"어디로 데려가는 거지?"

"낸들 알아. 분명 먼 곳이겠지."

"이탈리아일까?"

"그럴지도."

"아비시니아 고원으로 데려간다고 들었어."

"그럴 수도 있겠지. 제국은 넓으니까."

그 순간 트럭들 위에서 노래가 흘러나왔다. 힘차고 당당한 소리였지만 사람들의 아우성과 엔진음과 헌병들의 짤막한 명령에 뒤섞여 무슨 내용인지 알아들을 수는 없었다.

한 유형수가 소리쳤다.

"알바니아 만세!"

광장이 술렁였다. 마침내 트럭들이 주위를 에워싼 군중을 뚫고 순식간에 멀어져갔다.

광장에서 사람들이 떠나갔다. 시청에서 회합이 시작된 것 같았다. 보도 곳곳에 보초가 세워졌다. 거리가 텅 비었다.

반대하는 말을 했던 이들이 모두 사라진 도시에 어둠이 내렸다. 그런데 이상하게도 밤사이 전단이 또 뿌려졌다. 마이누르 부인은 날이 새기도 전에 집을 나서서 경찰에 신고했다.

오후에 일리르가 나를 보러 왔다.

"우리도, 반대하는 말을 할까?" 녀석이 말했다.

"좋아."

"첩자들을 조심해." 녀석이 얼른 덧붙였다.

"어디 가서 할까?"

"지붕 위에."

우리는 일리르의 집으로 가서 아무한테도 들키지 않고 지붕 위로 기어올라갔다. 그곳에서 내려다보이는 광경은 끔찍했다.

경사진 모양새로 끝없이 펼쳐진 무수한 회색 지붕들은 꼭 어수선한 꿈자리에서 몇 번이고 몸을 뒤척인 모습이었다. 몹시 추운 날씨였다.

"시작해." 일리르가 말했다.

나는 호주머니에서 유리알을 꺼내 눈에 갖다댔다.

"타라라라 라라타타!" 내가 말했다.

"라발라마 파라마라!" 일리르가 받았다.

그러다 우리는 잠시 생각에 잠겼다.

"알바니아 만세." 일리르가 말했다.

"이탈리아를 타도하라!"

"알바니아 국민 만세!"

"이탈리아 국민을 타도하라!"

우리는 입을 다물었다. 일리르가 곰곰이 뭔가를 생각하는 것 같았다.

"아냐, 틀렸어." 녀석이 말했다. "이사 형 말로는 이탈리아 국민이 못돼먹은 게 아니래."

"그게 무슨 말이야?"

"그래, 정말이야, 그렇다니까."

"그럴 리 없어." 나는 주장을 꺾지 않았다. "그들의 비행기가 못돼먹었는데 어떻게 그 국민이 좋은 사람들일 수 있어? 그 나라 사람들이 그들 비행기보다 나을 수 있단 말이야?"

일리르는 흔들렸다. 자신이 한 말을 철회하려는 것 같았다. 그렇게 생각을 바꾸나 했는데 다시 고집을 피우며 내뱉었다.

"아냐!"

"반역자!" 내가 소리쳤다. "반역자를 타도하라!"

"동족상잔을 타도하라!" 일리르는 이렇게 응수한 뒤 주먹을 쥐고 내게 덤벼들 기세였다.

무의식적으로 우리는 주위를 둘러보았다. 여차하면 지붕 위에서 아래로 굴러떨어질 판이었다.

우리는 한마디도 보태지 않고 한 사람씩 차례로 내려와서는 화가 나 씩씩대며 헤어졌다.

그즈음에는 어딜 가나 산속으로 들어간 사람들 이야기뿐이었다. 팔로르토, 조베크, 바로슈, 츠파카 지구를 포함해 어느 동네에나 그런 사람들이 있었고, 중심가는 물론 변두리 지역 출신도 있었다. 하즈무라트 지구에서는 젊은 처녀 혼자 산으로 들어갔다.

죽임을 당한 첫 유격대원의 소식이 전해졌다. 아브도 바바라모의 막내아들이었다. 그가 어디서 어떻게 죽었는지는 알 수 없었다. 시신도 발견되지 않았다.

아브도 바바라모와 그의 아내는 며칠을 두문불출했다. 그러다 당나귀 한 마리를 석 달 동안 빌릴 수 있게 되자 약간의 돈을 그러모아 아들을 찾으러 산속으로 떠났다. 그렇게 지금은 순례 길에 올라 있었다.

전쟁의 겨울이야. 우리집에 찾아온 여자들은 입을 모아 이렇게 말했다.

어느 날, 나는 문을 열러 갔다가 어안이 벙벙해서 문지방에 그대로 멈춰 섰다. 일 년에 한 번 우리집에 올까 말까 한 외할머니가 내 앞에 있었다. 그런 비대한 몸으로 한참을 걸을 순 없는지라 방문을 철저히 자제하던 외할머니였다. 방문을 하더라도 너무 춥거나 덥지 않아 고생이 덜한 봄에만 했다. 그런 외할머니가 문 앞에 와 있었다. 비탄에 잠긴 크고 창백한 얼굴로.

"외할머니예요!" 내가 밑에서 소리쳤다.

엄마가 몹시 걱정스러운 낯빛으로 계단을 달려내려왔다.

"무슨 일이에요?" 엄마가 큰 소리로 물었다.

외할머니는 고개를 절레절레 저으며 말했다.

"진정하렴. 아무도 안 죽었으니까."

할머니가 조각상처럼 뻣뻣한 자태로 계단 위에 나타나 차분한 음성으로 반겼다.

"어서 오시구려."

"고맙소, 사돈. 모두 이렇게 건강하게 지내는 걸 보니 마음이 놓입니다."

계단을 오르느라 숨이 가빠진 외할머니가 가까스로 말을 건넸다.

모두가 기다렸다.

두 할머니는 거실의 긴 의자에 마주보고 앉았다.

"얘야," 외할머니가 흐느낌 사이사이로 더듬더듬 말했다. "막내가…… 집을 떠나 유격대원이 되었지 뭐냐."

엄마가 한숨을 쉬며 긴 의자에 털썩 주저앉았다. 엄마의 회색 눈이 꼼짝도 하지 않았다.

"더 나쁜 일인 줄 알았어요." 엄마가 나지막이 말했다.

외할머니는 흐느낌을 멈추지 못했다.

"이제 시집을 보내야겠다고 생각했던 딸이 그렇게 가버렸구나. 그애 혼수를 준비하고 있었는데, 전부 버리고 떠나버렸어. 이 겨울에 혼자 산속에 있다니. 겨우 열일곱인데. 놓던 자수도 몽땅 놔두고. 그것들이 집안 여기저기 흩어져 있구나. 아! 세상에 이럴 수가!"

"자, 정신 차리시구려." 할머니가 말했다. "무슨 큰일이라도 난 줄 알았지 뭐요. 그래도 동지들하고 같이 있는 거잖소. 이미 떠난 사람인데, 그렇게 운다고 돌아오진 않아요. 건강한 모습으로 돌아올 날을 기대할밖에."

눈물로 온통 범벅이 된 외할머니의 얼굴이 더한층 우스꽝스러

위 보였다.

"가족을 생각해서라도 어떻게 그럴 수가. 별의별 험담이 다 나돌 거요, 사돈!"

"사돈처녀의 명예는 동지들의 명예와 운명을 같이할 거요." 할머니가 말했다. "에미야, 커피 한잔 내오렴."

엄마가 커피포트를 난로 위에 올려놓았다. 기쁨을 주체할 수 없었다. 나는 집안이 어수선한 틈을 타 계단을 단숨에 내려와서는 일리르의 집으로 달려갔다. 우리가 틀어진 상태라는 걸 깜박 잊은 채. 일리르가 찌푸린 얼굴로 나타났다.

"일리르, 우리 이모가 산속으로 들어갔대."

일리르는 놀란 얼굴로 꼿꼿이 서 있었다.

"정말이야?"

나는 알고 있는 사실을 모두 털어놓았다. 녀석은 무언가 생각을 하는 듯 잠시 가만히 있더니 이윽고 화가 난 사람처럼 말했다.

"그런데 왜 이사 형은 떠나지 않는 거지?"

나는 뭐라고 대꾸해야 할지 알 수 없었다.

"이사 형은 야베르 형이랑 자기 방에 있어. 하루종일 손가락으로 지구의만 돌리고 있어."

우리는 위층으로 올라갔다. 이사의 방문이 빠끔히 열려 있었다. 우리는 방안으로 들어갔다. 일리르가 앞장서고 내가 뒤를 따랐다. 그들은 우리가 들어오는 걸 못 본 척했다. 이사는 주먹으로 턱을 괴고 의자에 앉아 있었다. 몹시 못마땅한 표정이었다.

"그들이 우리보다 잘 알아." 야베르가 말했다. "그들이 우리더러 여기 남아 있으라고 하면 그렇게 하는 거야."

이사는 입을 꾹 다물고 있었다.

"전선이 사방으로 확대되고 있어." 야베르가 곧 말을 이었다. "여기 남아 있는 게 더 이로울지도 몰라."

다시 침묵이 감돌았다. 우리는 그대로 가만히 서 있었다. 그들은 우리를 계속 못 본 척했다. 일리르가 마침내 입을 열었다.

"그런데 형들은 왜 산속으로 안 들어가?"

야베르가 돌아보았다. 잠깐 동안 이사는 넋 나간 사람처럼 꼼짝하지 않았다. 그러더니 갑자기 벌떡 일어나 뒤돌아서서 동생의 따귀를 갈겼다.

일리르는 뺨에 손을 갖다댔다. 눈에 눈물이 그렁했지만 울지는 않았다. 우리는 완전히 기분을 잡쳐서 앞서거니 뒤서거니 방에서 나왔다. 말없이 계단을 내려와 마당으로 나갔다. 우리 머리 위로 형들이 있는 방 창문이 보였다. 우리는 분을 못 이기고 위를 올려다보며 소리를 질렀다.

"반역자를 타도하라!"

"동족상잔을 타도하라!"

위에서 삐걱대는 문소리가 들렸다. 우리는 부리나케 도망쳐 거리로 나왔다.

집에 돌아오니 외할머니는 떠나고 없었다.

사람들 입에서는 새로 유격대원이 된 사람들에 대한 이야기가 연일 그치지 않았다. 아침이면 여자들은 덧문을 열고 최근에 들은 소식들을 주고받았다.

"비도 셰리프의 조카 하나가 또 산속으로 들어갔대요."

"아! 그래? 코코보보의 딸에 대해선 뭐 들은 거 없어?"

"그애도 떠났다는 것 같던데."

"그앤 이사 토스카의 사람들* 손에 죽었다고 들었어."

"난 금시초문인데. 아브도 바바라모는 아직 안 돌아왔네. 여태 가엾은 아들의 시신을 찾고 있다지."

"그 영감님 참 안됐어. 이 겨울에 산속을 헤매고 다니다니."

할머니와 피노 어멈, 비도 셰리프의 아내가 긴 의자에 앉아 커피를 홀짝이고 있는데 누군가 문을 두드렸다. 놀랍게도 마이누르 부인이 모습을 드러냈다.

"모두들 어떻게 지내시는가? 잠시 얼굴이나 보려고 들렀네.

---

* 폐위된 조그 왕(1924~1939년 재위)을 지지한 세력으로, 주로 알바니아 북부에서 활동했다.

폭격이 있던 날들 이후로 보지를 못해서."

"어서 오세요, 마이누르 부인." 엄마가 맞이했다.

마이누르 하눔은 할머니 곁으로 가 앉았다.

"불행한 일을 겪으셨다는 말 들었소." 마이누르 부인이 고개를 끄덕이며 말했다. "충격이 크겠소, 셸피제!"

"그래요, 삶은 시련의 연속이구려."

"그러게 말이오, 셸피제. 그 말이 맞아."

엄마가 커피를 준비하러 자리에서 일어나자 마이누르 부인은 엄마의 모습을 문까지 눈으로 좇았다.

"숲속으로 들어간다고, 나쁜 년들!" 마이누르 부인이 중얼댔다.

아무도 이 말에 반응을 보이지 않았다.

엄마가 커피를 내왔다.

"저 위에선," 마이누르 부인이 말했다. "처녀 총각이 거리낌없이 몸을 섞는다더구먼. 그것들이 새끼들을 끼고 오는 걸 보게 될 거야."

엄마의 얼굴이 창백해졌다. 마이누르 부인의 말씨가 거칠어졌다. 그녀 입안의 오른쪽 금니 하나가 다른 모든 이를 비웃는 것 같았다.

"몽땅 잡아내고 말걸. 하나씩 차례로." 그녀가 다시 말을 이었다. "갈 데도 없는 것들이니까. 옷과 식량도 동났고. 한겨울인데다 이리들이 우글댄다던데. 계집년들 상당수가 거동이 힘들다더구먼. 그야…… 임신을 해서지."

"이봐요, 마이누르 부인." 할머니가 말했다. "그건 아마 당치 않은 비방일 거요."

연이어 무거운 침묵이 흘렀다.

엄마가 고개를 돌려 눈물을 감추더니 옆방으로 건너갔다.

"말이 지나쳤네." 할머니가 마이누르 부인을 향해 말했다. 마이누르 부인의 흐릿한 두 눈에 미소가 떠오른다 싶었는데 그 순간 비도 셰리프의 아내가 벌떡 일어섰다.

"독한 여편네!" 그녀는 이렇게 내뱉고 옆방에 있는 엄마한테 갔다.

"말세야." 피노 어멈이 누구에게랄 것 없이 중얼거렸다.

마이누르 부인은 화가 나 얼굴이 벌게진 채 일어섰다.

할머니는 꼼짝 않고 자리를 지켰다. 할머니는 창밖, 겨울이 할퀴고 간 땅을 바라보고 있었다.

"처녀 총각 들이 지하실에 모여 금지된 노래를 부른다네. 낡은 세상을 갈아엎고 새 세상을 만든다나."

"새 세상? 그건 어떻게 생겨먹은 거지?"

"그거야 그들이 알겠지, 그들만이. 가까이 와 내 말 좀 들어보게. 그런 세상을 만들려면 피를 쏟아야 한대."

"그럴 테지. 다리 하나를 짓는 데도 짐승을 제물로 바치거늘, 하물며 세상을 몽땅 새로 만든다는데 뭐가 필요한지 알 게 뭔가."

"대량학살."

"맙소사! 방금 뭐라 했나?"

연대기의 일부

……보도자료 제1187호에 따른다. 무수한 러시아군과 탱크가 독일군의 무참한 포화로 희생되었다. 묵시록적인 규모의 전투. 독일군과 이탈리아군만이 140년 만에 처음 맞는 이 혹한을 이겨낼 수 있다고 무솔리니는 단언했다. 티모셴코는 납골당이 되어버린 러시아 벌판을 피를 흘리며 헤매고 있다. 재판. 집행 조치. 소유권. 카를라슈가 사람들이 주장하는 새로운 사실들. 질레트 면도날. 등록상표. 살갗이 까질 위험이 없음. 집과 광장과 거리에서의 집회를 일절 금한다. 결혼식과 장례식의 한시적인 중지를 명한다. 도시사령관 브루노 아르치보찰레. 산파들의 주소는……

15

무너져내리고 남은 집 담벼락에 통고문이 나붙었다. 우리는 날마다 이 폐허에 와서 놀았다. 처참하게 널린 잔해 더미였지만 우리한테는 너그러웠다. 우리는 거기서 뭐든 마음에 드는 것을 취하고 담벼락 한 귀퉁이를 부수고 돌들을 이리저리 옮겨놓았지만 그렇다고 모양새가 눈에 띄게 달라지지는 않았다. 불길에 휩싸여 몇 시간 만에 폐허가 되어버린 집은 이제 매사에 초연해져 무슨 일을 겪어도 개의치 않았다. 담벼락에서 튀어나온 철사는 사람의 마비된 손가락을 생각나게 했다. 바로 이 철삿줄에 통고문이 걸려 있었다. 노인 둘이 멈춰 서서 읽고 있었다. 알바니아어와 이탈리아어로 타이핑된 통고문이었다.

"위험한 공산주의자 엔베르 호자를 수배중임. 나이: 30세가

량. 체구: 큰 키. 선글라스 착용. 제보자에게 1만 5천 레크의 포
상금 지급. 직접 체포하는 사람에겐 3만 레크 지급. 도시사령관:
브루노 아르치보찰레."

일리르가 내 윗옷 소매를 잡아당겼다.

"저기가 그 사람 집이야." 녀석이 내 귀에 대고 속삭였다.

"엔베르 호자?"

"응."

"어떻게 아는데?"

"언젠가 아빠가 이사 형한테 하는 말을 들었어."

"그 사람 지금 어디 있는데? 엔베르 호자 말이야."

"멀리. 티라나 근교에."

내 입에서 감탄의 휘파람이 새어나왔다.

"그 사람, 티라나까지 가봤을까?"

"당연하지."

"여기서 아주 멀잖아, 티라나는?"

"아주 멀지. 우리도 이담에 크면 가게 될 거야."

또 한 남자가 통고문 앞에서 발길을 멈췄다. 우리는 그 자리를
떴다.

집에 오니 제조와 피노 어멈이 와 있었다. 두 사람은 할머니와
함께 커피를 마셨다. 제조가 자신이 마시던 찻잔을 조심스레 돌

려놓으며 말했다.

"이제 사람들이 새로운 유형의 전쟁을 치르고 있는 것 같네그려. 그 뭐라더라, 계급투쟁이라든가 계급간 투쟁이라든가. 어쨌거나 전쟁은 전쟁이지, 셀피제. 그런데 다른 전쟁하고는 달라. 형제가 서로 죽이고 아들이 아버지를 죽인다니까. 그것도 집에서 밥을 먹다가. 잠시 제 아버지를 뚫어지게 바라보다가, 더는 아버지로 여길 수 없다고 말하고는 아버지 머리에 총알을 박아넣는다나."

"말세야!" 피노 어멈이 받았다.

"조베크 지구의 골레 발로란 자가 큰소리치며 다닌다는구면." 제조가 말을 이었다. "'저 마크 카를라슈란 놈의 가죽을 산채로 벗겨놓고 말겠다. 놈이 무두질하는 곳에서 놈의 가죽을 무두질해 신발을 만들어 신고 춤을 출 테다' 하고 말이야."

"별 끔찍한 소릴 다 듣네요." 엄마가 끼어들었다.

"그러게 말일세, 셀피제." 제조가 말했다. "그 난리법석이 이제 끝났나 싶었는데 제일 끔찍한 시련이 남아 있는 것 같으이. 엔베르라고, 기억하나? 호자 가문의 아들 말이야."

"유럽 땅으로 공부하러 간 그이 말인가? 물론 기억하지."

"나도 기억해." 피노 어멈이 거들었다.

"지금 이 전쟁을 지휘하는 장본인이 바로 그이라고 들었어. 방금 전에 말한 그 새로운 전쟁을 창안해낸 이도 그이고."

"도저히 못 믿겠구먼." 할머니가 말했다. "참 예의 바른 청년이었는데."

"그래, 예의 바른 청년이었지, 셀피제. 하지만 지금은 사람들이 못 알아보게 검은 안경을 끼고 전쟁을 지휘한다더라고."

"또 전쟁이라!" 피노 어멈이 한숨을 쉬었다.

"어쩌겠나." 할머니가 말했다. "세상은 그것 없이는 못 사는 걸. 이 나이 먹도록 하루도 진정한 평화를 맛본 적이 없어."

엄마의 입에서 한숨이 새어나왔다.

"카를라슈의 딸이 이탈리아에서 돌아온 것 같아." 제조가 침묵을 깨고 말했다. "원, 남세스러운 줄도 모르고. 무릎 위로 홀렁 올라간 치마를 입질 않나, 원피스는 얇다못해 뱀 껍질 같아서 보일 거 안 보일 거 훤히 다 비쳐 보인다네. 하는 짓이라곤 온종일 낯짝에 분을 찍어 바르는 게 전부라지. 머리를 노랗게 물들이고 담배를 피우고 이탈리아 말을 한다나. '지긋지긋한 나라예요, 엄마!' 하고 불평을 해대면서. '어떻게 아빠, 이 촌구석에 날 다시 데려온 거죠!' 그렇게 아침부터 저녁까지 우는소릴 한대. 통탄할 일 아닌가, 셀피제."

"어쩌겠나." 할머니가 받았다. "처녀애들이 집 떠나면 그렇게 되는 거야."

"그래그래……" 피노 어멈이 맞장구쳤다. "세상이 뒤집힌 게 야!"

다음날 일리르는 마치 제조가 한 말을 듣기라도 한 것처럼 내 게 말했다.

"우리, 이탈리아에서 돌아온 카를라슈네 딸을 보러 가자."

"예뻐?"

"응, 무지무지하게. 머리가 햇빛 색깔이야. 꿈꾸는 것처럼 창 가에 앉아 있는데 머리칼이 바람에 날리고……"

나는 서둘러 집에서 나왔다. 우리는 광인로를 가로질러가서 카를라슈네 집 앞에 멈춰 섰다. 그녀는 정말로 창턱에 팔을 괴고 있었는데 말 그대로 머리카락 속에 해가 든 것 같았다. 이 도시 의 어떤 여자에게서도 본 적이 없는 모습이었다. 그전 해, 라미 즈 쿠르티의 손에 죽은 매춘부 한 명을 빼고는. 그 여자가 죽고 갈봇집은 여섯 달이나 문을 닫았다.

"네가 보기엔 어때?"

"굉장해!"

일리르는 내 생각도 같다는 걸 알고 만족하는 눈치였다.

우리는 카를라슈네 집 근처에 한참 동안 머물러 있었다. 그러 다 카텐지카 둘과 마주쳤다. 그중 한 명은 있는 대로 고부라진 모습이었다. 뒤이어 제르지 풀라가 지나갔다. 얼굴이 창백한 것이 병원에서 나오는 길인 것 같았다. 우리는 서로를 바라보았다. 그다음에는 막수트가 지나갔다. 잘린 머리를 옆구리에 끼고 있었다. 카를라슈네 딸이 창가를 떠났다. 우리는 그녀가 다시 나타나기를 기다렸지만 허사였다. 이제 어디로 가야 할지 알 수 없었다. 거리는 텅 비어 있었다. 비도 셰리프의 아내가 창에 나타나 양손을 턴 뒤 다시 사라졌다. 나조의 집 문은 막수트가 들어간 뒤 소리 없이 도로 닫혔다.

별안간 몇 발의 총성이 들렸다. 탕, 하는 짧은 총성에 이어 또 한번의 총성. 총성이 사이를 두고 몇 차례 더 이어졌다. 장터 거리에서 사람들이 달려왔다. 하릴라 루카도 사람들 사이에 끼어 있었다.

"달아나. 안전한 곳으로 피해! 누가 사람을 죽였어!" 그가 외쳤다.

일리르의 엄마가 문 앞에 나왔다.

"일리르, 어서 들어와!" 일리르의 엄마가 소리쳤다.

내 이름을 부르는 소리도 들렸다. 문들이 시끄럽게 다시 닫혔다. 또다시 몇 차례 총성이 들렸다.

소문이 번개처럼 퍼져나갔다. 누군가가 도시사령관 브루노 아르치보찰레를 죽였다고.

늦은 밤, 어느 집 문을 두드리는 소리가 정적을 깼다.

"마네 보초의 집이구먼." 할머니가 이렇게 말하며 창문을 열러 갔다.

밖에서 묵직한 발소리와 이탈리아 말, 고함소리가 들렸다. "내 새끼! 내 새끼!" 그리고 다시 정적이 찾아들었다. 누군가가 잡혀간 것이다.

할머니가 창문을 도로 닫고 말했다.

"이사를 데려갔어."

아르치보찰레의 장례식이 엄숙히 거행되었다. 도심에서 조사弔詞가 낭독되었다. 군악 소리에 맞춰 장례 행렬이 묘지를 향해 움직였다. 주둥이가 백합 모양으로 벌어진 반짝이는 악기들이 신음 소리를 토해냈다. 검게 차려입은 키 큰 파시스트 장교들이 침통한 얼굴로 느릿느릿 걸어갔다. 뒤를 잇는 신부들과 수녀들…… 아르치보찰레가 누워 있는 관이 좌우로 천천히 흔들렸다. 여자, 아이, 늙은이, 젊은이 할 것 없이 모두 창문에 달라붙어 있었다. 도시는 전 사령관이 떠나는 광경을 지켜보았다. 한동안은 담벼락마다 바람에 찢긴 공고와 지시 사항이 그의 이름 한 귀퉁이를 달고 펄럭일 테지. 그러다 비가 오면 완전히 뜯겨나가고 공고문이 나붙는 자리에는 새 사령관의 서명이 든 종잇장들이 붙어 있겠지.

나흘을 연달아 비가 내렸다. 단조롭게 내리는 오래된 비였다.

(언젠가 세상에 삼만 년 동안이나 내리 비가 내렸다고, 지보 가보가 그의 연대기 서문에 써둔 바 있다.) 그 빗속에서 이사가 교수형에 처해졌다. 새벽에 도심에서 형이 집행되었다. 사람들이 떼를 지어 그 광경을 보러 갔다. 이사와 함께 두 처녀도 같은 형벌을 받았다. 그들의 머리카락이 빗물에 흠뻑 젖었다. 이제 다리가 하나밖에 없는 이사는 거꾸로 된 원추형의 끔찍한 모습이었다. 그의 망가진 얼굴에서 살아 있는 거라고는 안경뿐인 것 같았다. 죽은 사람들은 가슴에 자기 이름이 적힌 흰 천조각을 달고 있었다. 발리 콤베타르*의 사령관이자 야베르의 작은아버지인 아젬 쿠르티가 목매달린 자들의 옷을 지팡이로 걷어올렸다. 그는 마크 카를라슈의 아들과 함께 이사의 살육에 동참한 사람이었다. 죽은 자들의 가늘고 흰 다리가 잠시 흔들리더니 다시 꼼짝하지 않았다. 일리르의 엄마는 만류하는 사람들을 뿌리치고 미친 여자처럼 거리로 달려나가 울부짖었다. "내 아들! 내 아들!" 그녀는 교수대 쪽으로 달려가 아들의 외다리를 자신의 팔과 머리털로 감쌌다. "내 아들, 내 아들아, 사람들이 네게 무슨 짓을 한 게냐?" 원추형의 몸이 흔들렸다. 안경이 떨어졌다. 그녀는 깨

---

* 국민전선. 알바니아의 민족주의·반공산주의 세력으로, 제2차세계대전 때 적국에 협력했다는 비난을 받았다. 그 추종자들을 '발리스트'라고 불렀다.

진 안경알을 주워들고 품에 꽉 껴안았다. "내 아가, 내 아가."

그날 저녁, 마찬가지로 수배 대상에 올라 있던 야베르는 오랫동안 발걸음을 하지 않았던 작은아버지 아젬 쿠르티의 집으로 갔다.

"사람들이 날 찾고 있어요, 작은아버지." 그가 말했다. "난 잘못을 뉘우치고 있어요."

"뉘우쳤다고? 그럼 됐다. 어디 좀 안아보자꾸나. 내 이런 날이 올 줄 알았어. 네 친구가 어떻게 됐는지 봤지?"

"네." 야베르가 대답했다.

"자, 라키와 구운 고기를 가져와요." 아젬이 집안 여자들에게 명했다. "우리의 화해를 자축해야겠어."

그렇게 두 사람은 식탁에 앉았고, 야베르가 작은아버지에게 말을 꺼냈다.

"작은아버지, 이제 얘기 좀 해주세요. 이사의 사건이 어떤 식으로 진행되었는지요."

아젬은 조카에게 자세한 경위를 들려주었다. 먹고 마시면서 살육의 과정을 세세히 묘사했다. 야베르는 듣고만 있었다.

"왜 그러냐? 얼굴이 창백하구나!" 작은아버지가 말했다.

"그럴지도 모르죠."

"책을 너무 많이 읽어 핏기가 없는 거야. 손가락도 말랐구나."

야베르는 자신의 손가락을 바라다보더니 호주머니에서 태연히 권총을 꺼냈다. 아젬의 눈이 휘둥그레졌다. 음식이 가득 든 그의 입안에 야베르가 권총의 총신을 쑤셔넣었다. 아젬의 이가 금속에 닿아 달그락거렸다. 연이어 총알이 하나씩 차례로 발사되며 그의 턱과 관자놀이와 두개골을 날려버렸다. 앉은뱅이 탁자 위로 씹다 만 고기 조각과 아젬의 머리 살점이 뒤섞여 떨어졌다.

야베르는 울부짖는 사촌들 사이로 걸어나갔다. 다음날 '불도그'가 도시 상공을 날며 오색 전단을 뿌렸다. "공산주의자 야베르 쿠르티가 가족이 함께한 식탁에서 작은아버지를 죽였다. 아버지, 어머니 들이여, 공산주의자들에 대해 스스로 판단해보시라!"

그날 저녁, 성채 감옥에서 총살당한 여섯 명의 시신이 중앙 광장으로 옮겨졌다. 시신들은 사람들이 볼 수 있도록 차곡차곡 쌓여 그곳에 남겨졌다. 기다란 흰 천에 큼직한 글씨로 '적색공포에 우리는 이렇게 응한다!'고 쓰여 있었다.

비가 그쳤다. 몹시 추운 밤이었다. 새벽에는 처형된 자들의 시신이 서리로 덮였다. 그것들은 온종일 광장에 남아 있었다. 다음날 아침에는 광장 다른 편 끝에서 또다른 시신들이 발견되었다. 천조각에 '이렇게 우리는 백색공포에 응할 것이다!'라는 글이 쓰여 있었다.

헌병들이 황급히 시신을 거두러 갔지만 우선 테러리스트들의 흔적을 찾아야 한다는 명령이 떨어져 손을 놓았다. 전날 자정 무렵, 이 도시 사람이면 누구나 아는 늙은 말 발라슈가 끄는 시청 소속 마차가 광장에 들어섰을 때 어느 보초병도 그것을 의심하지 않았다. 마차는 평소처럼 덮개가 씌워져 있었다. 그러다 새벽녘에 누군가 그 곁을 지나가다가 무심코 덮개를 잡아당겼는데, 그 바람에 아무렇게나 포개진 시신들이 모습을 드러냈다.

사람들이 질겁한 얼굴로 시내에서 돌아왔다.

"가서 봐요!"

"광장에 나가보게나. 차마 눈뜨고는 못 볼 광경이야!"

"아이들은 가지 못하게 해. 집으로 돌려보내요!"

할머니가 수심에 찬 얼굴로 고개를 가로저었다.

"흉악한 세상이야!"

도시가 피로 물들었다. 처형된 자들의 시신이 아직 광장에 있었다. 두 시체 더미에는 덮개가 씌워져 있었다. 그날 오후, 스물아홉 해 동안 집 문지방을 넘지 않았던 한코 왕할머니가 집에서 나와 도심으로 향했다. 사람들이 깜짝 놀라 길을 비켜주었다. 한코의 흐릿한 눈길은 그 무엇에도 고정되지 않고 모든 걸 주시하는 듯했다.

"저기, 돌 위에 있는 사내가 누구지?" 한코가 지팡이를 쳐들며 물었다.

"저건 동상이에요, 한코 어멈. 쇠로 만든 겁니다."

"난 오메르의 아들인 줄 알았구먼."

"그 사람이 맞아요, 한코 어멈. 오래전에 죽었죠."

그러고 나서 한코는 죽은 자들을 보고 싶어했다. 두 시체 더미에 차례로 다가가 얼어붙은 덮개를 들어올리고 죽은 자들을 한참 동안 바라보았다.

"이들은 어디서 온 사람들인가?" 한코가 이탈리아인들을 손으로 가리키며 물었다.

"이탈리아요."

"외국인들이로구먼?"

"네, 외국인들이에요."

"저 사람들은 누구지?"

"이 도시 사람들이에요. 이 사람은 토로네 사람, 저이는 율라네, 저기 저이는 안고니네, 저이는 마라네, 또 저이는 코코보보네."

한코는 바싹 여윈 손으로 시체 더미에 덮개를 도로 씌운 뒤 발길을 옮겼다.

"이렇게 피를 흘려야 하는 이유가 뭐죠? 우리한테 뭐 해주실 말씀 없나요?" 한 여자가 흐느껴 울며 말했다.

318

백세 할머니가 돌아보았다. 그러나 목소리가 어디서 들렸는지 잊은 모양이었다.

"세상이 피를 갈아치우는 게지." 한코가 누구에게랄 것도 없이 말했다. "사람은 사오 년에 한 번씩 피를 갈아치우지. 세상은 사오백 년마다 그렇고. 우리가 사는 이 시대는 피의 겨울이야."

이렇게 말한 뒤 한코는 집으로 향했다. 그녀는 백서른두 살이었다.

겨울. 백색공포. 이 말들이 사방에 널려 있었다. 서리처럼. 어느 이른 아침이었다. 잠에서 깬 나는 자리에서 일어나 거실로 갔다. 흙탕물이 밴 스펀지 같은 치밀한 구름 조각들이 도시 위에 드리워 있었다. 하늘이 송진처럼 시커멨다. 예리하게 갈라진 단 하나의 틈새로 초자연적인 빛줄기가 흘러나왔다. 빛줄기는 회색 지붕들 위로 미끄러져 어느 하얀 집 위에 와 멈췄다. 동네에서 유일한 흰색 건축물이었다. 그때까지 내가 미처 깨닫지 못했던 사실이었다. 그 아침 시각, 회색의 집들 사이에서 이 집이 불길한 느낌을 전해주었다.

　이 집은 대체 뭘까? 어디서 생겨난 거지? 최근에 일어나는 일을 두고 왜 백색공포라 부르는 걸까? 왜 초록색 혹은 파란색 공포라고 하지 않는 거지?

하얀색이 점점 무서워졌다. 기억 속에 떠오르는 흰 장미, 거실에 친 커튼들, 할머니의 하얀 잠옷, 이 모두에 '공포'라는 말이 새겨져 있었다.

연대기의 일부

……명한다. 테러 집단과의 연관성이 입증된 자들은 모두 사형에 처한다. 16시부터 오전 6시까지 통행을 금한다. 도시사령관: 에밀리오 데 피오리. 산파들에게 허용된 야간통행권을 폐지한다. 본인의 명령에 따라 11일부터 18일까지 이 도시의 인구조사를 실시한다……

16

도로를 비롯해 강 위에 걸린 다리와 잘리 가도는 남자들과 노새들, 북쪽으로 천천히 이동하는 트럭들로 들끓었다. 이탈리아가 항복한 것이다. 어깨에 담요를 두른 병사들의 긴 행렬이 도시 안으로 진입했다. 개중에는 아직 무기를 소지한 자들도 있었다. 다른 이들은 무기를 버렸거나 팔아치운 뒤였다. 포장도로들이 그들의 군화에 묻어온 진흙으로 뒤덮였다. 거리마다 이탈리아어 욕설과 고함소리가 울려퍼졌다. 패주하는 병사들의 무리가 점점 늘어났다. 일부가 북쪽으로 향하는 길을 따라 사라지는가 싶으면 남쪽에서 더 남루한 차림의 새 행렬이 올라오곤 했다. 비에 흠뻑 젖은 남자들은 며칠째 깎지 않은 수염이 더부룩했고, 피곤에 절어 높다란 석조 가옥들을 놀란 눈으로 바라보며 잘리 가

도를 느릿느릿 걸어올라갔다.

음산한 겨울 도시가 패자들을 거만하게 지켜보았다. 머지않아 그들은 유령처럼 눈 위를 헤매며, '파네! 파네!'*라고 웅얼거릴 터였다.

'어둠의 친구' 루칸이 등에 담요를 두르고 성채 거리를 다시 내려왔다.

"모두들 떠나는군." 그가 소리쳤다. "감옥에 쥐새끼 한 마리 없어. 통탄할 노릇이지."

수녀들도 떠나갔다. 매춘부들도 트럭에 올랐다. 트럭이 움직이기 시작하자 라메 스피리는 비를 맞으며 그 뒤를 쫓아갔다. 차바퀴에서 튀는 흙탕물을 맞으면서 그는 미친 사람처럼 여자들에게 손짓을 했다. 바람의 채찍을 맞으며 트럭 위에 바싹 붙어 앉아 있던 여자들도 그에게 손짓으로 답했다. 결국 뒤로 처진 그는 도심으로 돌아갔다. 망연자실한 표정으로, '쟤들 없이 어이 살까?……' 하고 쉴새없이 중얼대면서.

도로에는 영영 끝날 것 같지 않은 긴 행렬이 이어졌다. 도시는 온통 진흙으로 더러워졌다.

"저 참혹한 꼴이라니, 셀피제." 그 무렵 우리를 보러 온 제모

---

* 이탈리아어로 '빵'이라는 뜻.

왕고모가 말했다. "세상이 온통 진창이네그려."

"왕국은 그렇게들 사라지는 게지."

"그런 식으로 다음 왕국에 자리를 양보하고는 말이지." 제모 왕고모도 맞장구쳤다. "뒤에 남는 건 진흙과 진창뿐인 게야."

도시는 추한 가면을 뒤집어쓰고 있었다. 적갈색 진흙은 근엄한 회색 동네와는 도무지 어울리지 않았다. 이 도시에서 물러나는 이탈리아인들은 트럭 뒷바퀴처럼 사방에 흙탕물을 튀겼다.

나는 삼층 창 앞에 서서 퇴각하는 군대를 바라보았다. 갈가리 찢긴 그리스는 겨울바람에 실려가버렸고, 이제 이탈리아가 진창 속에 빠져들고 있었다.

할머니와 제모 왕고모는 낡은 안경을 코 위에 고쳐 쓰고 군인들이 득실대는 도로를 응시했다. 금이 간 안경알들이 우스꽝스러워 보였다.

"이제 이탈리아도 달아나는구면." 제모 왕고모가 말했다. "우리 귀를 한참이나 먹먹하게 하더니만."

"참기가 쉽지는 않았지." 할머니가 말했다.

"이 추위에 저런 참담한 모양새로 저 가엾은 젊은이들은 어디로 갈꼬?" 제모 왕고모가 말했다.

"도로를 따라가지 어디로 가겠나?" 할머니가 받았다.

"불쌍한 어미들이 기다리고 있을 테지!"

"나라가 겨울에 패하면 저렇게 되는 게야." 할머니가 말했다.

제모 왕고모가 한숨을 짓더니 잠시 뒤 말을 이었다.

"담요들이 끝도 없이 이어지는구먼."

군대는 밤새도록 이동했다. 다음날 아침에도 도로 위로 이어지는 행렬을 보면 전날과 다름없다는 느낌이 들었다.

불안한 밤을 보낸 뒤, 진흙으로 오염된 도시는 더한층 우울한 모습으로 깨어났다. 밤사이 이사 토스카의 무리들이 오래된 노래를 부르며 도시에 이르렀다. 뒤이어 새벽녘에는 몇몇 발리스트 분견대가 도착했다. 아침에 이들은 지친 이탈리아 군인들과 뒤섞여 교차로에서 나란히 헤매다가 광장에 이르러서는 서로 못 본 체했다. 발리스트 정찰대원들과 이사 토스카의 무리들 사이에 산발적으로 몇 차례 마찰이 있긴 했다. 그런데 가장 심각한 충돌은 정오경에 발리스트들과 이탈리아 군인들 사이에 일어났다. 발리스트들이 지친 몸을 끌고 북쪽으로 길을 떠나는 몇몇 이탈리아 부대에 무기와 장비 일부를 내놓으라고 요구한 것이다. 이탈리아인들은 상대가 제안한 교환 조건을 거부했다. 흥정이 오가더니 쌍방에서 욕설이 터져나왔고 급기야 말 대신 총탄이 난사되었다.

이탈리아 장교 몇 명은 비행장에 오랫동안 방치되어 있던 '불도그'를 타고 날아오르려 했다. 가련한 비행기는 몇 차례 딸꾹거리며 괴성을 질러댄 뒤 몇 미터 이륙해 버둥대며 좀 날아가는가 싶더니 수백 미터 떨어진 벌판에 추락했다. 이 짧고 수치스러운 마지막 비행과 함께 군용 비행장의 역사도 막을 내렸다.

이탈리아인들과 발리스트들 간에 유혈 충돌이 있고 한 시간쯤 지나 유격대원들의 첫 행렬이 비행장을 가로질러 도로에 이르렀다. 붉은 깃발을 앞세운 가늘고 긴 행렬은 이탈리아 군대를 가르고 전진해 잘리 가도로 들어서서 도시를 향해 올라왔다. 그러자 두번째 행렬이 북녘 재에서 내려왔다.

멀리서 길게 외치는 소리가 들렸다. "유격대다! 유격대다!"

나는 좀더 자세히 보기 위해 삼층까지 한달음에 올라갔다. 가느다란 행렬들이 보였다. 내가 기대한 건 번쩍이는 무기를 든 거인들이었는데 눈앞에는 붉은 기를 앞세운 평범하기 그지없는 두 행렬만 보일 뿐이었다. 저들은 어디로 가는 걸까? 광분한 도시가 이빨까지 무장하고 있다는 걸 알고나 있을까? 모르는 게 틀림없었다. 그들은 도심을 향해 빠른 속도로 계속 전진하고 있었으니까. 이윽고 더 가늘고 초라해 보이는 세번째 행렬이 나타나 이탈리아 병사들 사이에서 다리를 건넜다. 이 행렬 역시 붉은 기를 앞세우고 있었다.

왜 이 행렬들은 인원이 더 적은 걸까? 왜 트럭이나 대포, 고사포나 군악도 없이 깃발만 앞세웠으며 탄약과 부상자를 실은 노새 몇 마리만 있는 걸까?

첫번째 행렬이 바로슈 거리를 오르는 동안 북녘 재에서 네번째 행렬이 내려왔다. 사람들이 창가로 달려와 큰 소리로 외치며 손수건을 흔들었다. 하모니카를 부는 사람도 있었다.

나는 거리로 뛰어내려갔다. 너무 헐렁하거나 꽉 끼는 옷을 입은, 창백하고 여윈 모습의 그들이 다가오고 있었다. 내 눈은 이모를 찾고 있었다. 문득 한 아가씨가 눈에 띄었다. 그리고 또다른 아가씨. 이모가 아니었다. 또 한 명이 보였다. 이번에도 아니었다. 야베르도 보이지 않았다. 내가 아는 사람은 하나도 없었다. 그들은 도심을 향해 갔다. 어느새 나는 아이들 무리에 섞여 그들 곁에서 걷고 있었다. 이모는 여전히 보이지 않았다. 혹 다른 대열에 끼어 있는 걸까? 창문에서는 사람들이 계속 환호성을 질러댔다. 여자들 한 무리가 대열의 측면에서 달리며 유격대원들에게 연신 질문을 했다. 간혹 대열 밖으로 나온 젊은이를 품에 안는 여자들도 있었다.

마이누르 부인을 비롯한 다른 마나님들의 창문은 닫혀 있었다. 왠지 모를 불안감이 나를 사로잡았다. 누군가 저멀리 어딘가에 그들을 잡을 덫을 놓아둔 건 아닐까 겁이 났다. 행렬이 그리로 점점 다가가고 있는 듯한 느낌이었다. 도시는 아직 완강하고 사나웠다. 이사 토스카의 무시무시한 무리들. 검은 콧수염에 긴 외투를 입고 금독수리를 수놓은 흰 빵모자를 쓴 발리스트들. 비록 패하긴 했어도 아직 무장을 풀지 않은, 절망감에 젖어 있는 무수한 이탈리아인들. 그들 모두가 이 가느다란 행렬을 집어삼킬 순간을 기다리는 것 같았다.

그런데 저만치 맨 앞줄에서 정말로 무슨 일이 일어난 듯했다. 사람들의 목소리가 들렸다.

"무슨 일이 일어났군."

"첨탑이다!"

"첨탑에서 무슨 일이 있어났지?"

"두 눈을!"

"눈을 어쨌다고?"

"못을 가지고 있어, 못이야!"

"아이들을 돌려보내."

"아이들을 데려가!"

사람들이 우리를 집으로 돌려보냈다.

정말로 무언가 불길한 일이 벌어진 거였다. 유격대원들의 행렬이 도심 쪽으로 점점 다가오자 그들을 보려고 사원 첨탑 위에 올라가 있던 셰이크* 이브라힘이 난데없이 호주머니에서 대못

* '장로', '족장'을 의미하는 아랍어로, 여기서는 '이슬람 스승'을 가리킨다.

을 꺼내 자기 눈을 후비려 한 것이다. 그걸 본 몇몇 행인이 한달음에 첨탑 꼭대기로 올라가 그의 손에서 피 묻은 못을 빼앗으려고 맞붙어 싸웠다. 사람들은 그를 아래로 끌어내리려 했지만 분기탱천한 그는 빼앗긴 못을 되찾으려고 길길이 날뛰며 '공산주의를 두고 보진 않겠다!'며 쉰 소리로 고함을 질러댔다. 결국 바닥으로 추락할 위험을 무릅쓰고 그를 제압하려던 사람들은 포기했고 셰이크를 첨탑 위에 홀로 남겨둔 채 도로 내려왔다. 그는 돌난간에 가슴을 대고 두 손을 난간 밖으로 늘어뜨린 모습으로 사람들의 마음속에 전율을 불러일으키는 오래된 찬송가를 불렀다.

그날 저녁, 도시는 발리스트들과 유격대원들, 이사 토스카의 사람들, 무수한 이탈리아 군인들로 넘쳐났다. 사람들의 목소리와 고함소리, 군호, 철컥대는 말편자 소리, 발소리로 가득한, 답답하고 숨막히는 밤이었다. "멈춰 서!…… 거기 누구냐?…… 파시즘을 타도하라!…… 민중에게 자유를!…… 멈춰라!…… 논 프레오쿠파르티*…… 우리는 이사 토스카의 사람들이다…… 멈춰라!……"

"멈춰라! 물러서라! 반역자에게 죽음을! 알바니아는 알바니아

---

* 이탈리아어로 '안심해라'라는 뜻.

인들에게. 뒤로, 뒤로! 파시즘을 타도하라! 쏘지 마! 멈춰라! 어서 물러서! 지아우르*를 타도하라! 멈춰라!"

도시는 악몽을 꾸고 있는 듯 헐떡였다. 정신착란 증세를 보였다. 윙윙대는 불길한 소리를 내며 죽음을 부르고 있었다.

새벽녘에는 사위가 잠잠해졌다. 하늘은 잿빛, 아주 연한 잿빛이었다. 비도 셰리프의 이내가 슬그머니 골목길로 나섰다.

"아키프 카샤흐가 발리스트 제복을 입었더라고!" 그녀가 손에서 밀가루를 털며 말했다. "내 눈으로 똑똑히 봤다오, 미친놈. 띠하고 탄약을 잔뜩 둘렀더구먼."

"차라리 뒈져버리는 게 나을걸." 할머니가 말했다.

문이 열렸다. 피노 어멈이었다.

"무슨 일이래? 도무지 종잡을 수가 없네그려." 간밤에 우리집에서 묵은 제모 왕고모가 말했다.

"누가 이 도시를 장악하고 있는 거지?" 할머니가 물었다.

"아무도." 피노 어멈이 말했다. "말세야."

도시는 유격대원들의 수중에 들어가 있었다. 그들의 순찰대가 사방에 모습을 드러낸 오전 여덟시경에야 사람들은 그 사실을 깨닫게 되었다. 발리스트들은 두나바트 지구로 물러나고, 이

---

* 터키인들이 그리스도교 신자를 비하해서 부르는 말.

사 토스카의 무리는 바바 셀림의 테케*에 피신해 있었다. 이탈리아인들이 도로 양편을 포함해 강과 비행장 일부를 점했다.

사방에 정적이 감돌았다. 할머니는 제모 왕고모와 함께 모닝커피를 마셨다.

"들리는 말로는 유격대원들이 공산주의 공동 식당 같은 걸 연다던데." 제모 왕고모가 수심 어린 얼굴로 말했다.

할머니는 아무 대꾸도 없이 코 위의 안경을 고쳐 쓰고 바깥을 내다보았다.

"누가 저렇게 요란하게 문을 두드린다지? 저것 좀 보게. 나조네 문을 두드리는 것 같은데."

할머니의 짐작이 옳았다. 세 명의 유격대원이었다. 문을 두드리는 이들 중 하나는 손이 왼손 하나뿐이었다. 다른 두 명은 창문들이 죽 나 있는 쪽을 올려다보았다. 창문 하나에 나조와 그의 며느리가 나타났다.

"여기가 막수트 게가의 집이오?" 밑에서 유격대원이 물었다.

"그래요, 맞아요." 나조의 부인이 대답했다.

"막수트에게 당장 나오라고 하시오." 유격대원이 말했다.

"집에 없소." 나조가 대답했다.

---

* 이슬람 사원.

"그럼 어디 있지?"

"사촌들을 보러 갔소."

"문 열어요. 우리가 직접 확인하겠소."

십오 분쯤 지나자 그들이 다시 나왔다. 손이 하나뿐인 유격대원이 제복 호주머니에서 작은 종잇장을 꺼내더니 눈살을 찌푸리며 읽기 시작했다.

잠시 뒤 그들은 카를라슈네 집 대문을 두드렸다. 처음에는 아무 응답도 없었다. 그들이 다시 문을 두드리자 누군가 창문에 나타났다.

"여기가 마크 카를라슈가 사는 집이오?"

"그렇소만."

"그 사람과 아들은 밖으로 나오시오." 유격대원이 명했다.

머리가 창문 안으로 사라졌다. 잠시 침묵이 흘렀다. 다른 두 유격대원이 어깨에 멘 무기를 내렸다. 외팔이 대원이 다시 문을 두드렸다. 철문인지라 소리가 멀리까지 울려퍼졌다.

이윽고 집안에서 소리가 났다. 여자들의 흐느낌과 절규가 들렸다. 문이 반쯤 열리더니 마크 카를라슈가 먼저 모습을 드러냈다. 누군가가 뒤에서 그의 옷소매를 잡아당겼다. "나가지 마세요, 아버지, 나가지 마세요!" 그러나 그는 밖으로 나왔다. 눈 밑에 다크서클이 크게 드리워 있었다. 딸이 그의 팔에 매달려 붙어

섰다. 왁스로 반들반들하게 윤을 낸 구두를 신은 아들이 창백한 얼굴로 따라나섰다. "아빠!" 딸이 아빠에게 소리치며 매달렸다. 문 뒤에서는 한 여자가 울고 있었다.

"우리한테 무얼 원하시오?" 마크 카를라슈가 물었다.

딸의 흐느낌이 그의 몸에 전해오는 진동에 따라 그의 긴 얼굴도 동요했다.

"마크 카를라슈와 그의 아들, 두 사람을 민중의 적으로 선포한다." 유격대원은 이렇게 말한 뒤 하나뿐인 손으로 어깨에 멘 기관총을 끌러 내렸다.

집 마당에서 울부짖는 소리가 들려왔다.

"당신들은 누구요?" 마크 카를라슈가 말했다. "난 당신들을 모르는데."

"민중을 대변하는 법정이다." 유격대원은 투덜대며 기관총을 쳐들었다. 딸이 다시 비명을 내질렀다.

"난 민중의 적이 아니오." 상대가 항의했다. "난 그저 무두장이에 지나지 않아요. 사람들을 위해 가죽신을 만든다고."

유격대원은 자신의 찢어진 가죽신을 흘끔 내려다보았다.

"넌 저리 비켜!" 유격대원은 카를라슈의 딸에게 이렇게 외친 뒤 남자를 향해 기관총의 총신을 겨누었다. 딸의 입에서 새된 절규가 새어나왔다.

"짐승 같은 놈, 그 총을 치워." 딸이 공허한 목소리로 내뱉었다.

"저리 꺼져, 빌어먹을 년." 유격대원은 이렇게 말하고 두 남자에게 총을 겨누었다.

"잠깐, 타레." 두 동료 중 하나가 끼어들어 손짓으로 딸을 떼어놓으려 했지만 너무 늦었다.

"공산주의를 타도하라!" 마크 카를라슈가 외쳤다.

한 손에 들린 기관총이 불을 뿜었다. 마크 카를라슈가 먼저 고꾸라졌다. 유격대원은 딸을 피해보려 했지만 헛일이었다. 딸은 아버지에게 밀착된 채 몸을 비틀어댔다. 마치 총알이 딸의 몸을 아버지의 몸에 꿰매놓은 것 같았다. 불꽃 튀는 연발음에 이어 먹먹한 정적이 찾아들었다. 한 몸 위로 또 한 몸이 쓰러져내렸다. 두 몸이 잠시 버둥대는 것 같더니 잠잠해졌다. 고요한 시체 더미 위로 무두장이 아들의 반짝이는 장화가 비어져나와 있었다.

문 뒤에서는 쉴새없이 울음소리가 들려왔다.

"담배 한 대 말아주게." 외팔이 유격대원이 동료에게 말했다.

잠시 뒤 그들이 총을 다시 어깨에 둘러메고 자리를 뜨려는 순간 무거운 발소리가 포석을 울렸다. 순찰중인 유격대원들이었다. 모두 세 명이었는데 키가 크고 징 박은 장화를 신고 있었다. 그들이 다가왔다.

"파시즘을 타도하라!"

"민중에게 자유를!"

"무슨 일인가?" 한가운데 서서 걷던 남자가 물었다.

"민중의 적을 처치하고 난 참이오." 외팔이 유격대원이 말했다.

"영장이 있나?" 상대 유격대원이 단호한 목소리로 물었다.

유격대원 타레는 호주머니에서 구겨진 종잇장을 꺼냈다.

"좋다." 상대가 말했다.

세 사람은 다시 길을 떠나려 했다. 마지막 순간, 그중 한 명의 눈길이 처녀의 머리칼에 쏠렸다.

"그 영장 좀 다시 보여주게." 그가 돌아서서 말했다.

유격대원 타레는 상대의 눈을 응시했다. 하나뿐인 손의 두 손가락으로 천천히, 아주 천천히, 제복 호주머니를 뒤져 종잇장을 꺼냈다.

상대가 그걸 받아 읽었다.

"저기 처형된 사람들 가운데 어린 여자가 하나 있군. 영장 어디에 그 이름이 있는가?"

"없소." 유격대원 타레가 대답했다. 얻어맞은 사람처럼 그의 목이 뻣뻣해졌다.

"누가 쐈지?"

"나요."

"이름이 뭔가?"

"타레 보냐쿠요."

"타레 보냐쿠 대원, 무기를 내려놓게." 순찰대장이 명했다.

"널 체포한다!"

타레는 고개를 숙였다.

"무기를 내려놔!"

그의 손이 또 한번 움직였다. 그는 어깨를 흔들어 멜빵을 미끄러뜨린 다음 기관총을 내밀었다.

상대는 주변을 휘 둘러보았다. 주아노의 버려진 집 마당에 그의 시선이 멎었다.

"저기로." 그가 손으로 마당을 가리키며 말했다.

타레는 마당 쪽으로 걸어갔다.

"이 문제를 심사할 동지들이 도착할 때까지 대원들이 그를 감시한다."

"알겠소."

"파시즘을 타도하라!"

"민중에게 자유를!"

체포된 유격대원은 돌무더기 위에 앉았다. 그는 이제 사람이 살지 않는 집의 쓰러져가는 담벼락을 바라다보았다.

동료들은 그와 저만치 거리를 두고 앉아 있었다. 바깥에서 카를라슈네 여자들의 울음소리가 들렸다. 여자들이 시신들을 그들의 집 마당 안으로 들이고 있었다. 체포된 대원이 담배를 한 대 더 달라고 했다. 다른 대원들이 그에게 담배를 주었다.

그는 담배를 피웠다. 그런 다음 손으로 턱을 괴었다. 다른 두 명은 딴 곳을 보고 있었다. 길에서 발소리가 났다. 그들이 도착했다. 모두 세 사람이었다.

체포된 대원이 일어섰다. 즉결재판이 열렸다.

"유격대원 타레 보냐쿠, 자넨 어린 처녀를 죽인 죄로 기소됐네. 사실인가?"

"그렇소." 그가 대답했다.

"자신을 변호할 말이 있는가?"

"없소. 난 손이 하나요. 민중의 적들이 내 오른손을 잘랐소. 왼손으론 총을 잘 쏘지 못해요. 그 여자애를 피할 수가 없었……"

"알겠네."

그들은 잠시 밀담을 나누었다. 그중 하나가 다시 입을 열었다.

"유격대원 타레 보냐쿠를 사형에 처한다. 혁명의 과업을 남용한 죄로 총살형을 명한다."

침묵이 감돌았다. 이 말을 마친 대원이 타레의 두 동료에게 신호를 보냈다.

"지금 말이오?" 한 명이 잦아든 목소리로 물었다.

"그렇다, 지금."

그들의 이마에 식은땀이 흘렀다. 사형을 언도받은 자도 이해했다. 그는 담벼락 가까이 그대로 남은 채 동료들에게 시선을 던졌다. 동료들이 어깨에 멘 총을 내렸다. 그는 외팔을 쳐들어 주먹을 쥐고 소리쳤다.

"공산주의 만세!"

짧은 기관총 소사. 유격대원은 판판한 돌무더기 위에 나자빠졌다.

그들은 자리를 떴다. 두 동료가 후미에서 걸었다.

"타례를 잃고 말았어." 둘 중 하나가 말했다. "더러운 암탉 하나 때문에."

"자기들끼리 죽인다! 자기들끼리 죽여!" 멀찌감치 어디선가 외치는 소리가 들렸다.

마이누르 부인이 창문에 코를 바싹 갖다댄 채 얼굴을 찌푸렸다.

"지들끼리 서로 잡아먹으라지!"

그 소리를 듣자마자 두 유격대원이 고개를 쳐들었지만 창문에는 이제 아무도 보이지 않았다. 그러자 한 명이 기관총을 움켜쥐고 집들의 창문을 향해 난사했다. 깨진 창유리들이 포석 위로 요란한 소리를 내며 떨어져내렸다.

소세 할머니의 증언
(연대기를 대신하여)

옛 책들에 기록되어 있는바, '금발의 민족이 이 도시를 잿더미로 만들려고 할 것이다.'

17

독일 군대가 남쪽 국경을 넘었다. 그들은 이제 주민들이 서둘러 빠져나간 이 도시를 향해 진군해 오고 있었다. 도시가 이처럼 버림받은 건 그 긴 생에서 이번이 세번째였다. 첫번째는 천년전 흑사병이 창궐해 주민들이 도시를 떠났을 때였고, 두번째는 지금 독일 군대가 이동중인 바로 그곳에서 사백 년 전 터키 왕실 군대가 이슬람의 기치 아래 국경을 넘었을 때였다.

도시는 사람들이 빠져나가 텅 비어 있었다. 돌의 엄청난 고독이 느껴졌다.

월요일과 화요일 사이의 밤은 목소리와 발소리, 문 여닫는 소리로 가득했다. 사람들은 친지들끼리 모여 여장을 꾸리고는 육중한 문을 닫은 뒤 야밤에 인근 마을로 길을 떠났다.

우리집 현관에는 마네 보초와 비도 셰리프가 아내와 아이들을 데리고 모여 있었고 나조와 그의 며느리도 와 있었다. 막수트는 사라지고 없었다. 나는 할머니 때문에 슬펐다. 이번에도 할머니는 우리와 함께 가려 하지 않았다. 피노 어멈도 마찬가지였다.

자신이 없는 동안 누가 결혼을 할지도 모르는데, 그러면 그녀의 손길이 필요했기 때문이다. 지난 육십 년 동안 이 도시 신부들의 화장을 도맡아온 그녀가 이제 와서 의무를 저버릴 수는 없는 노릇이었다. 함께 떠나자고 사람들이 설득하려 들자 그녀는 항변했다. 세상에서 화장이 어설픈 신부보다 더 끔찍한 건 없다고, 그건 말세라고. 그러니 안 된다고, 떠날 수 없다고.

우리는 출발했다. 술 취한 사람들처럼 비틀대며 걸어갔다. 어둠 속 여기저기서 다른 사람들의 발소리가 들렸다. 도시는 텅 비어갔다. 도시를 빠져나왔을 때는 우리밖에 없었다. 비도 셰리프가 손에 지팡이를 들고 앞장섰다. 아빠는 줄곧 돌부리에 발이 걸렸다. 다른 사람들도 뭐라고 중얼대거나 욕설을 내뱉거나 쿨룩대거나 움푹 팬 땅에 걸려 넘어졌다. 나조의 며느리만 이런 불길한 밤에도 우아함을 잃지 않고 사뿐사뿐 걸었다. 그녀는 그런 식으로밖에는 걸을 수 없는지도 몰랐다.

우리는 황량한 들판을 지나갔다. 달이 떠올랐을 때는 대로를 걷고 있었다. 끝없이 이어지는 트럭 바큇자국이 한밤의 달빛을 받아 죽음에 이르는 검은 선들처럼 보이는 이 도로만큼 음산한 풍경은 일찍이 본 적이 없었다. 나조가 비틀대다가 다시 걸음을 떼어놓았다.

우리는 강 위에 걸린 다리를 건넜다. 눈앞에 펼쳐진 텅 빈 비행장을 가로질러야 했다. 더 멀리 '성 삼위일체' 언덕이 보이고, 그 뒤편으로는 위협적인 검은 산이 솟아 있었다. 누가 지나가는지 보려고 벌떡 일어선 듯한, 이상하리만큼 가깝게 느껴지는 어둡고 육중한 덩어리였다.

피노 어멈을 닮은 달이 풍경을 아름답게 치장하거나 아니면 풍경의 불길한 면모라도 누그러뜨리려 하고 있었다. 하지만 너무 미약한 빛인지라 게걸스러운 진흙과 안개에 흡수되어 일체의 경관을 일그러뜨렸다.

이윽고 달이 구름 뒤로 사라졌다.

"이젠 아무것도 안 보이네요." 나조의 며느리가 말했다. 모두가 돌아보았다. 정말로 도시가 지워지고 없었다.

누군가의 입에서 가냘픈 탄식이 새어나왔다.

이젠 들판과 대로, 성 삼위일체 언덕, 익명의 안개와 산마저(우리가 산을 향해 걸어가고 있다고는 도저히 믿기지 않았다. 그 윤곽이 너무 흐릿해서, 눈앞에 그저 좀더 치밀한 어둠 한 자락이 드리운 느낌이었다) 암흑에 잠겨 흉측한 선사시대 생물처럼 제 몸을 긁어대거나 어설프게 비틀어댔다. 나는 차츰 현실감을 잃어갔다. 우리는 무작정 걷는 꼴이 되었다. 걷기 위해 걷기, 어둠의 뱃속에서 방황하는 꼴이었다. 아무 생각도 할 수 없다는 느낌이었다. 담벼락 사이든 교차로든 방안이든, 어디서나 나는 생각하는 데 익숙했고, 그 낯익은 장소들이 내 생각에 질서를 부여하는 것 같았더랬다. 하지만 그것들을 떠나온 지금에 와서는 그 무엇도 손에 잡히지 않을 뿐만 아니라 모든 것이 잔인하기까지 했다. 이제 산은 성 삼위일체 언덕으로 상반신을 잔뜩 기울여 그 목을 태연하게 물어뜯었다. 언덕이 숨을 거두고 있었다.

누군가 재채기를 했다. 그 소리가 구원처럼 와 닿았지만 아쉽게도 한순간이었다.

달이 다시 모습을 드러냈다. 안개가 곧 그 빛을 향해 기어들어 제 수염을 적시더니 진흙 들판 위로 방울방울 떨어뜨렸다. 범행 현장에서 발각된 산은 즉시 언덕에서 물러섰지만 이미 그 목에는 깊이 물어뜯긴 상처가 나 있었다.

걷는 동안 유일하게 단 한 번도 한숨이나 한탄을 내뱉지 않았던 나조의 며느리가 또 한번 고개를 돌렸다(어쩌면 그녀는 이제 익숙하게 불러들일 수 있게 된 마법의 왕국 한복판을 걷고 있는지도 몰랐다).

"우리 도시야." 그녀가 중얼거렸다.

"어디가요?" 내가 나지막이 물었다.

"저 위."

"안개처럼 보이는 거요?"

"그래."

할머니가 그곳에 있었다.

달은 할머니를 향한 내 마음을 싣고 다시 사라졌다. 어둠을 틈타 산이 언덕 쪽으로 다시 몸을 숙였다.

우리는 그렇게 어둠 속을 한참 걸었다. 이제 경사진 땅을 오르고 있었다.

"너희, 잠들면 안 된다." 비도 셰리프가 말했다.

일리르가 내 곁에 있었다.

"내가 잠들었던 거 있지." 녀석이 말했다.

"어떻게 그럴 수가 있어?"

"나도 몰라."

우리는 계속 올라갔다.

"날이 새는군." 마네 보초가 말했다.

정말로 하늘에 희부연 빛이 감돌았다. 하지만 하늘이 언제라도 마음을 고쳐먹고 다시 어두워질 것만 같았다.

우리는 좁다란 고지에 올라 숨을 고르려고 멈춰 섰다. 멀리 보이는 들판과 대로, 언덕, 산, 안개가 차츰 밤의 제국에서 벗어나고 있었지만 여전히 불안에 해쓱해지고 지친 모습으로 아침을 기다렸다.

"저것 봐." 일리르가 말했다. "저 밑을 봐."

밤과 낮이 뒤섞여 형성된 흐릿한 여명 속에서 저멀리 도시의 윤곽이 뚜렷이 드러났다. 먼 곳에서 우리 도시를 그렇게 응시하기는 처음이었다. 나는 기뻐서 소리를 지를 뻔했다. 도시가 침몰하는 낡은 배처럼 자꾸 가라앉아 들판의 진창에 빠져드는 환영에 그 밤 내내 시달렸기 때문이다.

이제 울퉁불퉁한 땅이 그 등성이에서 짓궂게 노닐던 정령들을 몽땅 쫓아내고 햇빛에 모습을 드러냈다. 나조의 며느리의 잿빛 눈에만 불가해한 밤의 무언가가 깃들어 있었다.

도시는 저 위, 여기저기 어설프게 아가리를 벌린 안개 속에 고립되어 있었다. 그곳에 왕할머니들이 있었다. 그곳에서 할머니와 제모 왕고모는 금이 간 안경을 코에 걸치고서 당신들 집 창 앞에 서서 금발머리 사내들이 출현하는지 망을 보며 대로를 살폈다. 오래전부터 내비쳤던 몇 가지 기미가 이제 의심할 나위 없는 징조가 되어 있었다. 할머니와 제모 왕고모가 왕할머니의 자리를 노리고 있다는 거였다. 터키인들의 대대적인 난입, 공화정과 왕정의 폐허에서 자행된 학살, 사십 년간 지속된 굶주림이 왕할머니들에게 그랬던 것처럼, 할머니와 제모 왕고모에게는 독일인들의 침공이 결정적인 시련임이 틀림없었다.

"다시 길을 떠납시다. 이제 조금만 더 가면 돼요." 비도 셰리 프가 말했다.

우리는 몸을 일으켰다. 나는 비몽사몽간에 걸어갔다. 울퉁불퉁하게 팬 도로가 내 몸에 전해오는 흔들림으로 군데군데 찢기고 끊긴, 편치 않은 잠이었다. 그 순간 누군가가 말했다. "다 왔다!" 내 눈이 뜨였다.

"다 왔어!"

"어디요?"

"여기야."

나는 정신이 가물가물했다.

"마을요?"

"그래, 마을이야."

"어디가요?"

"저기."

나는 어안이 벙벙해서 바라보았다. 저걸 마을이라고 하다니, 기분이 묘했다. 말문이 막히더니 느닷없이 웃음이 터져나왔다.

"왜 그래? 무슨 일이니?"

나는 배꼽을 잡고 웃었다.

"맙소사, 애가 제정신이 아니잖아!" 엄마가 소리쳤다.

"왜 그러냐?" 아빠가 엄한 목소리로 나를 질책했다.

"안 보이세요…… 저 집들…… 저기."

"그만해라." 아빠가 말했다.

엄마가 내 어깨를 잡고 흔들다가 팔로 내 목을 감싸안았다.

눈앞에 보이는 게 비현실적으로 여겨졌다. 벽에 회칠을 한, 낮은, 아주 낮은 지붕을 인 집들, 인형의 집 같은 작은 집들이었다. 집들은 도로 한편에 일렬로 늘어서지 않고 한 채씩 드문드문 떨어져 있었고, 집집마다 약간의 땅뙈기와 닭장, 건초 더미와 개집이 딸려 있었다.

마을 사람들은 무방비 상태의 공간을 가로지르는 우리 작은 무리를 놀란 얼굴로 지켜보았다. 두세 아이가 겁을 먹고 달아나 문 뒤에 숨었다. 암소 한 마리가 울었다. 다른 농부들이 나타났다. 부드러운 윤곽에 반짝이는 머리털, 우유 냄새가 나는 사람들이었다. 방울 소리가 들리고 건초 냄새가 올라왔다. 내 두 눈이 감겼다.

나는 오후가 되어서야 눈을 떴다. 텅 빈 방에 누워 있었다. 아빠는 깨진 유리창을 대신할 종잇장을 창에 붙이고 있고, 엄마는 바닥에 말라붙은 닭똥을 닦아내고 있었다.

잠시 후, 비도 셰리프의 아내와 나조가 왔다.

"이제 자리들 잡았나?"

엄마가 입술을 비죽거리며 대꾸했다.

"그쪽은요?"

"그럭저럭. 우리는 폐가 한 채를 찾아냈지."

비도 셰리프의 아내가 한숨을 푹 내쉬었다.

"어쩌다 우리가 이 지경이 되었는지!"

두 사람이 다시 나갔다.

나는 울고 싶었다. 불현듯 우리집이 못 견디게 그리워졌다. 돌이킬 수 없는 뭔가가 벌어지고 만 것이다.

지하실에 내려갔던 아빠가 곧 되돌아와 말했다.

"조심들 해요. 불을 지펴선 안 돼. 밑에 건초가 쌓여 있어. 거기 불이 붙었다간 우리가 쥐새끼들처럼 타버릴 거야."

마네 보초가 왔다. 이사가 교수형을 당한 뒤 그는 무섭게 말라버렸다.

"소금 좀 있어요?" 그가 물었다. "갖고 온다는 걸 깜박했네."

엄마가 그에게 소금을 건네주었다.

우리가 거처로 정한 작은 집도 폐가였다. 방 하나는 있는 대로 망가져 있었다. 나는 건초를 보려고 지하실로 내려갔다.

"아우!" 지하실 입구에서 내가 소리쳤다.

아무 응답이 없었다. 우리를 근심에 빠뜨린 건초에서 싸한 냄새가 났다. 나는 방으로 돌아오며 생각했다. 왜 우리가 사는 곳에는 늘 지하에 무언가 위험이 도사리고 있는 걸까? 우리집에서는 저수조의 물이 문제였는데, 이곳에서는 지하실에 불이 날까 걱정이니.

온종일 피란민들이 지나가는 모습이 보였다. 이 마을에서 발길을 멈추고 우리처럼 폐가에 자리를 잡은 사람들도 있었지만 대다수는 더 먼 마을을 향해 계속 걸어갔다. 보따리와 요람을 짊어진 사람들 사이에 차니 케케지도 눈에 띄었다. 피란민들은 지나간 자리에 신문 쪼가리나 담배꽁초뿐 아니라 이런저런 소식들을 남겼다. 개중에는 제르지 폴라가 살해되었다는 소식도 끼어 있었다. 그는 이름을 유르겐 폴로로 다시 바꾸려고 호적 등기 사무소에 네번째로 요청을 해둔 참이었다. (들리는 말로는 그가 조르조나 요르고라는 이름과 미처 써먹지 못한 유르겐이라는 이름 외에도 일본이 이 도시를 점령할 경우를 대비해 요구라라는 이름도 비축해두었다고 했다.)

밤새도록 피란민들이 마을을 가로질러갔다. 뎅그렁거리는 종소리와 소 울음소리, 문 두드리는 소리로 간간이 잠이 깨는 뒤숭숭한 밤이었다.

잠결에 길에서 들려오는 제조의 우렁찬 목소리를 들었다.

"자네들 어디 있나? 팔방으로 찾아다녔는데. 대체 어디들 있나?"

그녀가 불쑥 집안으로 들어왔다. 비도 셰리프의 아내와 일리르의 엄마가 달려가 그녀를 맞았다.

"그래 제조, 무슨 소식 들었나?"

제조는 방안을 이리저리 성큼성큼 걸어다니더니 손바닥으로 양볼을 감싸며 말했다.

"맙소사! 어쩌다 우리가 이 지경이 되었지! 집시들처럼 떠돌고 있으니. 까마귀 새끼들처럼 모두 흩어지고 말았구면. 여긴 닭장이나 다름없네그려! 대체 어디들 박혀 있었나! 왜 신께서 우리 영혼을 거둬가지 않는지! 망측한 일이야!"

"자, 이제 그만하게, 제조. 우리가 뭐 좋아서 이렇게 떠도는 게 아니잖나." 비도 셰리프의 아내가 말했다. "그런데 무슨 새 소식이라도 있나?"

"무엇부터 말한다? 체초 카일의 딸이 어떻게 됐는지 들었나? 이탈리아인들하고 내뺐다네."

"이탈리아인들하고?"

"최근엔 턱수염이 난 게 꼭 물라 카셈 같았지. 이발사가 매일 집에 왔다더라고. 유럽 땅에서 만드는 별의별 면도날을 가방에다 챙겨가지고. 달리 뾰족한 수가 없었으니까. 그러다 야반도주를 했다지 뭔가. 일을 꾸민 게 바로 그 이발사라더라고. 갈봇집 여자들을 싣고 간 그 트럭에 올랐다지."

"우리 도시를 덮친 그 끔찍한 액운이 그애와 함께 물러갔는지도 모르겠어." 제조가 다시 말했다. "그래, 맞아, 그 수염 난 계집애가 불행을 불러온 게야! 그렇게 그애가 줄행랑친 건 잘된 일이야."

제조는 평소 습관과 달리 낙관적인 발언을 해 사람들을 놀라게 했다. 그러나 비교적 차분했던 태도도 잠시였다. 목소리가 높아지더니 무딘 휘파람 소리 같은 콧소리를 내며 울부짖다시피 말을 이었다.

"아니, 아니야, 절대 우리 곁을 떠나지 않을 거야, 이 액운은! 막수트에 대해 사람들이 하는 말 들었나? 첩자래! 그래, 어이없게도 첩자라더라고."

"첩자라고?"

"그렇다네. 돌 밑에 뱀이 숨어 있었던 셈이지. 모친과 아내만 떠나게 한 것도 그 때문이라는구먼. 유격대원들이 무서웠던 게지. 그놈은 어딘가 숨어서 독일군을 기다리고 있다더라고. 밤중에 그들에게 정보를 보내 접근로를 지시해준다던데. 이사를 고발한 것도 그놈이고."

일리르의 엄마가 오열을 터뜨리며 되뇌었다.

"아! 짐승만도, 짐승만도 못한 놈!"

제조가 한숨을 푹 내쉬었다.

"아브도 바바라모는 아직 아들의 시신을 못 찾았어." 제조가 나직한 목소리로 말했다. "여기저기 헤매고 다닌다더구먼. 가엾은 사람 같으니. 하지만 이젠 그이뿐이 아니지. 우리 모두 길 위를 떠돌고 있으니." 제조는 언성을 높여 덧붙였다. "유대인들처럼 말이야! 대체 우리가 무슨 죄를 지었길래 신께서 우리한테 이런 가혹한 벌을 내리시는지! 우리 머리 위로 폭탄을 퍼붓고 턱에 수염이 나게 하고 땅에서 검은 물이 솟게 해놓고, 다음엔 또 무슨 벌을 내리시려는지!"

그녀는 콧소리로 계속 투덜댔는데, 곧 눈에 띄게 피로한 모습을 보이며 목소리가 잦아들었다.

"또 무슨 소식을 전해줄까? 우리는 미친 사람들처럼 떠났지. 남녀 할 것 없이 보따리에다 요람에다 사발을 싸들고서, 불구이건 개, 고양이건 간에 지상에서 버림받은 것들처럼 뒤도 안 돌아보고 달아났어. 그중엔 등에 제 비행기를 짊어진 디노 치초도 끼어 있었고 말이야."

"비행기를?"

"그래, 비행기를 짊어지고 있었어. 그이 가족이 따라오며 애걸복걸했지. 그건 집에 두고 가라고, 그걸 가져갈 순 없다고, 너무무거워서 길에서 뒤처지고 말 거라고…… 하지만 쇠귀에 경 읽기였어. 그는 그걸 독일인들에게 남겨두고 갈 생각이 추호도 없었던 게지."

나는 비행기를 지고 가는 그가 보일까 싶어 서둘러 밖으로 나갔다. 날씨가 추웠다. 피란민들도 몇 안 되었다. 그들은 힘겹게 걸음을 옮기고 있었다. 우리 동네 남자애 둘도 눈에 띄었다.

"너흰 어디에 자리잡았어?" 내가 그애들에게 물었다.

"저기…… 저 아래……"

"넌?"

"여기…… 이곳에."

우리는 '집'이란 말을 쓸 수가 없었다. 마침내 일리르를 다시 만났다. 이사가 죽은 뒤로 일리르는 얼이 빠진 모습이었다. 나는 막수트에 대해 제조에게서 들은 말을 녀석에게 그대로 옮겼다. 일리르의 눈이 증오로 빛났다.

"잘 들어, 우리가 도시로 돌아가면 막수트를 죽이는 거야. 알았지?"

"그래. 집에 할아버지의 오래된 단검이 하나 있어."

"날카로워?"

"그럼. 아주 날카롭지. 손잡이에 터키 글자가 새겨진 칼이야."

"밤에 막수트가 집에 돌아오길 숨어서 기다리자. 내가 놈의 목을 덮치면 네가 후려치는 거야."

나는 잠시 생각해본 뒤 말했다.

"맥베스가 한 것처럼 저녁식사에 초대해서 놈이 잠든 사이에 죽이는 게 나을지도 몰라. 그런 다음 놈의 머리에 소금을 치는 거야."

"그걸 계단 밑으로 굴려서 오른쪽 눈을 뭉개버리자." 일리르가 거들었다. "그건 그렇다 치고, 어떻게 놈을 식사에 초대하지? 어디로?"

우리는 치밀한 계획을 세우기 시작했다. 행복감을 맛보았다고 해도 과언이 아니었다. 차니 케케지가 우리 곁을 지나갔다. 시뻘겋고 둥그런 얼굴이 그런대로 차분해 보였지만 자세히 보면 새로 난 생채기가 몇 군데 눈에 띄었다.

"이 마을의 불쌍한 고양이들이 남아나질 않겠네." 일리르가 말했다.

나는 웃음이 나왔다. 친구를 다시 만나게 되어 기뻤다. 이사가 죽은 뒤로 녀석이 나만 놔두고 저 혼자 훌쩍 커버린 느낌이었다. 그런데 이제 우리가 다시 친구가 된 것이다.

살인 계획을 짜다보니 우리도 모르는 사이에 마을을 벗어나 있었다. 땅이 서리로 덮여 있었다. 주변에 이름 모를 나무들과 처음 보는 새들이 눈에 띄었다. 드문드문 쌓인 건초 더미, 보습 날에 보슬보슬해진 경작지, 흩어진 쇠똥. 이 모두가 낯설고 기이해 보였다. 온순한 눈매의 마을 아이 몇몇이 쭈뼛거리며 우리를 바라보았다. 나는 일리르의 시무룩한 얼굴과 가시덤불처럼 헝클어진 머리를 보며 내 모양새도 그럴 거라 생각했다. 시골 아이들이 우리를 쫓아오기 시작했다.

"저애들이 우릴 보고 겁먹은 거 봤지?" 일리르가 말했다. "우리는 무시무시한 사람들인 거야."

"우리는 암살자들이야." 내가 받았다.

나는 호주머니에서 안경알을 꺼내 눈에 갖다댔다.

"내가 그랬다고 말할 순 없겠지. 네 피투성이 곱슬머리를 내게 대고 흔들지 마!" 나는 절반은 줄어든 건초 더미에 대고 큰 소리로 외쳤다.

"그게 무슨 소리야?" 일리르가 물었다.

"살인을 저지른 뒤 막수트의 유령이 나타나면 우리가 해줄 말이야."

"아주 좋은데!" 일리르가 말했다.

우리를 따라오던 마을 아이들이 부르르 떨었다. 이제 우리는 경작지를 걸어갔다.

"이 땅은 왜 이렇게 무르지? 여기다 무슨 짓을 한 거야?" 일리르가 노기 띤 목소리로 물었다.

나는 어깨를 으쓱했다.

"농부들이 한 일이겠지." 내가 대답했다.

"아무짝에도 쓸모없는 짓이야."

"아무짝에도."

"이러느니 우리 계획이나 얘기하자." 일리르가 말했다.

경사가 완만하고 조용한 고원이 겨울바람에 노출되어 있었다. 여기저기 솟아 있는 건초 더미 탓에 더한층 깊은 적막이 감돌았다. 우리는 살인 계획을 자세히 논하며 건초 더미들 사이를 걸어갔다. 그러다 어느새 대로에 이르렀다. 노새를 모는 몇몇 농부들 곁에서 피란민들이 걷고 있었다. 반대 방향에서 오는 사람들도 있었다. 노새 등에 얼굴이 창백한 여자 하나가 힘겨운 모습으로 앉아 있었다.

"근처에 병을 고치는 수도원이 있어." 일리르가 말했다.

우리는 마을 쪽으로 방향을 잡았다. 수도원에 갔다가 돌아오는 길이라는 피란민 무리를 따라갔다. 그들은 호기심에 수도원 경내를 방문했다고들 했다. 맞은편에서 또다른 피란민들이 오고 있었다.

"어디로 가시오?" 우리가 합류한 무리에서 누군가가 그들에게 물었다.

"수도원에요, 기적을 행한다는 그 손을 보려고요."

"굉장한 기적이죠! 우리도 거기 다녀오는 길이라오. 그 손이 뭔지 아시오? 영국 조종사의 손이오."

"영국인의 손요?"

"그렇다니까요. 예전처럼 손가락에 반지도 그대로 끼워져 있더군요. 박물관에서 그 손을 도난당했던 일 기억하시오?"

"물론이죠. 일이 그렇게 된 거로군요."

"그냥 돌아가는 게 나을 거요."

그들은 발길을 돌렸다. 우리는 시끄럽게 떠들어대는 무리 사이에서 멍하니 발길을 옮겼다. 차츰 대화가 뜸해지더니 이젠 발소리밖에 들리지 않았다.

"그 팔 말인데." 누군가 들릴 듯 말 듯 속삭였다. "그게 꼭 우리한테 달라붙는 것 같아."

모두가 묵묵부답이었다.

"아! 가련한 인간들!" 같은 목소리가 말을 이었다. "자기들 머리랑 손이 어디서 최후를 맞을지도 모르는 신세라니!"

우리는 마을에 이르렀다.

저녁에는 우리 도시가 있다고 짐작되는 먼 데서 불길이 솟았다. 피란민들은 밖으로 나와 침묵 속에서 창백한 불길을 바라보았다. 유격대원들의 집에 불을 지르는 거라고 사람들은 생각했다. 저무는 해와 안개 너머 멀리서, 도시가 손수건처럼 불길을 흔들며 그 누구도 짐작 못할 의미의 신호를 보내오고 있었다.

우리 아이들은 나무가 없는 둔덕 위로 기어올라가 목청이 터져라 소리를 질렀다.

362

"저기, 저 위에 있는 게 우리집이야. 우리집이 불탄다! 우아!"

"아니거든, 저건 우리집이야."

"너희 가족 중에 누가 유격대원인데?"

"우리 삼촌."

"우리 형도 유격대원이 됐어!"

그러다가 우리는 불길을 두고 다투었다. 저마다 자기 집에서 솟는 불길이 다른 불길보다 더 높다고 자랑했다.

"저 연기는 전부 우리집에서 나는 거야! 언젠가 굴뚝에 불이 났을 때……"

"연기 따위가 뭐라고."

"우리집이 불에 타면 어떻게 될지 두고 보라고."

"바클라바*만큼 두꺼운 우리 할아버지 터키 책이 불타면 어떻게 되는지 알아?" 내가 으쓱해서 말했다.

"기름 덩어리 우리 할머니 몸에 불이 붙으면 굉장할 텐데." 마이누르 부인의 손자가 말했다.

"부끄럽지도 않냐! 어떻게 할머니를 두고 그런 말을 하냐."

"하지만 할머닌 발리스트인걸!"

"일리르, 일리르!" 일리르의 엄마가 불렀다.

---

* 터키의 대표적인 디저트로. 시럽에 절인 견과를 넣은 파이.

한 사람씩 차례로 모두 가버렸다. 집으로 돌아오는 길에 나는 나조의 며느리를 보았다. 모피 깃이 달린 우아한 재킷 차림으로 아무도 다니지 않는 좁은 빈터 한가운데 앉아 있었다. 달이 막 떠오른 참이었고, 그녀의 예쁜 머리도 안개 같은 흰 모피 위로 떠올라 있었다.

"안녕?" 그녀가 내게 말을 걸었다.

"안녕하세요?"

그녀는 내 목덜미에 손을 얹고 깎은 지 오래된 내 머리털을 잠시 손가락으로 쓰다듬었다.

그러더니 불쑥 물었다.

"막수트에 대해 사람들이 뭐라고 하던?"

나는 고개를 숙이고 입을 다물었다. 내 목덜미에 닿은 그녀의 손가락이 잠시 뻣뻣해지는가 싶더니 다시 나긋나긋해졌다.

"불타고 있구나." 그녀는 불이 난 쪽으로 시선을 돌리며 말했다. "그래서 마음이 아프니?"

나는 무슨 말을 해야 할지 알 수 없었다.

"난 말이야, 불타버렸으면 좋겠어! 모조리!" (그녀의 입안에서 맴도는 '모조리'란 말이 낯선 소리처럼 내 귓전을 때렸다.) "모두 잿더미가 되어버렸으면! 재를 좋아하니?"

나는 뭐라고 말해야 할지 알 수 없었다.

"네." 내가 대답했다.

그 순간, 달빛에 비친 그녀의 눈이 두 개의 불가사의한 폐허처럼 보였다.

한데 당신들은 누구요? 새도, 노적가리도, 나무도 모르는 당신들은 누구요? 어디서 왔소?

　우리는 저기 있는 저 도시에서 왔소이다. 우리로 말하면 아는 거라곤 돌뿐이오. 돌들도 사람처럼 젊거나 늙었고, 냉혹하거나 부드럽고, 상냥하거나 무뚝뚝하기도 하다오. 모서리가 날카롭고, 모공들로 뒤덮인 분홍빛 얼굴에 실핏줄이 진 그들은 심술궂을 때도 있지만 미끄러지는 발을 붙잡아주는 친절을 베풀기도 한다오. 우리의 불행을 고소해하며 우리를 배신하기도 하지만 한 초소에 머물듯 수세기를 한자리에 뿌리박고 있는 충직함을 지니기도 한 것, 어리석고 침울하지만 기념비가 되기를 꿈꾸며 오만을 과시하는 것들이오. 그러면서도 이 땅 위에 끝없이 줄지어 늘어서서, 대가를 기대하지 않고 헌신하는 겸허한 것들이라오. 익명, 세상 끝날까지 익명인 민중처럼 말이오.

당신들, 진정으로 하는 소리요? 아니면 정신이 나가 헛소리를 하는 거요?

그런데 이젠 그것들도 사람들처럼 무수한 전투로 피투성이가 되었소.

하면 이 도시는 뭐요? 대체 뭐요?

우리는 그곳으로 돌아가고 싶어 안달이 나 있을 뿐이오.

무명지인들의 말

……금발이니 하는 얘기일랑 내게 꺼내지도 마시오. 그들 철모 안에 뭐가 들었는지 어찌 알겠소. 그들은 행군하고 또 행군하는구려. 사방이 온통 전쟁으로 흉흉하오. 이 암흑 속에서 이렇게 우리는 어디로 가는 것인지? 더이상 못 버티겠소. 언젠가 눈이 부시도록 찬란한 날에 청명한 하늘을 보게 되겠지. 엔베르 호자라는 한 요원의 말로는 공산주의가 수립될 거라더군. 안녕히들 계시오, 동지들! 난 떠나오. 새 알바니아에서 행복하게 사시오! 군모, 무수한 군모가 길마다 행군중이오. 무수한 군대가 이 나라를 짓밟았다오! 다리와 거리와 집은 물론 도시 전체가 폭발할지언정 그대가 날 기다리고 있었다는 걸 나는 아오. 그대는 어디로 가시오? 산에 눈이 오던데. 천만에, 이건 외과 수술 같은 게

아니라오. 배나 가슴을 째는 게 아니란 말이오. 이건 독일인들의 겨울 작전이라 불릴 거요. 알바니아는 고통으로 몸을 뒤틀 거요. 자고로 이 나라의 운명은 해처럼 산 정상에 우선 모습을 드러냈 다오. 날씨가 춥구려. 공산주의에 대한 얘기 좀 들려주구려. 어떤 청명한 하늘인지!

18

새벽녘, 저 아래 멀리 외딴 잿빛 도시가 잠에서 깨어났다. 간밤에 타올랐던 불도 그 외관을 바꾸어놓지는 않았다. 도시는 먼 곳에 묻혀 보이지 않았지만 산과 마을, 계곡 등 인근에 자리한 모든 것의 운명이 이 도시의 운명에 달려 있었다. 치솟던 불길은 그 지역 전체에 대한 경보였다. 오래전에 삶이 멈춘 선사시대 주거지처럼 반쯤 버림받은 도시는 휑뎅그렁한 돌 갑옷처럼 이제 독일인들을 기다리고 있었다.

그들을 데려올(다른 무수한 군대를 데려왔던 것처럼) 도로가 도시의 발치에서 용서를 빌며 경련을 일으켰다. 그러나 늘 그렇듯 도도하고 자부심에 차 있는 도시는 그것에 눈길 한 번 주지 않았다. 도시는 뿌연 창들 너머로 지평선을 살폈다.

독일군 전위대가 도시의 성문들에 이르렀을 때, 처음에는 상황을 파악한 이가 아무도 없었다. 나중에야 일의 전모가 밝혀졌다. 전위대를 맞이한 건 소총과 수류탄이었다. 오토바이를 타고 있던 살아남은 전위대원들은 번개처럼 왔던 길로 되돌아갔다. 인적이 끊긴 도로는 한동안 깊은 정적만 감돌았다. 도시는 관행을 준수한 것이며, 이제 침착하게 적의 보복을 기다렸다.

얼마 지나지 않아 적이 나타났다. 이번에는 탱크를 앞세웠다. 탱크가 차도를 새까맣게 뒤덮었다. 그것들은 도시 안으로 들어오지 않았다. 도로에 멈춰 선 채 기다란 포신을 천천히 주거지 쪽으로 돌렸다. 독일인들은 백기가 오르는 모습을 기대하며 잠시 기다렸다. 그러나 사방이 잿빛 일색이었다.

그러다가 포격이 시작되었다. 무겁고 단조로운, 규칙적인 망치질 소리 같은. 돌과 금속이 충돌하는 째질 듯한 소음이 골짜기 가득 울려퍼졌다. 부서진 담벼락과 지붕, 사지가 절단된 집들, 굴뚝 꼭대기가 사방으로 튀었다. 세상이 잿빛 먼지로 뒤덮였다. 어느 집 용마루에 백기를 세우려던 두 남자가 결단코 항복하지 않겠다고 마음먹은 사람들의 총에 맞아 죽었다. 커다란 백기를 끌고 지붕 위로 기어오르던 또 한 명은 깃발을 막 펼치려던 순간 총에 맞았다. 백기 위로 쓰러진 남자는 지붕 아래로 구르며 백기에 감겨 수의를 입은 듯한 모양이 되어 바닥으로 떨어졌다.

포격은 세 시간이나 이어졌다. 이윽고 죽음과도 같은 잿빛을 배경으로 누군가 흰 물체를 흔드는 데 성공했다. 도시 위로 유령처럼 일어서서 독일인들을 향해 그것을 흔든 다음 곧 나락으로 굴러떨어진 사람. 그가 누군지는 영영 알 수 없었다. 그것이 깃발이었는지 손수건이었는지, 아니면 삼각 숄에 불과했는지 역시 알 길이 없었다. 사람들이 아는 거라고는 그 흰 물체가 뇌리에서 떠나지 않을 거란 사실뿐이었다.

쌍안경으로 그곳을 살피던 독일인들이 그 순간 먼지와 잔해의 혼돈 속에 모습을 드러낸 흰 반점을 찾아낸 모양이었다. 포격이 멈췄다. 탱크들은 포탑을 휙 돌려서는 도시 쪽으로 기어오르기 시작했다. 천지가 진동했다. 탱크는 두꺼운 포석을 긁어대며 낑낑대고, 소리를 내지르고, 불꽃을 튀겼다. 무시무시한 굉음이 사방에 가득했다. 주민들이 거의 빠져나간 도시에 적들이 밀려들고 있었다.

탱크들이 괴물처럼 으르렁대며 도로를 올라와 대교大橋 거리로 들어서고 있을 때 제모 왕고모와 샤노 할머니는 당신들 집 창문에 선 채로 이야기를 나누고 있었다는 걸 우리는 나중에야 알았다.

"왜 저리 소란을 피운다지? 저리 시끄럽게 안 굴어도 얼마든지 들어올 수 있을 텐데." 제모 왕고모가 말했다.

"들어올 땐 하나같이 난리법석을 피우지만 돌아갈 땐 찍소리도 못 내지." 샤노 할머니가 받았다.

수백 년 세월을 지나오며 지도에서 로마, 노르망디, 비잔틴, 터키, 그리스, 이탈리아 사람들의 소유지로 표기되었던 이 도시는 그날 어둑해질 무렵, 땅거미가 지는 모습을 지켜보며 독일 제국의 손아귀에 들어갔다. 도시는 지치고 충격에 얼얼해져 이제 어떤 생명의 기미도 내비치지 않았다.

밤이 되었다. 도시 전체에 파도처럼 밀려들던 우렁찬 노호 끝에 땅이 귀머거리가 된 것 같았다. 고요가 다시 찾아들자 인근 시골 마을에 흩어져 그들 도시에서 벌어지는 일을 눈과 귀로 좇던 수많은 피란민들은 그 자리에서 굳어버린 듯 꼼짝하지 않았다.

저 위의 칠흑 같은 어둠 속에서 도시는 지금 적과 홀로 대면해 무얼 하고 있는 걸까? 예언에 따르면 때는 바야흐로 이 천년왕국의 마지막 해에 해당했다. 금발의 남자들이 기어이 오고 만 것이다.

우리가 피신해 있던 마을에서 밤사이 눈을 붙인 사람은 거의 없었다. 우리는 모두 밖으로 나와 말없이 서 있었다. 잠시 쉬려고 집안으로 들어갔던 얼마 안 되는 사람들도 곧 담요를 몸에 두르고 다시 나왔다. 아무도 큰 소리로 말하지 않았다. 그들의 시선은 하나같이 도시가 있다고 짐작되는 쪽을 향해 있었다. 도시는 어둠에 잠겨 있었다. 탱크들의 강철 발톱이 그 가슴팍을 파고들었다. 한줄기 불빛도 새어나오지 않았다. 신호도 없었다. 도시는 암흑 속에서 질식당하고 있었다.

그럼에도 날은 밝았고 도시는 변함없이 그곳에 있었다. 한결같은 잿빛의 거대한 몸체로. 누군가 눈물을 터뜨렸다. "오늘밤이야." 이 한마디가 사람들의 입에서 입으로 전해졌다. 우리는 돌아가기로 결심했다.

해질녘, 우리는 마을을 떠났다. 우리 작은 무리는 처음 여기왔을 때의 구성원 그대로였다. 그후 제조 한 사람만 더 우리와 합류했을 뿐이다. 우리는 길 위에 낟알을 떨어뜨리는 건초 더미들을 뒤로하고 말없이 걸었다. 그것들은 우리에게 무슨 할 말이 있는데도 말하지 못하는 것 같았다. 우리는 이방인이었으니까.

같은 시각, 사방에서 피란민들이 작은 무리를 지어 도시로 돌아오고 있었다. 텅 비다시피 했던 거대한 껍데기가 단 몇 시간만에 다시 발소리와 웅성임, 열정과 험담, 희망과 원망으로 가득차게 되었다.

우리는 멈추지 않고 걸었다. 마지막 건초 더미를 지나온 게 벌써 한참 전이었다.

"왔던 길로 되돌아가세." 제조가 불쑥 내뱉더니 우뚝 멈춰 섰다. "내 오른쪽 귀가 경종을 울렸어."

아무도 대꾸하지 않았다. 우리는 가던 길을 계속 갔다. 제조는 잠시 중얼거리다 입을 다물었다. 자정 무렵이었던 것 같다. 한치 앞도 분간할 수 없었다. 그저 군데군데 어둠 속에서 거대한 종기나 염증이 돋은 것처럼 보일 따름이었다. 아마도 언덕이나 바위인 것 같았다.

들판에 들어섰을 때는 확실히 자정이 지난 시각이었다. 우리는 한참을 걸었다. 비행장을 지나가고 있는 게 틀림없었다. 곁에서 시커먼 형체가 모습을 드러냈다. 뼈대만 남은 '불도그'였다. 지린내가 났다. 변기로 사용된 모양이었다.

"네 단검을 감춰둔 장소 기억나?" 일리르가 물었다.

"응." 내가 대답했다.

우리는 숨을 돌리기 위해 멈춰 섰다. 일리르와 나는 몰골이 말이 아닌 비행기 옆으로 가 오줌을 누었다. 상상도 못해본 일이었다. 새벽이 밝아왔다. 도시의 어렴풋한 윤곽이 조금씩 드러났다. 도시가 스핑크스처럼 우리 앞에서 몸을 일으켰다. 우리는 아직 망설이고 있었다. 들어갈까? 칙칙한 혼돈 속에서 굴뚝과 지붕과 창문 들이 차례로 모습을 드러냈다. 이슬람교 사원들의 첨탑과 종탑, 양철을 씌운 집 용마루들이 구식 모자를 쓰고 지붕들 사이를 헤매는 정신병자들처럼 보였다.

우리는 들어가기로 결정했다. 강 위에 걸린 다리를 건너(통행

감시초소는 텅 비어 있었다) 도로로 들어섰다. 독일인은 어디에
도 보이지 않았다. 성채에 피신해 있는지도 몰랐다.

우리는 잠시 미개간지 사이를 걸었다. 도시가 코앞에 불쑥 나
타났다. 멸시하는 듯한 태도. 버림받았다는 이유로 은근히 비위
가 상해 있는지도 몰랐다. 금이 간 집들의 정면과 뽑혀나간 발코
니들. 사방에 강타당한 흔적이 역력했다.

첫번째 전신주에 박힌 흰 반점이 눈에 띄었다. 가까이 가서 보
니 통고문이었다. 아직 날이 어두워 글자가 간신히 분간되었다.
"사람들…… 체포…… 명한다…… 사망자…… 총살…… 세
명…… 또한…… 주둔군 사령관: 쿠르트 볼레르세."

우리는 바로슈 거리로 올라갔다. 연대기 사가의 집 창문에 희
끄무레한 빛이 가물거렸다. 난데없이 손 하나가 내 머리를 끌어
당겨 몸에 꽉 안는가 싶었다.

"쳐다보지 마."

도로 한쪽에 시커먼 형체가 눈에 띄었다. 오그라든 몸 같았는
데 정확히 무언지는 보지 못했다. 토할 것 같았다.

조금 더 가자, 더는 아무도 내가 보지 못하도록 막지 않았다.

우리는 감각이 마비된 사람처럼 걸어갔다. 길 위에 이탈리아
인의 시신 두 구가 있었다. 조금 더 가니, 또 한 구.

저만치 목매달린 사람이 보였다. 교차로의 전신주였다. 다가가

서 보니 여자였다. 늙은 여자. 제조가 희미한 비명을 터뜨렸다.

"피노 어멈이야." 일리르가 말했다.

그랬다. 그녀의 앙상한 몸이 바람에 흔들렸다. 독일식 알바니아어로 '방해 공작원'이라고 쓴 직사각형의 흰 천이 가슴에 달려 있었다.

우리는 걸음을 재촉했다. 우리가 살던 길, 우리집이 나왔다.

엄마는 호주머니에 든 커다란 열쇠를 벌써 꺼내들었다. 몇 발짝 더 가자 시신 한 구가 포석 위에 누워 있었다. 머리께에 피웅덩이가 고여 있었다. 가슴에 뭔가가 적힌 종잇장이 붙어 있었다. 나조의 입에서 숨가쁜 비명이 새어나왔다. "막수트." 젊은 아내는 남편의 시신을 무심한 눈길로 바라보더니 그 피가 자기 몸에 묻을까 저어하는 사람처럼 조심스레 그 곁을 오갔다. 나는 종잇장에서 눈을 뗄 수 없었다. '첩자는 이렇게 죽을 것이다'라고 적혀 있었다. 비바람을 뚫고 달리는 듯 앞쪽으로 기울어진, 내가아는 글씨였다. 야베르의 글씨.

"끔찍한 일들이 벌어지겠구먼." 제조가 이렇게 말하고는 골목 안으로 사라졌다.

모두가 흩어졌다. 나조와 그의 며느리는 시신을 문 쪽으로 끌고 갔다.

엄마가 자물통 안에 열쇠를 막 꽂는 순간 문짝이 저절로 스르르 열렸다. 할머니가 유령처럼 모습을 드러냈다.

"들어와, 들어오너라." 할머니가 나지막한 목소리로 말했다.

우리는 안으로 들어갔다.

"너희를 기다렸어." 할머니가 말했다.

"막수트가, 저…… 앞에."

"안다. 간밤에 저들이 죽였어."

"피노 어멈은……"

"그래, 어제 저들이 목을 매달았지."

우리는 위층으로 올라갔다.

"신부 화장과 머리를 해주러 나갔다가 길에서 순찰대에 붙들렸어."

"이런 시절에 결혼하는 사람이 있어요?" 엄마가 놀라움을 금치 못했다.

"결혼하는 데 때가 어디 있누." 할머니가 받았다.

"정신들이 나간 거죠!"

"피노 어멈이 가져간 도구를 의심했나보더라. 쇠줄 같은 도구를 무슨 지뢰라고 생각했는지. 사람들 말이 그렇더구나."

나는 창밖을 내다보았다. 추운 날씨였다. 탐조등이 무시무시한 빛줄기를 내뿜다가 꺼졌다. 독일군의 점령. 잿빛 일색의 풍경. 튜턴족. 감옥 탑 위에 그들의 국기가 휘날렸다. 두 개의 S 혹은 두 개의 Z가 바람에 뒤틀렸다.

밖에서는 여전히 나조와 그의 며느리가 막수트의 시신을 끄는 소리가 들려왔다.

"참혹한 전쟁이 될 게다." 할머니가 내 머리에 손을 얹으며 말했다.

거리에서 희미하게 발소리가 올라왔다.

"집으로 들어들 가는구먼. 밤새도록 무리 지어 돌아왔어."

삶의 부드러운 과육이 단단한 돌 껍데기 속을 다시 채우고 있었다.

기념비를 계획하며

오랜 세월이 지난 뒤 나는 이 불멸의 잿빛 도시로 돌아왔다. 내 발이 포장된 길들을 조심스레 내디뎠다. 길들이 나를 받쳐주었다. 돌들이여, 그대들은 날 알아보았지. 종종 타국 도시에서 불빛 환한 넓은 대로를 성큼성큼 걷다가 무언가에 발을 부딪히곤 했다. 아무도 발이 걸려 비틀대는 일 없는 곳에서. 행인들은 놀란 얼굴로 뒤돌아보았지만 나만은 그게 그대라는 걸 알고 있었지. 그대가 아스팔트 위로 불쑥 튀어나왔다가 곧 깊숙이 틀어박혔다는 것을.

나의 거리, 저수조. 오래된 우리집. 우리집의 들보와 마룻바닥과 계단이 들릴 듯 말 듯 가볍게 삐걱댄다. 단조롭지만 끊어지지 않는 메마른 소리. 무슨 일이야? 어디가 아픈 거야? 삭신이 쑤신다는, 수백 년 묵은 사지가 지끈댄다는, 우리집의 볼멘소리가 들리는 듯하다.

셀피제 할머니, 제조, 제모 왕고모, 외할머니, 피노 어멈. 이제는 없는 사람들이다. 그러나 나는 길모퉁이에서 어떤 낯익은 형상들을 알아본 것만 같았다. 사람의 얼굴, 그늘진 광대뼈와 눈자위. 그들은 영원히 그곳에 남아 있다. 지진과 겨울, 혹은 인간이 초래한 재앙이 그들에게 남긴 뚜렷한 흔적을 지니고 돌처럼 굳은 채로.

1970년, 티라나

무구한 눈에 비친 전쟁의 광기와 웃음

1971년 알바니아에서 출간되고, 1973년 유수프 브리오니의 번역으로 프랑스에서 출간된 『돌의 연대기』는 카다레의 유년의 회고록이자 자전적인 소설이다. 이 책은 제2차세계대전 시기 (1940~1943)의 알바니아 남부 도시 지로카스트라를 배경으로 하고 있다. 책 속에서는 실제 지명은 물론 화자인 소년의 이름이나 나이도 언급되지 않지만 이 소설은 작가 자신이 어린 시절에 고향 지로카스트라에서 경험한 이야기라는 것을 우리는 쉽게 짐작해볼 수 있다.

1939년 알바니아를 침공한 이탈리아는 이듬해에 지로카스트라에 군용 비행장을 건설하고 그해 10월에는 그리스를 침공한다. 그러나 영국 공군의 지원을 받은 그리스군의 반격으로 알바니아 전 지역에 폭격이 가해지고 주민들은 공습을 피해 성채로 피신한다. 그러다 얼마 지나지 않아 이탈리아가 알바니아 남부 지역을 재점령하면서 지로카스트라는 여러 차례 주인이 바뀐다. 그리고 1943년 9월, 카다레가 만 일곱 살이던 해에 이탈리아가 연합군에 항복하는데, 아직 항복하지 않은 독일이 알바니아 전역을 점령하고 지로카스트라를 전략적 요충지로 삼는다. 그 후 독일 군대는 1944년 여름과 가을에 걸쳐 발칸반도에서 철수하고, 1944년 11월에는 엔베르 호자가 이끄는 공산당 유격대원들이 티라나로 입성해 '인민공화국'을 건설함으로써 알바니아는 유럽에서 가장 오래 살아남은(소련이 해체된 1991년 이후에야 무너지는) 폐쇄적인 스탈린 체제 국가로 남게 된다. 그런데 『돌의 연대기』는 제2차세계대전이 아직 끝나기 전, 지로카스트라에 독일 군대가 입성한 시점에 막을 내린다. 다시 말해 이 책에서는 전후 공산주의 유격대원들에 의한 알바니아의 해방과 공산 체제의 수립 과정은 언급되지 않는다.

실제로 제2차세계대전 동안 이 도시에서 일어난 사건들은 수세기에 걸쳐 타국의 지배를 경험한 알바니아 역사의 축소판이라고 할 수 있다. 『돌의 연대기』는 이 악몽 같은 사건들을 어린 소년의 목소리로 이야기한다. 감수성과 상상력이 풍부한 소년은 이 도시에 닥친 사건들의 진실을 거의 이해하지 못한 채 눈에 보이는 그대로를 순진무구한 어린아이의 언어로 들려준다. 그렇게 전쟁의 재앙과 소용돌이치는 바깥세상의 경험은 아이의 시선을 통해 여과되고 아이의 무지로 인해 왜곡되어 때로는 유쾌하고 희극적인 양상을 띠게 된다.

돌의 도시, 지로카스트라

소설의 배경인 지로카스트라는 그리스 국경에 인접한 알바니아 남부, 오토만 양식의 석재 건축물로 이루어진 도시다. 언덕 경사면을 따라 집들이 들어선, '세상에서 가장 경사진 도시(……) 길 한쪽으로 미끄러지면 어느 집 지붕 위로 떨어질 수도 있는'(8쪽) 이 도시 꼭대기에는 거대한 성채가 자리해 있다. 소설에 등장하는 성벽들은 3세기에, 성채는 6세기에서 12세기 사이에 지어졌다. 1418년 지로카스트라는 오토만제국에 병합되고 1912년에는 그리스의 수중에 넘어가지만 일 년 뒤에 독립국 알바니아의 일부가 되는데, 그후 공화국(1925~1928)과 왕정(1928~1939)을 거쳐 제2차세계대전이 벌어지는 동안에는 이탈리아, 그리스, 그리고 끝내 독일의 차지가 된다. 지로카스트라는 이슬람교도와 기독교도, 그리스인 농부와 집시 들이 나란히 공존하던 도시였지만 1967년 알바니아에서 모든 종교가 금지되면서 성당들과 이슬람교 사원들이 파괴된다. 그러나 카다레와 동향인인 엔베르 호자는 민족정신을 고취하기 위해 오토만제국의 유산이 남아 있는 자신의 고향을 박물관 도시로 만들었고, 2005년 이곳은 유네스코가 지정한 세계문화유산에 등재된다.

카다레의 생가는 1677년에 지어졌는데, 화자인 소년에게 풍부한 상상력의 자양분이 되어준 이 집을 비롯해 이 도시의 정신적·물질적 부는 모두 오토만제국 시절의 유산이다. 돌로 된 이 도시는 문화적으로 터키 이슬람교도의 유산인 동시에 가부장제에서 비롯된 뒤틀리고 일그러진 관습과 광기, 비극과 우스꽝스러움이 공존하는, 수많은 결함을 안고 있는 장소이기도 하다. 『돌의 연대기』에서는 이 도시 자체가 주인공이라 할 수 있는데, 의인화된 혼돈의 세계가 펼쳐지는 도시 공간은 공기처럼 부유하는 사람들과 예측 불허의 상황 속에서도 꿈쩍 않고 남아 있는 유일하게 지속적인 존재다. 정복국 군대가 오가고 주민들은 피란을 가거나 돌아오지만 도시는 변함없이 그곳에 머무르며, 마지막 장면에 이르러서는 성인이 되어 돌아온 소년을 맞는다. 도시의 건물들이 파괴되고 사람들이 죽임을 당해도 이 도시가 지니는 생명력은 건드릴 수 없는 듯 보인다. 실제로 이 소설은 이 도시에 바치는 애정 어린 헌사라 할 만하다.

일상의 묘사

겨울밤, 빗소리에 귀기울이고 있는 소년의 몽상에서 시작되는 이야기는 손에 양동이를 든 이웃 사람들을 잇달아 하나씩 등장시키며 한 도시의 일상을 차분히 들려준다. 그러나 독자들은 이 도시가 타국의 군대가 주둔하는 '점령 도시'이며 군인들이 도시 외곽의 풀밭을 군용 비행장으로 개조하느라 분주하다는 사실을 곧 알게 된다. 연이어 작가는 이 도시 성벽 안에 거주하는 개성 있는 일군의 인물들을 차례로 그려내는데, 다양한 문화가 공존하는 알바니아 문화 속에서 그들은 이웃 간에, 또 연령별로 유대관계를 맺고 있음을 알 수 있다. 소년의 가족과 친구 일리르를 포함해 도살장과 시장, 외할아버지 집의 풍경 등 일상의 장면들이 소설 곳곳에 삽입되어 있다. 그 밖에 각 장마다 앞서 끼어드는 지보 가보의 짤막한 연대기는 이 도시에서 일어난 중요한 사건 외에도 결혼과 출생, 사망 등 이 도시 시민들의 일상사를 언급한다. 전쟁과 공습마저 일상이 된 이 도시에서는 날마다 폭격으로 사상자가 생기는 것 외에도 관습에 배치되는 사랑과 결혼으로도 사람들이 죽임을 당한다.

그런데 화자가 얻어듣는 세상에 대한 이 모든 정보는 주로 화자의 할머니나 느닷없이 나타나 수다를 떨곤 하는 늙은 이웃 여자들에게서 나온다. 그들은 자신들의 집 창 앞에 나와 이야기를 나누거나 화자의 집 삼층, 넓고 아름다운 거실의 긴 의자에 앉아 커피를 홀짝이며 말세의 징후를 논한다. 그러다 도시가 다른 나라의 수중에 번갈아 들어가면서 속도와 긴장이 강화되고 정상적인 삶이 조금씩 파괴되어간다. 젊은이들이 행동에 나서고, 공산주의를 지지하느냐 아니냐를 놓고 가족이 붕괴되고, 사람들의 피란 행렬이 이어진다. 그리고 마지막에는 독일군의 도시 점령과 함께 눈앞에 참혹한 장면이 펼쳐지면서 돌연 이야기가 끊긴다.

역사적 현실

이야기의 화자가 어린아이인 까닭에 화자를 통해서는 작품과 관련된 정치적·역사적 정보를 얻을 수 없다. 사실 소설에는 도시는 물론 소년의 이름도 명시되어 있지 않지만 소설에 등장하는 내용은 실제 역사와 그대로 일치한다. 이탈리아와 그리스, 독일 군대에 도시가 차례로 정복당하며, 군용 비행장이 건설되고, 아돌프 히틀러와 스탈린, 엔베르 호자 같은 실제 인물들이 언급되는 등 생생한 역사가 펼쳐진다. 그리고 마지막에 이르러서는 알바니아에 존재했던 세 가지 다른 저항 세력에 의해 점점 더 내

전의 성격을 띠어가는 정치 상황이 그려진다. 즉 망명한 조그 왕 (1928~1939년 재위)을 지지한 이사 토스카의 사람들과 '발리 콤베타르'(국민전선)에 속했던 발리스트들, 어린 화자의 숭배 대상인 두 젊은이(이사, 야베르)가 속한 그룹인 유격대원들(나중에 알바니아 공산당에 흡수되는)에 관한 역사적 정보가 내재되어 있다. 그런가 하면 보도의 성격을 띠고 규칙적으로 등장하는 짤막한 연대기 역시 이야기의 사실성을 확인시켜준다.

마술적 현실

소년의 도시에는 주민들의 오랜 관습과 믿음과 마술이 일상의 삶에 깊이 침투해 있다. 주민들은 마술의 뭉치를 두려워하고 닭뼈로 미래를 점치며, 사람들 사이에서는 마술과 주문 혹은 유령에 관한 이야기가 끊이지 않는다. 실제 사건들은 주민들의 이런 잡담에 의해 왜곡되는 한편 이 잡담을 듣는 무지한 어린 화자의 내면에서 또 한번 걸러지는 이중의 여과를 통해 환상적인 울림을 갖게 된다. 어린 소년에게 전쟁이 벌어지고 있는 주변 세계는 어찌 보면 놀이터요, 만사가 게임처럼 여겨진다. 소년은 어른들과 같은 공간에 살지만 어른들의 세계와는 독립적으로 존재한다. 경이에 찬 아이의 꿈꾸는 듯한 시선에 잡힌 사물들이, 집과 거리, 다리는 물론 하늘에서 내리는 비나 돌, 아니 도시 자체가 모두 인격을 부여받아 살아 움직인다.

카다레의 삶에서 셰익스피어와의 만남이 그랬듯이 화자의 삶에서 가장 중요한 순간 중 하나는 『맥베스』를 읽는 순간이다. 어린 화자는 『맥베스』를 읽으면서 중세 스코틀랜드와 현대의 지로카스트라 사이의 평행선을 발견하며 책 속에 완전히 몰입한다.

살육과 잘린 머리, 죄의 대가, 떠도는 말과 음향, 바람과 비의 싸움 등, 『맥베스』를 읽고 매료당한 소년은 그 내용을 이웃과 주변 세계에 끊임없이 적용하며 도처에서 피와 범죄를 상상한다. 아이의 상상을 통해 이웃 여자는 맥베스의 아내가 되고, 배추는 사람의 잘린 머리통, 길 위의 군대는 십자군이 된다. 한편 아이는 글과 말의 생명을 두고도 몽상에 잠기며, 이미 책과 문자, 언어의 세계를 발견한다. 아이의 눈으로는 도저히 이해되지 않는 수수께끼 같은 무언가가 그 안에서 이야기되고 있기 때문이다.

그런데 상상력이 풍부한 이 소년의 말이나 생각은 때로 웃음을 자아낸다. 한 도시가 폐허가 되고 사람들이 서로 죽고 죽이는 비극적인 전쟁 상황이지만 논리적으로 이해할 수 없는 어른의 세계를 이해하려는 아이의 시도는 우리를 웃게 만든다. 참혹한 전쟁을 이야기하는 이 소설이 그렇게 줄곧 웃음을 끌어내는 것은, 순진무구한 아이들만이 보여줄 수 있는 어이없는 반응 때문이다. 한 국가와 도시를 차지하기 위해 열국이 탐욕스러운 전쟁을 벌이는 상황이 우표로 땅따먹기를 하는 아이들의 무구한 놀이를 통해 재현될 때는 씁쓸한 웃음을 머금게 된다. 이처럼 전쟁이 무언지 죽음이 무언지 진정으로 이해하기는 힘든 어린아이의 투명한 눈에 포착된 참상은 곧이곧대로 이야기될 때 더한층 잔혹하게 다가오기도 한다.

판본과 제목

카다레는 처녀작 『죽은 군대의 장군』에서도 그랬듯이 자신의 책을 끊임없이 고쳐 쓰곤 했는데, 『돌의 연대기』도 예외가 아니어서 이 작품은 알바니아에서 출간되기 전에 비슷한 내용의 소품들로 존재했다. 그러다 1971년 『돌의 연대기』라는 제목으로 완성된 작품이 출간되었고, 1973년에는 유수프 브리오니가 프랑스어로 번역해 널리 알려지게 된다. 그후 1997년 파야르 출판사가 펴낸 카다레 전집에서 판본이 완결되는데, 여기서도 작가는 적잖은 수정을 가했다.

국내에서 번역된 카다레의 소설들은 모두 프랑스어 판을 번역 대본으로 삼아왔는데, 이 책도 마찬가지로 1973년 갈리마르에서 나온 판본을 대본으로 삼았다. 그런데 이 판본에서는 알바니아어 판의 원제 'Kronikë në gur'가 '돌로 된 도시의 연대기 Chronique de la ville de pierre'로 옮겨져 있다.

유수프 브리오니가 택한 이 제목이 '돌의 연대기'라는 다소 추상적인 울림의 제목보다는 좀더 구체적이고 편안한 느낌으로 와닿는 것은 분명하다. 하지만 원제에는 '도시'라는 말이 들어 있지 않은데다, 영어의 in에 해당하는 알바니아어의 në는 돌 '위에 기록된' 것이 아니라 돌 '안에 들어 있다'는 의미이므로 '돌에 새겨진 연대기'라는 번역도 부적절하다. 이 번역본이 다소의 모호함을 감수하면서까지 제목을 알바니아어 원제에 좀더 충실한 '돌의 연대기'로 번역한 것도 그런 연유에서다. 무엇보다 책의 줄거리를 따라가다보면 돌 자체가 비밀을 간직한 주인공이라는 인상이 강하게 드는데, 1997년 판 카다레 전집에서 파야르 출판사가 이 책의 제목을 '돌의 연대기Chronique de pierre'로 돌려놓은 것도 분명 같은 이유에서일 것이다.

카다레는 이 유년 시절의 이야기를『돌의 연대기』에서 끝내지 않고 훨씬 나중에 또 한번 되풀이한다. 2004년 그가 바드 대학의 거주 작가로 뉴욕에 한 달간 머무르는 동안에 쓴『광기의 풍토』가 그것이다.『돌의 연대기』의 속편이라 할 만한『광기의 풍토』에서 작가는 제2차세계대전이 끝난 뒤 알바니아에 공산주의가 정착하기까지의 과정을 자신의 가족사를 중심으로, 역시 어린 소년의 시점에서 이야기한다. 그 이후의 풍경, 즉 엔베르 호자가 이끄는 공산 독재 체제의 현실은 카다레가 미스터리 추리소설의 형식을 빌려 실제 사건을 다룬 『누가 후계자를 죽였는가』에 그려져 있다.

『돌의 연대기』에서 카다레의 어린 분신은 묻는다. '그토록 엄청난 빛과 공간과 색깔이 쉴새없이 우리 눈으로 밀려들어오는데 어떻게 우리 몸이 터져버리지 않을 수 있지?'(27쪽) 그리고 화자는 '넘치는 빛줄기가 더이상 그 안에 녹아든 모든 광경을 거느리고 눈구멍을 통과할 수 없게 된 상태'(28쪽)인 실명의 공포를 상상하면서 눈을 감았다 떴다 하는 놀이를 되풀이한다.

농담을 할 수 있는 상상력이란 어떤 극한 상황도 빠져나갈 수 있게 해주는 비밀의 문 같은 것이라 했던가. 어린 화자의 순진한 무지를 통해, '도시의 장님 시인 베히프의 눈 속 깊숙이 자리한 (……) 축축한 흑점'(28쪽)이라 할 만한 작가의 블랙유머가 강하게 전달된다. 이 소설에서 소년의 무구한 상상력과 창의성이 불러일으키는 웃음은 더없이 잔혹하고 비극적인 이야기를 우리가 끝까지 견딜 수 있게 해주는 장치인 동시에 문학이 우리에게 줄 수 있는 선물이기도 할 것이다. '세상이 문학을 파괴하려 할지라도, 문학은 세상을 더 아름답고 살 만한 것으로 만들기 위해 애쓴다'라던 카다레의 말에 공감하게 되는 순간이다.

2015년 8월

이창실

이스마일 카다레 연보

1936년	1월 28일 알바니아 남부, 지로카스트라에서 태어남. 초·중등 교육과정을 지로카스트라에서 마친 후 티라나 대학교에서 언어학과 문학을 공부함.
1956년	교사 자격증 취득.
1958~1960년	스크바에 있는 고리키 문학연구소에서 공부함.
1960년	알바니아가 소련과 외교 관계를 단절하자 알바니아로 귀국. 문학 잡지 『드리타 *Drita*』에서 근무하며 작품 활동 시작.
1963년	첫 장편소설 『죽은 군대의 장군 *Gjenerali i ushtrisë së vdekur*』 발표.
1964년	시집 『이 산들은 무슨 생각을 할까 *Përse mendohen këto male*』 발표.
1968년	장편소설 『결혼 *Dasma*』 발표.
1970년	장편소설 『성 *Kështjella*』 발표. 프랑스어 판 『죽은 군대의 장군 *Le Général de l'armée morte*』 출간. 알바니아 인민회의 의원으로 선출됨.
1971년	장편소설 『돌의 연대기 *Kronikë në gur*』 발표.
1972년	알바니아 노동당 가입.

1973년	프랑스어 판『돌로 된 도시의 연대기*Chronique de la ville de pierre*』출간.
1975년	장편소설『어느 수도의 11월*Nëntori i një kryeqyteti*』발표.
1977년	장편소설『위대한 겨울*Dimri i madh*』발표.
1978년	장편소설『세 개의 아치가 있는 다리*Ura me tri harqe*』, 『위대한 파샤*Pashallëqet e mëdha*』발표. 프랑스어판『위대한 겨울*Le Grand hiver*』출간.
1980년	장편소설『꿈의 궁전*Nënpunësi i pallatit të ëndrrave*』발표. 오토만 제국의 수도를 배경으로 우화와 알레고리 기법을 통해 전제주의를 비판한 작품으로, 발표 즉시 출간 금지되었다. 장편소설『부서진 사월*Prilli i thyer*』, 『누가 도룬틴을 데려왔나?*Kush e solli Doruntinën*』, 『우울한 해*Viti i mbrapshtë*』발표.
1981년	장편소설『H 서류*Dosja H*』발표. 프랑스어 판『부서진 사월*Avril brisé*』, 『세 개의 아치가 있는 다리*Le Pont aux trois arches*』출간.
1984년	『위대한 파샤』가 프랑스어 판『치욕의 둥지*La Niche de la honte*』로 제목이 바뀌어 출간됨.
1985년	장편소설『달빛*Nata me hënë*』발표. 『성』이 프랑스어 판『비의 북소리*Les Tambours de la pluie*』로 제목이 바뀌어 출간됨.
1986년	프랑스어 판『누가 도룬틴을 데려왔나?*Qui a ramené*

Doruntine?』출간.

1987년　프랑스어 판『우울한 해*L'Année noire*』출간.

1988년　『콘서트*Koncert në fund të dimrit*』발표. 프랑스어 판
　　　　『콘서트*Le Concert*』출간. 1970년대 중국과 알바니아
　　　　의 관계를 다룬 작품으로, 1978~1981년에 집필되었으
　　　　나 검열에 걸려 출간 금지되었다. 프랑스 문학 잡지
　　　　『리르*Lire*』에서 그해 최고의 소설로 선정했다.

1989년　프랑스어 판『H 서류*Le Dossier H*』출간.

1990년　공산주의 독재 체제에 위협을 느껴 프랑스로 망명함.
　　　　프랑스어 판『꿈의 궁전*Le Palais des rêves*』출간.

1991년　장편소설『괴물*Përbindëshi*』발표. 1965년 단편으로
　　　　출간되었으나 검열에 걸려 빛을 보지 못하다가 이후 장
　　　　편으로 개작해 재출간. 프랑스어 판『괴물*Le Monstre*』
　　　　출간.

1992년　치노 델 두카 국제상 수상. 장편소설『피라미드*Pirami-
　　　　da*』발표. 프랑스어 판『피라미드*La Pyramide*』출간.

1993년　프랑스 파야르 출판사에서 '이스마일 카다레 전집'을
　　　　출간하기 시작함(2004년까지 총 12권 출간). 프랑스어
　　　　판『달빛*Clair de lune*』출간.

1994년　장편소설『그림자*Hija*』발표(집필은 1984~1986년).
　　　　프랑스어 판『그림자*L'Ombre*』출간.

1995년　장편소설『독수리*Shkaba*』, 에세이『알바니아, 발칸반
　　　　도의 얼굴*Albanie, Visage des Balkans*』발표.

1996년	프랑스 학사원의 하나인 아카데미 데 시앙스 모랄 에 폴리티크의 평생회원으로 선출됨. 프랑스 레지옹 도뇌르 훈장 수훈. 산문집 『알랭 보스케와의 대화*Dialog me Alain Bosquet*』, 장편소설 『스피리투스*Spiritus*』 발표. 프랑스어 판 『독수리*L'Aigle*』, 『스피리투스*Spiritus*』 출간.
1997년	에세이 『천사의 사촌*Kushëriri i engjëjve*』 발표.
1998년	단편집 『코소보를 위한 세 편의 애가*Tri këngë zie për Kosovën*』 발표.
1999년	소설집 『남쪽으로 날아가는 철새*Ikja e shtërgut*』 발표.
2000년	장편소설 『사월의 서리꽃*Lulet e ftohta të marsit*』 발표.
2002년	장편소설 『룰 마즈렉의 삶과 죽음*Jeta, loja dhe vdekja e Lul Mazrekut*』 발표.
2003년	장편소설 『아가멤논의 딸*Vajza e Agamemnonit*』(집필은 1985년)과 그 속편 격인 『누가 후계자를 죽였는가*Pasardhësi*』 발표. 프랑스어 판 『아가멤논의 딸*La Fille d'Agamemnon*』, 『누가 후계자를 죽였는가*Le Successeur*』 출간.
2005년	제1회 맨부커 국제상 수상. 소설집 『광기의 풍토*Cështje të marrëzisë*』 발표. 프랑스어 판 『광기의 풍토*Un Climat de folie*』 출간.
2006년	에세이 『햄릿, 불가능의 왕자*Hamleti, princi i vështire*』

발표.

2007년	프랑스어 판 『햄릿, 불가능의 왕자*Hamlet, ce prince impossible*』 출간.
2008년	장편소설 『사고*L'Accident*』(프랑스에서 먼저 출간됨), 『과한 저녁식사*Darka e gabuar*』 발표.
2009년	스페인의 아스투리아스 왕자상 수상. 장편소설 『갇힌 여인*E Penguara*』 발표. 프랑스어 판 『과한 저녁식사*Le Dîner de trop*』 출간.
2010년	알바니아에서 『사고*Aksidenti*』 출간. 프랑스어 판 『갇힌 여인*L'Entravée*』 출간.
2013년	단편집 『12월 어느 오후의 빛나는 대화*Bisedë për brilantet në pasditen e dhjetorit*』 발표.
2014년	장편소설 『티라나의 안개*Mjegullat e Tiranës*』 출간 (집필은 1957~1958년).
2015년	장편소설 『인형*Kukulla*』 발표. 프랑스어판 『인형*La Poupée*』 출간.

지은이 **이스마일 카다레**

1936년 알바니아 남부 지로카스트라에서 태어났다. 티라나 대학교에서 언어학과 문학을 공부했고, 모스크바의 고리키 문학연구소에서 수학했다. 1963년 발표한 첫 장편소설 『죽은 군대의 장군』으로 세계적인 명성을 얻었고, 이후 『꿈의 궁전』 『부서진 사월』 『H 서류』 『아가멤논의 딸』 『누가 후계자를 죽였는가』 『광기의 풍토』 등 많은 작품을 통해 암울한 조국의 현실을 우화적으로 그려내는 자신만의 독특한 문학 세계를 구축했다.

옮긴이 **이창실**

이화여자대학교 영어영문학과를 졸업하고, 프랑스 스트라스부르 대학교 응용언어학 과정을 이수한 뒤, 이화여자대학교 통번역대학원 한불과를 졸업했다. 이스마일 카다레의 『죽은 군대의 장군』 『누가 후계자를 죽였는가』 『광기의 풍토』를 비롯하여, 『마그누스』 『세 여인』 『글렌 굴드, 피아노 솔로』 『프란츠 카프카의 고독』 『누보 로망, 누보 시네마』 『카에 르케고르』 『아시시의 프란체스코』 『빈센트 반 고흐』 등을 우리말로 옮겼다.

문학동네 세계문학
돌의 연대기

초판 인쇄 2015년 9월 18일 | 초판 발행 2015년 10월 5일

지은이 이스마일 카다레 | 옮긴이 이창실 | 펴낸이 강병선

책임편집 김영수 | 편집 신선영 오동규
디자인 고은이 최미영 | 저작권 한문숙 박혜연 김지영
마케팅 정민호 이미진 정진아 전효선 | 홍보 김희숙 김상만 한수진 이천희
제작 강신은 김동욱 임현식 | 제작처 영신사

펴낸곳 (주)문학동네
출판등록 1993년 10월 22일 제406-2003-000045호
주소 10881 경기도 파주시 회동길 210
전자우편 editor@munhak.com | 대표전화 031) 955-8888 | 팩스 031) 955-8855
문의전화 031) 955-1927(마케팅) 031) 955-8868(편집)
문학동네카페 http://cafe.naver.com/mhdn | 트위터 @munhakdongne

ISBN 978-89-546-3755-8 03860

www.munhak.com

이스마일 카다레
Ismaïl Kadaré

'유머러스한 비극과 기괴한 웃음'을 담은 작품세계로 독특한 문학적 영토를 일궈온 세계문학의 거장. 한 시대의 사건을 이야기하면서 그 속에 전(全) 시대를 아우르는 우리 시대의 위대한 작가이며, 잊힌 땅 알바니아를 역사의 망각에서 끌어낸 '문학 대사'이기도 하다. 해마다 유력한 노벨문학상 후보로 거론되고 있다.

죽은 군대의 장군 이창실 옮김

발칸반도의 '문학 대사' 이스마일 카다레, 그의 문학의 서막을 연 첫 장편소설. 제2차세계대전이 끝나고 20여 년 후, 알바니아에 묻힌 자국 군인들의 유해를 찾아 나선 어느 외국인 장군의 시선을 통해 전쟁의 추악함과 부조리성을 폭로하는 이 소설은 알바니아에서 발표된 직후 불가리아, 프랑스, 이탈리아 등 여러 나라에서 번역 출간되며 카다레에게 세계적 명성을 안겨주었다.
르몽드 선정 20세기 100대 소설

부서진 사월 유정희 옮김

복수가 복수를 부르는 죽음과 전설의 땅 알바니아, 그 신화의 세계에서 펼쳐지는 비극적이고 환상적인 이야기. 피의 복수를 정당화하는 관습법 '카눈'에 의해 두 가문 사이에서 벌어지는 끝없는 죽음의 대서사시를 그렸다. 영화 〈태양의 저편〉의 원작 소설.

사고 양영란 옮김

위태로운 사랑과 그 불안을 추적하는 어느 조사원의 치밀한 조서. 단순해 보이면서도 한없이 복잡하고 미묘한 현대의 사랑, 그리고 그 안에 잠재된 불안에 대한 깊은 성찰을 통해, 사망 사고를 둘러싼 미스터리와 두 연인의 에로티시즘을 녹여낸 작품.

광기의 풍토 이창실 옮김

「광기의 풍토」(2004) 「거만한 여자」(1984) 「술의 나날」(1962) 세 편의 단편을 모은 소설집. 1960년대에서 2000년대에 이르는 폭넓은 작품 발표 시점만큼 이스마일 카다레의 다양한 문학적 면모를 담고 있다. 시대의 권력과 이데올로기에 휩쓸리는 인간 군상이 펼치는 광기의 변주곡!